DAGMARA
DOMINCZYK

WIR TRÄUMTEN JEDEN SOMMER

Roman

Aus dem amerikanischen Englisch
von Isabel Bogdan

Insel Verlag

Die Originalausgabe erschien 2013 unter dem Titel
The Lullaby of Polish Girls bei Spiegel & Grau,
an imprint of The Random House Publishing Group,
a division of Random House, Inc., New York.

Diese Geschichte ist frei erfunden. Namen, Charaktere, Orte und Geschehnisse entstammen der Fantasie der Autorin oder sind fiktionalisiert. Jede Ähnlichkeit mit tatsächlichen Ereignissen, Schauplätzen oder Personen (tot oder lebendig) ist reiner Zufall.

Erste Auflage 2014

Druck und Bindung: CPI – Ebner & Spiegel, Ulm
Printed in Germany
ISBN 978-3-458-17594-0

WIR TRÄUMTEN JEDEN SOMMER

Für Patrick

»… and the reason is you …«

»Wir wachsen nicht absolut, chronologisch. Vergangenheit, Gegenwart und Zukunft vermischen sich und ziehen uns zurück … Wir bestehen aus Schichten, Zellen, Konstellationen.«

Anaïs Nin

»*Jolka, Jolka, pamiętasz lato ze snu,*
Gdy pisałaś: tak mi źle.«

Budka Suflera, »Jolka, Jolka«

KAPITEL 1
2002

ANNA
Greenpoint, Brooklyn

Hinterher konnte Anna Baran exakt den Moment benennen, in dem sie sich in Ben Taft verliebt hatte. Sie lagen auf seiner Matratze, die Decke von sich geworfen, und teilten sich eine Zigarette, als Anna die Augen schloss und ihn das fragte, was sie schon seit Wochen fragen wollte.

»Hast du je damit gerechnet, mal mit einer Polin zusammen zu sein?«

»Nein«, sagte Ben wie aus der Pistole geschossen. »Ich wusste nicht mal so genau, wo Polen überhaupt liegt.«

Anna lachte und legte ihm die Hand zwischen die warmen Schenkel. »Und jetzt?«

»Jetzt? Jetzt weiß ich, dass deine Heimat mehr zu bieten hat als *kiełbasa*.«

Anna verdrehte die Augen und legte ihm den Kopf auf die Brust. »Und was?«

»Ich weiß, dass Warschau nicht die einzige Stadt dort ist. Ich weiß, dass die Sprache scheißschwer zu lernen ist. Ich weiß, das die älteste Eiche Polens in der Nähe deines Heimatdorfs steht und dass sie Bart heißt.«

»Dąb Bartek«, flüsterte Anna und spürte dabei ein Kribbeln, als hätten sie sich schmutzige Dinge zugeflüstert. Ben sprach weiter über Solidarność und Kommunismus, über Potop und Piroggen, über Putzfrauen und den Papst. Irgendwann unterbrach Anna ihn mit einem Kuss. »*Kocham cię*, Ben«, und er brauchte die Sprache nicht zu beherrschen, um sie zu verstehen. Aber diese Nacht ist jetzt schon Jahre her und fühlt sich so weit weg an wie die verdammten Sterne am Himmel.

Um 3:57 Uhr erwacht Anna aus einem Alptraum. Irgendwas mit der Gestapo im verlassenen Captain Video – der Videothek, aus der sie sich als Kind VHS-Kassetten ausgeliehen hat. Sie stolpert aus dem Bett und geht ins Wohnzimmer, schlurft fast blind Richtung Aschenbecher. Der vertraute Geruch ihrer Qualmerei vom vergangenen Abend führt sie zur Sofaecke, wo auf Bens altem Sofakissen ein Aschenbecher steht. Ihre Brille ist unauffindbar, aber wie sollte sie sie auch suchen, wenn sie verdammt noch mal nichts sieht, wenn sie selbst ihre eigene Hand vor den Augen nur verschwommen erkennt? Kurz fragt Anna sich, ob sie vor dem Gesetz womöglich tatsächlich als blind gelten würde und ob sie das irgendwie testen lassen kann, ohne die Wohnung zu verlassen. Sie fummelt ungeschickt ein Drittel einer nicht mehr besonders ansehnlichen Marlboro Light aus dem Aschenbecher, tastet unter dem Sofa nach einem Feuerzeug, steckt den angerauchten Stummel an und macht das Fenster auf. Der Novemberwind schlägt ihr ins Gesicht, aber es fühlt sich gut an, ein Schock fürs System, und die Kälte treibt ihr die Tränen in die Augen.

Die Lorimer Street muss leer sein; das sagt ihr die Stille. Denn was die Augen nicht hinkriegen, müssen jetzt die Ohren übernehmen. Die meisten New Yorker träumen eher halbherzig von weißen Wintern, aber Anna verzehrt sich geradezu nach Schnee. Draußen riecht es nach Winter, frisch und sauber, aber von Schnee ist noch nichts zu ahnen.

»Wir sind eine aussterbende Art.« Das war Bens erster Satz, als Anna an ihrem ersten Abend auf ihn zuging und nach Feuer fragte. Er hatte ihr sein Zippo hingehalten, und sie hatte die Augenbrauen hochgezogen und gelächelt und sich sofort in ihn verknallt.

»Und du bist New Yorkerin?«, fragte Ben, als sie eine halbe Stunde später seine Wohnung betraten. Man sah der Wohnung an, dass hier drei junge Männer hausten, aber Ben schien das Chaos nicht weiter peinlich zu sein. Ben und Anna setzten sich auf den Boden.

»Nein, ich komme aus Kielce, Polen – wo der polnische Rap herkommt«, sagte Anna. »In Polen nennen sie uns *scyzoryki*, die Springmesser. Und zwar mit Recht. Uns kommt man besser nicht zu nahe.« Ben lachte und klopfte rhythmisch an seine Bierdose.

»Weil ihr so scharf seid? Das würde ich riskieren.«

Diese Worte klangen in ihrem Kopf nach, immer wieder, wie ein Sprung in einer Schallplatte. Heute vor genau drei Jahren war Anna mit zwei Freundinnen zusammen ins Turkey's Nest gegangen, weil ihre Finger von der Kälte ganz klamm waren, und da war Ben gewesen, in diesem blauen Pullover, und hatte gelächelt. Aber dieser Ben ist jetzt weg. Er ist bei Nancy und Pappy und seinen unzähligen Cousins und Cousinen in Omaha. Er bleibt nur noch einen Tag weg, und trotzdem fühlt es sich irgendwie an, als wäre es für immer.

Am Fenster stehend, kann Anna ihren Atem sehen. Das dünne T-Shirt, das sie jetzt schon seit Tagen trägt – Bens altes Lynyrd-Skynyrd-Shirt mit dem abgeschnittenen Halsbündchen –, hält überhaupt nicht warm. Hinter dem McCarren-Park schimmert Manhattan, die Türme und Wolkenkratzer sehen aus, als hätte ein Mensch aus der Zukunft sie wahllos zusammengewürfelt. Es ist wunderschön, aber unter einer Schneedecke wäre New York noch schöner, es würde glitzern wie in früheren Zeiten. Diese Betonwüste, aus der die Hochhäuser aufragen wie Bohnenstangen, die U-Bahnen, die verdreckten Straßen – all das würde verschwinden.

Anna tritt vom Fenster zurück, lässt es aber offen; sie kann nicht in geschlossenen Räumen rauchen. *Hipokryta* würde ihr Vater Radosław sagen. Ja, vielleicht macht sie sich mit dem offenen Fenster selbst was vor, sie stellt immer gleich alles in Frage, besonders die Dinge, die sie eigentlich genießt. Ihr Vater hingegen liegt andauernd im Bett, kaut Toffees, liest seine polnische Zeitung bis drei Uhr morgens und quarzt dabei eine More Red nach der anderen, während ihre Mutter daneben still vor sich hin leidet. Ihr Vater, der immer mal wieder damit droht, sich zu erhängen.

»Du, ein Flüchtling? Du siehst nicht gerade aus wie ein Flüchtling«, hatte Ben gesagt und ihren trägen, nackten Körper neben sich betrachtet.

»*Tochter* eines Flüchtlings, wenn man es genau nimmt. Die Kommies haben meinen Dad vor Jahren rausgeschmissen. Da war ich sieben.«

»Die Kommies. Klingt total ...«

»Altbacken?« Anna streckte die Hand nach seinem hübschen amerikanischen Gesicht aus.

»Sexy.«

Anna klemmt sich im Sitzen den Aschenbecher zwischen die Oberschenkel. Keine halbgerauchten Kippen mehr da. Aus allen Ecken starren sie Pappkartons an, übel mit billigem Klebeband zugerichtet. Sie und Ben sind schon vor Monaten in die neue Wohnung gezogen, aber die Kartons sind immer noch unberührt. Ihr fällt ein, dass der Hausmeister heute vorbeikommen will, um die Kühlschranktür zu reparieren.

Anna tut der Kopf weh. Ihre Nase ist verstopft. Ihr Mundwinkel ist heiß und juckt, sie kriegt Herpes. Am rechten Schulterblatt pocht der seltsame Schmerz, der in den letzten Wochen immer wieder kam und ging und von dem Anna glaubt, dass es bestimmt Lungenkrebs ist. Ben nennt sie einen »schrecklichen Hypochonder«, und er hat recht.

Als Ben vor fünf Tagen zum Flughafen fuhr, hat er Anna bekniet, ihn zu begleiten. Es war mittlerweile Tradition, dass sie zu Thanksgiving nach Ohio fuhren.

»Komm doch mit. Freust du dich nicht auf Moms gefüllten Truthahn? Mom freut sich jedenfalls auf dich, Annie.«

»Ich kann nicht fliegen, Ben. Weißt du doch.«

»Dann mieten wir uns halt ein Auto.«

»Ich kann nicht, Ben«, sagte sie und wandte sich ab.

Bens Mutter, Nancy, trug immer Birkenstocks und roch nach Patschuli. Sie hatte langes, graues Haar und allwissende Augen, mit denen sie, da war Anna sich sicher, in einen hineinsehen konnte. Nancy hatte Anna von Anfang an geliebt, und sie drängte sie und Ben immer, sie sollten doch »ruhig schon mal ein Baby kriegen, auch wenn ihr nicht vereiratet seid. Ehe-popehe.« Was würde Nancy tun, wenn Anna in ihrem jetzigen Zustand dort aufkreuzte – ein paar Kilo zu viel und ziemlich deprimiert? Was sollte Anna ihr sagen? *Ich hab dich vermisst, Nan, aber ich hatte wirklich viel zu tun mit den ganzen Auditions und Abtreibungen*? Es war noch zu früh, um Nancy unter die Augen zu treten; Anna hätte sich viel zu sehr geschämt.

Ben rief vom Flughafen aus an. Auch wenn ihr Verhältnis im Moment etwas unentspannt war, hatte Anna doch gewollt, dass er vor dem Takeoff noch kurz anrief, damit sie wusste, dass alles in Ordnung war. Seit dem elften September war sie erst zweimal geflogen – einmal zu einer Last-Minute-Audition in L.A. und einmal mit Ben nach St. Thomas. Beide Male hatte ihr das Herz bis zum Hals geschlagen. Sie war durch den Gang gestolpert, ihre Kruzifixsammlung in der Hand, ein Überbleibsel aus katholischen Schulmädchenzeiten, und die alte Kette ihres Vaters mit dem polnischen *biały orzeł* um den Hals. Sie scannte ihre Mitreisenden nach dunkelhäutigen

Bartträgern (Scheiße, aber wahr), und sprach das »Amen« erst, als die Räder wieder den Boden berührten.

Heute fliegt Ben zurück nach Hause. Was für ein Zuhause, fragt sich Anna. Was hat sie ihm denn überhaupt noch zu bieten? Anfangs hatte sie ihm exotische Geschichten über ihre Jugend im Flatbush Project erzählt, Geschichten von einer kleinen polnischen Immigrantin. Er kriegte jeden Tag seinen Blow Job und abends was vom thailändischen Takeaway. Sie ließ ihn in ihre Welt, eine Welt, die zwar klein, aber unvergleichlich war, eine Welt, in der Panzer durch die Straßen rollten und die bewaffnete *milicja* junge Idealisten einbuchtete, die für ihre Freiheit kämpften wie vor ihnen schon ihre Väter und Großväter. Für ihn klang das alles unglaublich romantisch, dieser Aufruhr in einem fremden Land, erzählt von einer Marilyn Monroe mit slawischen Zügen.

Im Gegenzug zeigte Ben ihr seine Version der Neuen Welt, das unkomplizierte Leben eines Jungen aus einer Durchschnittsfamilie. »Ich habe vier Brüder«, erzählte er ihr in der ersten Nacht, als die Sonne aufging. »Jonah, Jefferson, Simon und Samuel.« Anna staunte über die Musikalität dieser Namen aus dem Mittleren Westen und sprach sie mit ihrer melodischen Stimme nach, mit dem Hauch eines osteuropäischen Akzents, als würde sie ein Emerson-Gedicht rezitieren.

»Anna Baran klingt doch auch nicht schlecht.«

»Na ja, es hätte auch Zdzisława sein können.« Anna lachte, als Ben fast einen Knoten in die Zunge bekam bei dem Versuch, den Namen nachzusprechen.

Letzten Montag hat Anna die Tür hinter Ben zugemacht und sich auf die völlige Isolation bis zu seiner Rückkehr vorbereitet. In New York würde es kein Thanksgiving geben, das hatte es schließlich noch nie. Ihre Eltern machten das mit dem Truthahn nicht. Da war ihr Vater standhaft. »Ich nehm dem Indianer das Land weg, raube ihm alles, was er hat, stecke ihn in Reservate, und dann mache ich deswegen auch noch ein Fressfest? Das ist doch Scheiße.« Also kümmerte sich niemand um sie, und sie rauchte 147 Zigaretten, duschte nur einmal und gelangte zu der Erkenntnis, dass Bens Abwesenheit weder Sehnsucht noch neu aufflammende Liebesgefühle in ihr hervorrief, sondern nichts als Angst.

Morgens um zwanzig nach vier klingelt das Telefon. Anna lässt vor Schreck den Aschenbecher fallen, und die ganze Sauerei landet auf dem Sofa. Sie stolpert zum Tisch am anderen Ende des Zimmers. *Tato*, denkt Anna, *es ist wegen Dad.*

»Hallo?«

»*Ania*! Oh, Ania …« Ihre Mutter Paulina heult in den Hörer, und Anna zerspringt fast das Herz bei diesem Ton, der einfach so in die Stille ihres Zimmers dringt und gar kein Recht hat, die Ruhe der Nacht derart zu zerfetzen.

»Was ist denn? Oh Gott, *Mamo*, was ist los?«

»Er ist tot! *O mój Boże*, Anna, er ist tot.« Das ist er also, der Anruf, mit dem Anna schon rechnet, seit sie dreizehn ist, sei es in der U-Bahn, früher in der Schule oder beim Gummitwist, in der Badewanne oder wenn sie sich vor dem Fernseher bei einem Zombiefilm die Nägel abkaute, während ihre Mutter im Esszimmer auf und ab lief und auf Annas Vater wartete.

»Wie hat er es gemacht?«, hört sie sich schon fragen, bevor sie es wirklich begriffen hat.

»Hat er nicht. Das war Filip!« Annas Atem beruhigt sich, und die Wände stürzen nicht mehr auf sie ein.

»Wer ist Filip?« Ihre Mutter heult immer noch, laut und unablässig, und in ihrem Gefühlschaos macht es Anna wahnsinnig.

»Filip, Elwiras Freund! Anna, was denkst du denn, von wem

ich rede!« Anna antwortet nicht, aber ihre Mutter spricht sowieso schon weiter. »Justynas Mann ist tot, er ist gestern Nacht ermordet worden, in seinem eigenen Haus. Vom Freund seiner Schwägerin. Kannst du dir das vorstellen?«

»*Poczekaj*! Moment. Warte mal, Mutter. Scheiße. Moment mal.« Anna holt tief Luft, sortiert ihre Gedanken und streicht über die Tischplatte. »Justyna? Aus Kielce?«

»Ja! Himmel, wie viele Justynas kennst du denn? Ihr Mann wurde mitten in der Nacht niedergestochen. Justyna ist jetzt Witwe. Mit sechsundzwanzig!« Ihre Mutter schluchzt jetzt und wimmert wie eine verletzte Katze.

»Wow.«

»Wow?! *Wow*?!«

»Was, Mamo? Was soll ich denn sagen? Es ist vier Uhr morgens. Du hast mich kalt erwischt.«

»Ach, tut mir leid, wenn das gerade nicht die passende Uhrzeit ist, um dir zu erzählen, dass der Mann deiner besten Freundin ermordet wurde …«

»Sie *war* mal meine beste Freundin. Ist sie doch gar nicht mehr.«

»Oh, *Himmel*. Anka, echt.«

»Das ist furchtbar. Es ist wirklich furchtbar, aber ich dachte erst …«

»Was?«

»Egal. Woher weißt du es?«

»Ihr Vater hat mich aus Polen angerufen. Ich muss jetzt auflegen. Ihre Mutter dreht sich bestimmt im Grab rum. Ruf Justyna an, ja? Wenn du fertig bist mit Weinen, *ruf sie an*.« Anna merkt erst jetzt, dass ihr Tränen über Gesicht und Hals laufen. *Woher kommen die denn?*, fragt sie sich, und dann signalisiert ihr das Freizeichen, dass sie auflegen und ihre dummen Fragen später stellen soll.

KAMILA
Wyandotte, Michigan

Sie werden Downriver genannt, diese dicht gepackten Siedlungen im südlichen Detroit. Es sind jetzt unter null Grad, alles ist gefroren und vereist. Der Schnee ist nicht mehr fluffig oder krümelig; er ist steinhart und türmt sich an den Straßenrändern wie ein Gletschergebirge. Thanksgiving ist erst ein paar Tage her, aber die ersten Idioten zerren schon Weihnachtsbäume über die Gehwege. Kamila kommen sie vor wie Leichen. Amerika ist komisch.

»*Śniadanie*!«, brüllt ihre Mutter von unten, aber Kamila kann nicht frühstücken, also ignoriert sie sie. Kamila hat heute etwas anderes im Kopf, etwas, das sie nicht weiter aufschieben kann. Sie ist schon seit ein paar Wochen hier, und jetzt ist sie endlich so weit.

Das Haus ist still. Das bescheidene kleine, gelbe Häuschen, für das ihre Eltern irgendwie Geld aufgetrieben haben, ein einstöckiges, umzäuntes Stückchen des amerikanischen Traums, nahe der Spruce Street. Kamilas Eltern wohnen seit 1997 hier; fünf Jahre nachdem sie aus Polen ausgewandert sind, kommt Kamila, ihre einzige Tochter, sie endlich besuchen.

Als Lech Wałęsa gewann und die Welt sich veränderte, nutzten Włodek und Zofia Marchewski die Gunst der Stunde und die neugewonnene Freiheit. Sie flogen über Ostern von Polen nach Ankara und verbrachten Weihnachten auf Kreta. Einige Zeit später besuchte Włodek einen Cousin zweiten Grades, der in einem verschlafenen, grünen Vorort von Detroit lebte. Włodek flog immer wieder hin und blieb jedes Mal etwas länger, bis seine Frau Zofia ihm schließlich den Gefallen tat, ihm zu folgen. Erst für zwei Wochen, dann für immer. Warum er sich gerade in Michigan verliebte, und nicht in Rom oder London, wusste niemand, am allerwenigsten Kamila. Aber auf jeden Fall verliebte er sich, und diese Liebe war stärker als seine Angst davor, etwas Ungesetzliches zu tun, und so wurden ihre Eltern, wie unzählige andere Polen in den USA, zu illegalen Einwanderern.

Trotz der Erzählungen ihres Vaters über Ein-Dollar-Läden, Klimaanlagen und die wundervolle Kirche Our Lady of Mount Carmel (»In den 1880er Jahren von unseren Leuten gebaut, Kamilka!«), beschloss Kamila, erst mal zu Hause zu bleiben und in Kielce die Schule abzuschließen. »Du kannst ja gelegentlich mal eine Karte schicken, Włodziu«, sagte sie, halb im Scherz. Włodek schickte seiner einzigen Tochter in der Tat Postkarten, jede Woche eine, fünf Jahre lang, Postkarten mit sepiafarbenen Abbildungen der malerischen historischen Innenstadt seiner Adoptivheimat. Jeden Monat schickte er ihr zehn Zwanzigdollarscheine, ordentlich in der Mitte gefaltet und von einem Gummiband zusammengehalten. Auf diese Weise war das Leben gut, alles in bester Ordnung, bis zu dem Tag, an dem Kamila wegmusste, möglichst weit weg, und irgendwie war nichts weiter entfernt von Kielce, Polen, als Wyandotte, Michigan.

Kamila Marchewska-Ludek hat alles in ihrer Macht Stehende getan, um die Zeit herumzukriegen, seit sie Polen fluchtartig verlassen hat. »Nimm den Druck aus der Sache, lutsch ein Pfefferminz, und dann fick ihn!«, hatte ihre beste Freundin Natalia ihr neulich gemailt. »Fick ihn.« Sollte das ein Scherz sein, oder hat sie gar nicht gemerkt, wie absurd das klang? Genau das hat Kamila ja die kompletten neun Jahre ihrer Beziehung versucht, aber Emil hat sie jedes Mal zurückgewiesen. »Lass uns warten.« »Lass uns altmodisch sein.« Und sie hat seine Ausreden geschluckt und sich einmal in der Woche selbst befriedigt, sich nach seinem Alabasterkörper verzehrend. Daran hat sich auch nichts geändert, nachdem er ihr einen Antrag gemacht und sie geheiratet hat.

Kamila ist geflüchtet, soweit man in einer globalisierten Welt, in der alles miteinander vernetzt ist, eben flüchten kann. Zwar hatte sie in weiser Voraussicht schon einen Termin bei der amerikanischen Botschaft gehabt, war dann aber doch recht überstürzt abgereist – sie hatte in letzter Minute beim Reisebüro angerufen, ein paar Sachen in einen Koffer geworfen, und jetzt, ein paar Wochen später, wusste sie immer noch nicht recht, wie sie eigentlich hergekommen war.

Ihr Vater holte sie in Detroit am Flughafen ab und hüpfte geradezu vor Freude.

»Kamilka! Oh, Kamilka! Was hast du denn mit deinen Haaren gemacht?«

Kamila trat einen Schritt von ihrem Vater zurück. Er war in den vergangenen fünf Jahren ziemlich gealtert. Abgesehen von einem bemerkenswerten Bauch, den er sich in den USA zugelegt hatte, war er aber so dünn wie eh und je. Sie berührte verlegen ihren schwarzen Pony.

»Habe ich gefärbt. Hast du das auf den Bildern nicht gesehen?«

»Schon, aber ich habe das nicht im wirklichen Leben erwartet, *córeczka*. Und deine Nase … sieht schön aus, Kamilka. Aber ich dachte, ich hole mein kleines Mädchen ab, mit dem wilden orangenen Haarschopf und den weißen Riemchensandalen an den Füßen.«

»Als du mir diese Sandalen gekauft hast, war ich zehn, Tato. Als ihr gegangen seid, war ich schon lange nicht mehr zehn.

Jetzt hör schon auf zu weinen und bring mich nach Hause.« Włodek gehorchte und sah die verlorene Tochter alle paar Sekunden von der Seite an. Kaum zehn Minuten wieder im Schoß der Familie, und Kamila war schon ein bisschen genervt.

Sie lebte sich schnell ein. Ihre Eltern hatten das Nähzimmer leergeräumt und eine Luftmatratze gekauft, auf der sie schlafen konnte. »Für ein paar Wochen oder für immer, Kamila, ganz wie du möchtest«, sagte ihr Vater, und seine grauen Augen funkelten. Außer der Luftmatratze hat sie einen Schreibtisch, einen Schrank und ein Telefon; mehr braucht sie nicht. Ihre Eltern haben noch nicht gefragt, warum ihr Mann nicht mitgekommen ist, der auf den Hochzeitsfotos, die die Frischverheirateten vor fünf Jahren geschickt haben, so schnittig aussieht.

Das polnische Viertel von Wyandotte ist sieben Quadratmeilen klein, und Kielce wirkt dagegen wie eine Großstadt, aber das ist Kamila egal. Sie ist schließlich nicht als Touristin in die USA gekommen, sondern um ein wenig Abstand von dem Chaos zu Hause zu bekommen und ein bisschen Geld zu verdienen, damit sie in Ann Taylor und Banana Republic nach Polen zurückgehen kann – in der lässigen Eleganz, die die amerikanischen Frauen perfektioniert haben. Dafür geht sie babysitten und arbeitet schwarz als Kassiererin beim *masarnia*, der neben Fleisch- und Wurstwaren auch Delikatessen verkauft. Die Dollars vermehren sich schnell, nach der Arbeit stopft Kamila immer Hände voller verknitterter Andrew Jacksons in ihre Kommode, aber trotz des Geldes verkümmert sie immer mehr.

Heute hat es geschneit, auf der Straße waren fast nur Kinder und junge Leute. Die großartigste Nation der Welt macht alle Schotten dicht, wenn es schneit. Ein paar Fernsehreporter hatten den Menschen in sehr ernstem Ton geraten, sich mit Dosensuppen und Wasser einzudecken. Wie erbärmlich. Auf den Straßen strömten Halbstarke in lächerlichen Bomberjacken an ihr vorbei, in denen sie aussahen wie Kugelfische, machten Schneeballschlachten und brüllten sich Obszönitäten zu.

Jetzt sitzt Kamila mit gefalteten Händen an ihrem Schreibtisch und starrt auf ihre alte Schreibmaschine, die sie durch drei Flughäfen geschleppt hat, weil sie sie in Warschau nicht als Gepäck aufgeben wollte. Die Schreibmaschine, die ihre Großmutter ihr geschenkt hat, als Kamila ihr mit dreizehn gestanden hatte, dass sie eine berühmte Schriftstellerin werden wolle. Kamila konnte ihre Stelle in der Apotheke aufgeben, sie konnte ihren Mann verlassen, aber ihre Remington würde sie unter keinen Umständen hergeben.

Sie hat schon lange keinen Brief mehr geschrieben, jedenfalls keinen richtigen, auf Papier. Aber ihre Eltern hatten, bei aller Amerikabegeisterung, beschlossen, keinen Computer zu wollen. »Das braucht doch kein Mensch«, erklärte ihr Vater. »Ich lese lieber Briefe von zu Hause und gucke abends die Nachrichten, ganz altmodisch.« Also geht Kamila in die Stadt, wenn sie ihre Mails lesen will, verbringt Stunden in einem Internetcafé auf der Biddle Avenue und guckt sich dämliche Seiten über amerikanische Promis an, bis sie sich wie betäubt fühlt. Im Internetcafé kann sie aber den Brief, den sie vor sich herschiebt, nicht schreiben. Das könnte sie auf keinen Fall an einem öffentlichen Ort tun, unter all den neugierigen Blicken, vor allem in dieser Gemeinde, wo die Polen ihre Nasen überall hineinstecken, als wäre Tratschen ein Beruf.

Emil Ludek ist weit weg. Er ist genau sieben Stunden und siebentausenddreihundertzweiundzwanzig Kilometer entfernt, und dafür dankt sie Gott. In Kielce ist es jetzt zwei Uhr nachmittags, und wahrscheinlich liegt er immer noch in ihrem Bett – mit seinem Geliebten. Sie sieht die beiden Männer, von denen einer ihr Ehemann ist, förmlich vor sich, wie sie sich unter der lavendelfarbenen Bettdecke aneinanderschmiegen. Kamila zittern die Hände, als sie endlich anfängt zu tippen. *Lieber Emil. Warum? Warum hast du mir nicht gesagt, dass du sch…* Kamilas Finger erstarren. Sie kann es nicht. In diesem Moment geht ihre Zimmertür auf, und ihr Vater, ihr grauer, kleiner Vater, steckt den Kopf herein.

»Kamilka? Da war gerade ein Anruf aus Polen. Schlechte Nachrichten.«

Kamila schlägt das Herz bis zum Hals. »Von wem?« Sie hatte Emil gesagt, er solle sie nie wieder anrufen.

»Von Pan Bogdan.«

»Pan Bogdan?«

»Ja, Kamila, du weißt schon. Justyna Strawicz' Vater. Wart ihr nicht dick befreundet?«

Kamila schluckt hörbar. Mit großer Geste zieht sie den angefangenen Brief aus der Maschine.

»Lange her.«

JUSTYNA
Kielce, Polen

Die letzten vierundzwanzig Stunden haben den Strawicz ein Blutbad beschert. Noch versteht Justyna nicht, dass das unvermeidlich war. Sie sieht nur, dass sie über Nacht zu jemandem geworden ist, über den die Leute tuscheln. Von jetzt an werden die Leute tuscheln, dass sie ihre Trauer übertrieben zur Schau stellt – oder zu wenig trauert. Sie werden Anschuldigungen und Entschuldigungen tuscheln. Und sollte sie jemals einen neuen Mann finden, werden sie erst recht tuscheln – aber wer zum Teufel würde in diesem Kaff eine arbeitslose Witwe mit einem kleinen Kind wollen?

Als sie auf dem Rückweg vom Polizeirevier die Witosa-Straße hinauffuhren, sah sie, wie die Nachbarn sie durch die Fenster anstarrten oder in Grüppchen auf dem Bürgersteig herumstanden und verstohlene Blicke in ihre Richtung warfen. Sie ging an ihnen vorbei, zog an ihrer Zigarette und versuchte, Blickkontakt herzustellen, damit sie ihnen zuwinken konnte und sie verdammt noch mal ertappt zusammenzucken würden, doch niemand biss an. Sie stolperte durch einen Alptraum, durch einen Nebel, nichts schien real.

Die Küchenspüle ist voller Geschirr. Rambo, der Hund ihrer Mutter, hat zwei Pfützen im Flur hinterlassen, und niemand hat sich die Mühe gemacht, sie aufzuwischen. Ihr Sohn Damian wird auf ihrem Schoß langsam unruhig und fragt, ob er draußen spielen darf. Es ist kalt, es schneit, aber Justyna schiebt ihn von sich runter. *Und komm gar nicht erst wieder*, denkt sie, als er aus der Küche rennt.

Schon halb aus der Tür ruft er: »Wenn ich wiederkomme, ist Tato dann wieder da?« Justyna zuckt die Achseln.

»Mal sehen!«, ruft sie zurück.

Sie zündet sich noch eine Zigarette an. Oben hört sie ihre Schwester Elwira weinen. Sie weint ununterbrochen, und Justyna kann ihr das nicht verübeln. Letzte Nacht hat Elwiras Freund Paweł umgebracht, oben im Badezimmer, kaltblütig, aus heiterem Himmel, einfach so.

Celina, Elwiras Tochter, kommt in die Küche, in der Hand eine nackte Barbie. »*Ciociu*, der Hund hat an der Treppe Pipi gemacht.« Justyna reagiert nicht. »*Ciociu*, das stinkt!« Justyna sieht ihre Nichte an, ihre großen, blauen Augen, das strähnige Haar wie ein Haufen Stroh, das hübsche, ovale Gesicht.

Sie reicht Celina ein Geschirrtuch. »Wenn es stinkt, dann wisch es doch auf.«

Vor ihrem geistigen Auge sieht sie immer noch Pawełs Leiche auf dem Tisch des Gerichtsmediziners, verdreht und aufgequollen. War sein letztes Wort ein wütendes »*kurwa*!« gewesen oder ein Ruf nach ihr, ein panisches »Justynka!«? Interessiert außer ihr kein Schwein, und das versteht Justyna auch. Ihr Mann war nur noch ein Kadaver; das sah sie schon daran, wie die zuständigen Beamten ihn anstießen. Paweł würde für die nie jemand sein, der mal *jemand war*; für die hat er nie existiert. Er war eine Leiche. Justyna starrte seine Stichwunden an, als hätte auch sie keinen Bezug zu ihm, als starrte sie einen Fremden an, und nicht Paweł.

Später, auf der Polizeiwache, rauchte Justyna eine L&M Light nach der anderen. Sie starrte die kotzgrünen Wände an und redete, und ein mittelalter Polizist, auf dessen Namensschild *Kurka* stand, protokollierte alles. Gelegentlich rieb er sich die Augen und unterdrückte ein Gähnen.

»Elwiras Freund hat sie verprügelt. Und zwar nicht gelegentlich mal ein Klaps, weil, den hätte sie echt verdient gehabt. Ich rede hier von blauen Augen, Zigaretten auf ihr ausdrücken und so Sachen. Ich habe nie was getan, damit er aufhört. Und ihr Bullen auch nicht. Aber mein Mann …« Justyna stockte. »Mein Mann hat versucht, ihn davon abzuhalten. Er …«

Kurka hatte nach »echt verdient« aufgehört mitzuschreiben und saß mit zusammengekniffenen Lippen stocksteif da.

»Frau Strawicz, wir brauchen nur Informationen über vergangene Nacht. Nur vergangene Nacht.« Justyna klopfte mit einer Zigarette auf den Tisch. Wie konnte sie dem Schwachkopf erklären, dass die letzten fünfundzwanzig Jahre ihres Lebens mit Pawełs Tod zusammenhingen? Dass irgendwo in der tiefsten Vergangenheit der Kern einer Antwort auf die Frage lag, was zum Teufel vor ein paar Stunden passiert war.

»So um Mitternacht ist Filip betrunken nach Hause gekommen und ist sofort auf Elwira los. Hat ihr gesagt, sie soll ihm was zu Essen machen oder so. Sie sagt also: ›Verpiss dich!‹, und er …«

»Elwira Zator, ihre jüngere Schwester?«

Justyna nickte. Sie wussten genau, wer Elwira Zator war; ihre Schwester saß im selben Moment in einem anderen Zimmer auf demselben Flur und wurde von einem anderen langweiligen Beamten befragt.

»Jedenfalls, er hat sie also geschlagen, und sie hat Nasenbluten gekriegt. Und Paweł so ›Jetzt reicht's aber‹. Also hat er ihm eine verpasst, er hat Filip eine verpasst, nur einmal, aber das hat gereicht.« Justyna lächelte über die heldenhafte Tat ihres Mannes. »Filip ist dann nach oben. Eingeschlafen, schätze ich.« Justyna wusste, dass sie zu oft *schätze ich* sagte. Sie seufzte hörbar; diese Befragung war total sinnlos, und sie wünschte, Kurka würde sie einfach gehen lassen.

Filip hatte sich die Treppe hinaufgeschleppt, mit Blut im Gesicht und rotzbesoffen. Er hatte Obszönitäten gegrölt, und Justyna hatte gefürchtet, dass die Kinder aufwachen würden, aber sie waren es gewohnt, Streitereien zu verschlafen. Einmal stolperte Filip und fiel nach hinten, auf den Arsch, und konnte sich im letzten Moment noch am Treppengeländer festhalten, sonst wäre er die Treppe hinuntergestürzt. Justyna überlegte, was wohl gewesen wäre, wenn er sich nicht hätte festhalten können, wenn er rückwärts die Treppe hinuntergefallen wäre und sich das Genick gebrochen hätte.

»Wir sind dann alle ins Bett gegangen, so gegen halb zwei, *schätze ich*. Ach, Scheiße, wollen Sie das wirklich hören? Ich meine, was ich erzähle, ist doch überhaupt kein Stück, wie heißt das: *plausibel*!«

Kurka nickte ungeduldig.

»Okay, also, *ich schätze*, Filip ist irgendwann wieder aufgewacht und in die Küche runtergegangen, ein Messer holen. Elwira hat auf dem Sofa geschlafen. Sie hat ihn gehört, hat aber gedacht, er hat nur einen Brand und wird langsam wieder nüchtern, und dann ist sie wieder eingenickt. Erzählt euch Elwira das nicht alles selber? Ich meine, sie war das, die Filip gesehen hat …«

»Fahren Sie einfach fort, Frau Strawicz. Wir müssen sämtliche Zeugen hören.«

»Zeuge« klang, als hätte sie irgendetwas mitbekommen oder wäre dabeigewesen, aber Justyna fühlte sich höchstens wie eine Schaulustige. Sie atmete hörbar aus, in ihrem Kopf drehte sich alles.

»Elwira hat den Schrei gehört. Ich verschlafe immer alles. Wie man sieht.« Justyna seufzte und lächelte gequält. »Als ich Paweł im Badezimmer gefunden habe, lag er mit dem Gesicht nach unten auf dem Boden, und alles war voller Blut, und, ähm, ich weiß nicht, es war halt alles voller Blut. Ich hab nur so dagestanden. Scheiße. Ich konnte mich einfach überhaupt nicht bewegen.«

»Das war der Schock, Frau Strawicz.«

»Ohne Scheiß jetzt.«

Kurka schürzte die Lippen. Sie merkte, dass er ihre Ausdrucksweise nicht abkonnte.

»Und dann kam Elwira raufgerannt, mit Blut am Hals, weil Filip sie da gepackt hatte, *schätze ich*. Sie hat geweint und hat es irgendwie geschafft, mir zu sagen, dass Filip hinten rausgerannt ist, aber erst ist er zu ihr auf dem Sofa und hat gesagt, wenn sie nicht die Klappe hält, ist sie als Nächste dran. Scheiße. Da hat sie natürlich noch nicht gewusst, was er meint. Also, da noch nicht.«

»Versuchen Sie, ein bisschen zur Ruhe zu kommen. Kielce ist ziemlich klein, Frau Strawicz, und wir tun, was wir können.«

Zwei junge Polizisten fuhren sie nach Hause. Sie waren nett, und der mit dem Schnäuzer war sogar ganz süß. Sie erzählten einen Witz über eine Prostituierte und einen blinden Zigeuner, und Justyna lachte mit. Sie bat darum, ein paar Blocks von ihrem Haus entfernt abgesetzt zu werden. »Die Nachbarn …«, erklärte sie und verdrehte die Augen. Sie lächelten sie freundlich an, und einen kurzen Moment lang dachte Justyna, das alles – der Tod ihres Mannes, ihr Kind, die Krebserkrankung ihrer Mutter, ihr ganzes beschissenes Leben – das alles wäre nur ein Traum.

KAPITEL 2
1989

ANNA
Kielce, Polen

Auf der Rückbank des VWs fährt Anna aus dem Schlaf hoch. Sie wischt sich ein bisschen Spucke vom Mund und sieht aus dem Fenster. Der Morgen dämmert. Die Sonne sieht riesig aus, aber zugleich irgendwie unförmig, als hätte Gott sie mit einem Messer über den Himmel verstrichen. Im Vergleich dazu wirkt die amerikanische Sonne blass.

»Sind wir schon da?«

»Fast. Wir sind über die Grenze gefahren, als du geschlafen hast.«

»Dann sind wir jetzt in Polen?«

»*Tak*. Willkommen zurück, Ania.« *Wujek* Adam lässt den Blick auf der Straße, während er mit ihr spricht. Ihr Onkel ist so süß, mit seinem dicken, schwarzen Haar und dem schiefen Grinsen, wie ein polnischer Tom Cruise.

»Aufgeregt?«

Als sie um vier Uhr morgens in Berlin losgefahren sind, war es draußen noch dunkel. Onkel Adam hatte gesagt, bis Kielce sind es ungefähr neun Stunden Fahrt. Anna sieht auf ihre Armbanduhr, rechnet nach, stößt ein begeistertes Quietschen aus, das sie sofort bereut. Im Rückspiegel sieht sie Adam den Kopf schütteln.

»Scheint so.« Er lächelt und steckt sich eine Zigarette an.

Die Straße ist schmal und holprig und schlecht zu befahren. Die Autos umkurven sich bei Gegenverkehr in waghalsigen Manövern, und von Zeit zu Zeit macht Onkel Adam das auch. Aber Anna hat keine Angst; ihr ist alles recht, solange sie nur schnell nach Kielce kommt. Auf den Feldern links und rechts der Straße stehen Kühe, echte Kühe! Eine weite Hügellandschaft liegt vor ihnen wie ein Flickenteppich, so, wie sie es in irischen Filmen gesehen hat. Manchmal sieht sie alte Männer auf klapprigen Fahrrädern oder alte Frauen, die mit handgeschriebenen Schildern am Straßenrand stehen, auf denen sie *jagody* oder *truskawki* anbieten, frische Beeren in Gläsern. Als Anna das Fenster hinunterkurbelt, ist sie total verblüfft. Sie hätte nicht gedacht, dass sie sich an die Luft erinnern würde. Dieser Geruch nach brennendem Heu und frischer Wäsche, nach Sonnenschein und Würstchen, zugleich würzig und frisch, eine Luft, in der sich verschiedene Schichten überlagern; sie ist perfekt gereift.

»Wujku, in Kielce weiß niemand Bescheid, oder? Tato hat doch nicht gepetzt?«

»Niemand hat gepetzt. Ich hoffe nur, deine Babcia bekommt keinen Herzinfarkt.« Wieder quietscht Anna, und diesmal ist es ihr nicht peinlich. Sie steckt den Kopf aus dem Fenster wie ein Welpe, und die Landschaft saust an ihr vorbei.

Als Anna das letzte Mal in Polen war, war sie eine magere Siebenjährige. Jetzt ist sie fast dreizehn, groß und mit ersten Rundungen, mit üppigen Lippen, großen, blauen Augen und frischer blonder Dauerwelle. Ihr Top umschmeichelt sowohl ihren beeindruckenden Busen als auch ihren kleinen Bauch. Werden ihre Verwandten sie überhaupt erkennen? Wird sie ihnen fremd vorkommen? Sieht sie vielleicht sogar amerikanisch aus?

Sechseinhalb Jahre zuvor waren die Barans in JFK gelandet und hatten mit nur zwei Koffern in der Hand in der Schlange vor dem Zoll gestanden. Das Auswandern fühlte sich damals nicht an wie ein Anfang, sondern wie ein Ende. Sie hatten kein Geld, sie verstanden kein Englisch, und sie kannten keine Menschenseele in New York. Sie fühlten sich wie Treibholz. Aleksandra, eine polnischstämmige Mitarbeiterin des AFL-CIO, des Gewerkschaftsdachverbands der USA und Kanadas, nahm sie am Flughafen in Empfang und begleitete sie in ein Flüchtlingshotel auf der Lower East Side, wo sie drei Wochen lang blieben. Anfangs ertrugen Anna und ihre Eltern die Stadt überhaupt nicht. Zu viel Lärm und zu viel Hektik. Die ersten paar Tage igelten sie sich im Hotelzimmer ein und starrten auf den Farbfernseher. Nachts wachten Anna und ihre Mutter oft davon auf, dass Radosław Kakerlaken erschlug.

Danach half der AFL-CIO ihnen, eine Sozialwohnung in Brooklyn zu mieten. Anna erinnert sich noch dunkel, wie ihre Eltern sich abmühten. Nachts, wenn Anna schlief, suchten sie irgendwo Möbel zusammen. Sie durchkämmten die Straßen und waren verblüfft, was die Amerikaner alles wegwarfen. Sie konnten Anna nicht bei den Hausaufgaben helfen, und das, wo sie doch gerade einmal in die erste Klasse ging. Paulina ging putzen, um ein bisschen Geld zu verdienen. Anna weiß nicht mehr, was Radosław tat. Sie erinnert sich nicht mehr, wie es sich anfühlte, die Sprache nicht zu verstehen, und vielleicht erinnert sie sich deswegen überhaupt nur noch bruchstückhaft an diese Zeit: An einen *Pac-Man*-Spielautomaten in der Lobby des Breslin Hotels, an einen Werbespot für das Musical *CATS!*, an ihr Staunen über Schwarze, Asiaten und orthodoxe Juden.

Schon bald gab Anna ihrem Vater Englischunterricht und bekam einen Dime für jedes Wort, das er bei ihren allabendlichen Diktaten falsch schrieb. Sie rief für ihre Eltern bei der Bank an und übersetzte die Nachrichten, die Paulinas Arbeitgeber ihr wegen der Wäsche auf dem Anrufbeantworter hinterließen. Anna meisterte ihren Englischkurs bravourös, und ihre Eltern, die weder Zeit noch Geld hatten, um selbst einen Kurs zu besuchen, verließen sich auf Anna und den Fernseher als Lehrer und holten ihre Tochter nie mehr ein.

Die Jahre vergingen, jedes noch schneller als das davor. Diesen September, wenn Anna aus Polen zurück ist, kommt sie schon in die achte Klasse einer katholischen Schule in Brooklyn. Ihre Freundinnen sind alle Italienerinnen, und wenn sie sich nachmittags treffen, dann immer bei einer von ihnen zu Hause. Zu Anna in die Sozialwohnung, wo ihre Poster von Elvis und den New Kids on the Block und eine Karte von Polen an der Wand hängen, wollen sie nicht kommen.

Anna gibt sich große Mühe, so zu sein, wie ihre Eltern sie gern hätten – fleißig, stolz und mutig. Aber sie ist zu schüchtern, um anderen Leuten auch nur ins Gesicht zu sehen. Sie muss permanent an ihren Überbiss und die Brille denken, die sie schon tragen muss, seit sie acht ist. Wenn Anna lacht, hält sie sich die Hand vor den Mund wie eine Geisha. Sie verknallt sich in Jungs, traut sich aber nicht recht an sie ran. Sie hat ständig Kummer, weiß aber selbst nicht, warum. Wenn Radosław mit ihr schimpft, weil sie im Winter ohne Mütze herumläuft, dann wehrt sie sich nicht und zeigt ihm nicht hinter seinem Rücken den Mittelfinger. Stattdessen läuft Anna in ihr Zimmer, schließt vorsichtig die Tür und weint leise. Radosław sagt, sie ist eine Heulsuse, aber Anna kommt nicht dagegen an.

Für ihren Vater wäre es nach wie vor riskant, nach Polen einzureisen; solange das Land kommunistisch ist, könnte die Regierung ihn immer noch aus politischen Gründen inhaftieren. Manchmal, wenn Radosław in der entsprechenden Laune ist, jault er über die kommunistischen Arschlöcher, die seinen Vater umgebracht haben, die kommunistischen Arschlöcher, die ihn »kastriert« haben. »Kommunistische

Arschlöcher, kommunistische Wichser, *skurwysyny*«, flüstert er und schlägt sich mit den Fäusten an den Kopf. Vor diesen Launen fürchtet Anna sich mehr als vor seinem Gürtel, der an die Bettkante schlägt, oder davor, dass er sie eine *debilka* nennt. Am meisten aber fürchtet Anna sich vor der Traurigkeit ihres Vaters, weil sie nicht weiß, was sie dagegen tun kann, und es auch niemanden gibt, der ihr einen Rat geben könnte.

Radosław kann sich westlich der Berliner Mauer frei bewegen. Er kämpft seinen Freiheitskampf jetzt von vollgestopften, verrauchten Büros in London, Paris und Amsterdam aus. Er unternimmt monatelange Reisen nach Übersee und bringt Anna alle möglichen Sachen mit, gelbe Holzclogs zum Beispiel. Was er genau arbeitet, darf sie nicht wissen, irgendwas mit Schmuggel wahrscheinlich. Anna weiß nur, dass er eine ganze Sammlung von Reisepässen, Führerscheinen und Visitenkarten besitzt, auf denen die mysteriösen Wörter *Import/Export* stehen. In diesem Sommer hat er Anna mit nach Europa genommen. Ihre letzte Station war West-Berlin, wo Onkel Adam lebt.

Adam fuhr nach Polen, weil Radosław ihn um einen Gefallen gebeten hatte, irgendetwas mit einer Druckerpresse, auf die Radosławs Freunde in Kielce warteten. Die Reise sollte nur drei Tage dauern, und seit sie zum ersten Mal davon gehört hatte, hatte Anna darum gebettelt, mitfahren zu dürfen. Sie hielt Radosław eine flammende Rede darüber, dass er sie »schließlich nicht zum Feigling erzogen« habe und wie sehr sie sich nach ihrer Heimat sehne. Als Radosław das Wort *ojczyzna* hörte, und dann noch von jemandem, den er eindeutig für feige hielt, musste das einen Nerv bei ihm getroffen haben, und sie durfte mitfahren. Anna schlang ihm die Arme um den Hals und sog seinen unverkennbaren Geruch nach Tabak und Würstchen ein. »Geh schon«, murmelte er ihr ins

Haar. »Und komm wieder.« Das war ein Befehl, als Erlaubnis getarnt. Er schob sie ein Stück von sich weg, tätschelte ihr den Kopf, zupfte an ihrem Pony und legte ihr die Hand auf die Wange; eine Reihe schneller Gesten, wie ein Begrüßungs- oder Abschiedsritual. Dann nahm er seine Kette mit dem weißen Adlermedaillon ab, die er im Gefängnis von einem Priester bekommen hatte. Er legte sie Anna um. »*Wracaj*«, grunzte Radosław und ging ohne ein weiteres Wort.

Anna verehrt ihren Vater. Er ist ein echter *bohater*, ein Held der Solidarność. Aber wenn er brüllt, wackelt das ganze Haus, und Anna hat Angst vor ihm. Der vergangene Monat, in dem sie zusammen durch Europa gereist sind, hat sich endlos hingezogen und war so verkrampft wie ein misslungenes Blind Date. Sie wissen nicht, worüber sie reden sollen. Radosław weigert sich, Geld für Hotels auszugeben, stattdessen schlafen sie im Mietwagen oder bei Kollegen auf dem Sofa. Anna ist nicht gerade gut gelaunt, seit sie mitten über dem Atlantik zum ersten Mal ihre Tage bekam. Nach der Landung in Paris schickte Radosław sie ganz allein ihre ersten Binden kaufen. Anna ging zu der netten französischen Kassiererin, zeigte schweigend auf die große, blaue Packung hinter dem Tresen und wäre am liebsten gestorben. Als sie es schließlich geschafft hatte, die riesige Windel an ihrer Unterhose zu befestigen, saß sie in der Toilettenkabine eines Cafés und weinte.

Onkel Adam zwinkert Anna im Rückspiegel zu und deutet auf ein grünes Schild, das KIELCE ankündigt. Sie sieht fasziniert aus dem Fenster, als sie in die Stadt hineinfahren, und als Adam rechts auf die Warszawska-Straße abbiegt, galoppiert ihr das Herz in der Brust. Minuten später halten sie vor dem Vorkriegshäuschen, in dem ihre *babcia* wohnt. Als Anna die Autotür aufmacht und auf das Kopfsteinpflaster des Gehwegs tritt, würde sie Adam gerne bitten, sie allein ins Haus gehen zu lassen, aber als sie den Mund aufmacht, kommt nichts heraus. Anna dreht sich um und sieht die alte Teppichstange, von der sie sich früher hat baumeln lassen wie eine *kiełbasa*, und hätte vor Freude am liebsten laut gejauchzt, aber sie bringt immer noch keinen Ton heraus.

Die Teppichstange steht neben der Ebereschenhecke voller leuchtend roter *jarzębiny* – Anna fällt ein, dass sie sie als Kind gepflückt hat. Der *trzepak* besteht aus drei Eisenstangen, die einen im Boden verankerten Rahmen bilden, mit einer vierten Querstange durch die Mitte. In den Fünfzigerjahren hatten die kommunistischen Hausverwaltungen in allen Siedlungen solche *trzepaki* aufgestellt, Staubsauger gelten bis heute als westlicher Luxus. Anna erinnert sich, wie die Leute, als sie klein war, ihre Teppiche und Läufer hinausgeschleppt, sie über die Stangen gehängt und mit einer Art Tennisschläger ausgeklopft haben. Anna schließt die Augen und hört das trockene *Fopp, Fopp*, das wie ein Refrain klang und sie morgens oft weckte. Adam reißt sie aus ihren Erinnerungen: »Ich warte noch einen Moment hier unten, ja? Dann hast du deinen großen Moment ganz für dich allein. Pfeif, wenn ich den Notarzt rufen soll.« Adam lehnt sich ans Auto, steckt sich eine Zigarette an und lacht.

Das Treppenhaus im Wohnblock riecht wie immer. Anna lässt sich Zeit, als sie die drei Stockwerke hinaufsteigt, sie klammert sich mit schwitziger Hand an das blaue Treppengeländer und atmet die Mischung aus Zigarettenrauch, Regen, frittierten Piroggen und Metall ein. Selbst wenn ihr ganzer Besuch nur daraus bestehen würde, im Treppenhaus zu stehen und zu atmen, wäre er schon ein Erfolg. Im dritten Stock sind drei Türen. Sie klopft an die letzte, die Tür geht auf, und dann steht da, einfach so, *ciocia* Ula. Sie stehen beide da und starren sich an. Anna ist ganz verdattert von der Frisur ihrer

Tante – ein aufgeplusterter Bob in Kürbisorange. Und als Ula schließlich fragt: »Zu wem möchtest du denn?«, sieht Anna, dass Ula, obwohl sie erst Mitte dreißig ist, gar keine Zähne mehr hat.

»*O Matko Boska*!«

Hinter Ula tauchen Gesichter auf, die Rufe nach der Muttergottes werden lauter. Plötzlich ist das Geschrei groß, eine einzige Kakophonie, und Anna wird von Dutzenden Armen in die Wohnung gezogen. Jedenfalls fühlt es sich so an. Gesichter drücken sich an ihr Gesicht, Leute schreien und hüpfen auf und ab, und dann ist da ebenso plötzlich eine unheimliche Stille, als Annas Gesicht an einen warmen, bebenden Busen gedrückt wird. Ihre Großmutter drückt sie so fest, dass es wehtut. Schließlich bricht *babcia* Helenka den Bann und nimmt Annas erstarrtes Gesicht in beide Hände, die zufällig die weichsten Hände der Welt sind.

»*Aniusia*. Du bist wieder da.« *Aniusia*. So nennt sie in den Staaten niemand. Aber in Polen ist Anna oft Ania oder Anka. Und manchmal, nur manchmal, ist sie Aniusia: Schatz, süße, kleine Aniusia.

Später, nachdem alle aufgehört haben, sie zu herzen, drängt Babcia sie, Polnisch zu sprechen.

»Aber dein Polnisch ist doch wunderbar. Du brauchst dich überhaupt nicht zu schämen. Wir reden doch auch immer am Telefon, wenn deine Mama anruft, und jetzt können wir direkt miteinander sprechen! Persönlich, Aniu!« Babcia Helenka hat sich neben Anna gekniet und streichelt ihr über den Kopf. Aber Anna lächelt durch ihre Tränen und sagt nichts.

Nachdem sich die erste Aufregung gelegt hat, kommt Adam und klärt alle darüber auf, wie es zu Annas Überraschungsbesuch kam. Bevor er wieder geht, sagt er: »Ich hole dich Sonntag früh um zehn ab.« Anna sitzt auf dem Sofa, einen leeren Teller auf dem Schoß, auf dem eben noch hausgemachte Fleisch-*pirożki* und süßes Karottensoufflé lagen. Ihre Verwandten, die alle zum *obiad* zur Babcia gekommen sind, schwirren um sie herum, witzeln, lächeln, reichen ihr Kekse und Tee. Ciocia Bronka und Ciocia Ula, die älteren Schwestern ihrer Mutter, sind mit ihren Kindern Hubert und Renata da. Wujek Leszek, Bronkas Mann, steht am Balkon, raucht und fragt nach ihrem Vater. Annas Cousin Hubert trägt eine Tolle auf dem Kopf und Moonwashed-Jeans mit einem Gürtel kurz unterhalb der Brust. Cousine Renata ist größer als Hubert und sieht mit ihrer breiten Nase und dem hübschen, kleinen Mund genau aus wie Tante Bronka.

Hubert unterbricht die plappernden Frauen. »Leute, jetzt lasst sie doch mal in Ruhe. *Jezus Maria*, sie ist doch total kaputt. Anka, ignorier die einfach. Was möchtest du denn machen? Einen Spaziergang oder so? Renata und ich können dich mitnehmen zum *zalew*. Weißt du noch, der Stausee? Sind wir früher jeden Sommer hingefahren. Das Wasser ist inzwischen echt scheiße, aber das Café Relaks ist noch offen. Weißt du noch? Und da ist gerade ein tschechischer Zirkus direkt am …«

»Meine Güte, Hubert, hast du nicht gerade was von In-Ruhe-Lassen gesagt?«, lacht Renata und verdreht die Augen. Renata hat Anna damals zu ihrem ersten Kinobesuch mitgenommen. Anna war fünf, und sie erinnert sich noch, wie sie durch den Regen ins Kino geflitzt sind, an die andächtige Stille im Saal und an einzelne Bilder des Films, *W pustyni i w puszczy*. Sie träumte noch wochenlang von dem Film und dem polnischen Hauptdarsteller. All das fällt Anna nun schlagartig wieder ein.

Wujek Leszek grollt, »Hubert, du *pudel*, jetzt lass sie doch mal in Ruhe.«

Anna lächelt. Huberts Haar sieht wirklich aus wie das eines Pudels, die dichten, schwarzen Locken, die ihm vom Kopf abstehen wie ein verdrehter Turm. Ciocia Bronka fängt an zu lachen und verschluckt sich an ihrem Keks, und Babcia rennt nach einem Geschirrtuch, »die Krümel, die Krümel, Bronka!« Annas Lächeln wird breiter; sie hat sie alle so lieb! Ihr tut das Herz weh vor lauter Liebe; wie kann es sein, dass sie sich noch gestern kaum an ihre Gesichter erinnern konnte? Sie denkt nie an sie, außer wenn sie mit Babcia telefonieren oder wenn sie einmal im Jahr die Weihnachtskarten unterschreibt, die ihre Mom zusammen mit Carepaketen nach Polen schickt. Sie vermisst sie – überhaupt Polen – eigentlich nie besonders. Und jetzt möchte sie ganz plötzlich wieder hier leben, mit ihren Verwandten, in diesem Zimmer, und nie wieder fortgehen.

»Ich würde eigentlich wirklich gern runter in den Hof.«

Das sind die ersten Worte, die sie spricht, und Hubert und Renata springen auf.

»*Sama*. Wenn das okay ist.«

Babcia Helenka sagt ihr, sie soll nicht so weit vom Haus weggehen. Leszek sagt, er wird aus dem Küchenfenster gucken, und wenn sie mit Jungs spricht, meldet er es den Behörden. Das ist natürlich ein Scherz, aber Anna denkt an die Warnungen ihres Vaters vor der Polizei. In Wahrheit möchte sie einfach nur von der Teppichstange baumeln und mal sehen, ob sie diese eine Rolle noch kann.

Als sie die Haustür öffnet, hat sich draußen mindestens ein Dutzend Kinder versammelt. Die meisten hängen an der Teppichstange, weitere lungern davor herum; eine ganze Armee kleiner Krieger, die das Fort gegen den Eindringling verteidigen. Bestimmt haben sie das deutsche Auto vorfahren sehen; vielleicht hatte jemand einen Blick auf das große Mädchen in Levi's erhascht und es herumerzählt. Anna geht zögerlich auf sie zu.

Die Jungs sind zwar in unterschiedlichem Alter, haben aber trotzdem alle dieselbe Figur (mit so dünnen Beinen, dass die riesigen Knie Anna ganz traurig machen). Sie tun so, als wären sie mit etwas anderem beschäftigt. Kaugummikauen zum Beispiel. Die Mädchen starren sie unverhohlen an. Alle, Jungs wie Mädchen, tragen kurze Polyestershorts und offene Sandalen. Plötzlich sieht ein Kind, dessen Shorts so kurz sind, dass sie fast wie Unterhosen aussehen, zu ihr auf und fragt »*Mówisz po polsku*?« Anna nickt, und der Junge fährt auf Polnisch fort: »Das war ein VW, oder? Bist du aus Deutschland?«

Jestem Polką, würde Anna am liebsten sagen, »ich bin Polin«, aber sie will noch nicht in die Defensive gehen, also schüttelt sie nur den Kopf.

Dann fragt ein hübsches Mädchen, das ungefähr in Annas Alter sein muss und dessen braune Haare wie die eines Jungen geschnitten sind: »Woher kommst du denn dann? Von hier bist du ja wohl nicht.« Das Mädchen steht mit verschränkten Armen da und wartet auf Annas Antwort. Ein paar Mädchen kichern, und Anna läuft rosa an. Das Mädchen mit den verschränkten Armen trägt orangefarbene Baumwoll-Shorts mit Blumen, für die sie in den USA ausgelacht worden wäre.

»Ich bin schon von hier. Ich bin hier geboren. Aber jetzt wohne ich in New York.«

Die Gruppe verstummt.

»Wie, echt, in Amerika?«, fragt ein anderer Junge mit so einem peinlich akkurat geschnittenen Pony in einer bescheuerten Länge. Wieder nickt Anna.

»Heilige Scheiße!«, schreit ein Kind, das höchstens sechs Jahre alt ist. Und dann lachen sich alle kaputt, auch Anna.

Am nächsten Tag rennt Anna sofort nach dem Aufwachen

nach draußen. Sie tauscht Adressen mit ihren neuen Freundinnen. Die Hübsche mit dem braunen Haar ist Justyna Zator, deren Mutter die beste Freundin von Annas Mutter Paulina war. Die beiden waren damals im selben Jahr schwanger geworden und mussten die Schule abbrechen. Bis heute halten sie Kontakt. »Ich weiß echt alles über dich. Ich weiß, dass ihr in Brooklyn wohnt und dass dein Vater einen Audi fährt.« Justyna spricht es aus wie *Brroookleeen*, und Anna lächelt.

An diesem Tag kommt Sebastian Tefilski aus dem Ferienlager zurück und wirft sofort ein Auge auf die *Amerykanka*. Sebastian ist süß (jedenfalls für polnische Verhältnisse. Er trägt Frotteesocken und steckt das Hemd in die Hose), und Anna ist sofort verknallt. Justyna sagt ihr, er sei ein Angeber, sie sei im letzten Sommer mit ihm gegangen und er würde küssen wie ein Hund. Er habe dabei so sehr gesabbert, dass sie Ausschlag am Kinn bekommen habe. Anna hört sich das an, aber Ausschlag am Kinn ist ihr egal, wichtig ist nur, dass der coole Junge sie mag. Aber ohnehin mögen sie alle. Sie ist ganz überwältigt von diesem Gefühl und kann nicht genug davon kriegen.

Am dritten Tag, dem Tag ihrer Abreise, fließen Tränen. Anna weint, ihre Cousins und Cousinen weinen, ihre Tante weint ketterauchend auf dem Balkon, und Babcia weint in der Küche und knetet ihren Rosenkranz. Anna versucht, sie alle aufzumuntern, und verspricht, in zehn Monaten wiederzukommen. Wenn es sein muss, wird sie nach der Schule jobben und sich das Flugticket selbst kaufen. Eine Stunde bevor Onkel Adam sie abholen kommt, verabschiedet Anna sich von der Wohnung. Sie stellt sich in jede einzelne Ecke, berührt jede Wand mit den Handflächen und fasst so viele Dinge wie möglich an. »Ich komme wieder«, flüstert sie der rosa Badewanne im winzigen Badezimmer zu. »*Wrócę.*«

Draußen ist die Teppichstange wieder besetzt, diesmal von einer Armee Verbündeter. Sie starren sie mit traurigen, sehnsüchtigen Gesichtern an. So beliebt war Anna in New York nie. Wenn ihre Eltern sie nächstes Jahr nicht wieder herkommen lassen, bringt sie sich wahrscheinlich um.

Sebastian Tefilski kommt im letzten Moment zur Verabschiedung, als Onkel Adam schon das Auto bepackt. Er macht ein ziemliches Gewese darum, Onkel Adam Annas Seesack abzunehmen, und dann umarmt er Anna, drückt sie fest, obwohl die Erwachsenen schon Sprüche über sie klopfen. Sebastian flüstert ihr ins Ohr: »Ich freu mich schon auf nächsten Sommer. Dann will ich mit dir gehen.« Anna schnappt stumm an seinem Hals nach Luft. Sie wird seine Worte nicht vergessen: *Będziesz moją dziewczyną*.

Als das Auto an der St.-Josefs-Kirche vorbeifährt, verschwindet ihr Kindheitsviertel Szydłówek einfach. Anna sitzt auf dem Rücksitz und spürt, wie ihr das Herz bricht. Nach wenigen Kilometern hat sie schon wieder *tęsknota* – Sehnsucht. Heimweh.

»Nicht weinen, *mała*«, sagt Onkel Adam leise, als er wieder in die Warszawska einbiegt, aber Anna kann nicht mehr aufhören.

KAMILA
Kielce, Polen

Kamila knallt die Tür so energisch zu, dass es in der ganzen Wohnung scheppert.

»Mamo! Bist du mit einer Paulina Baran zur Schule gegangen?«

Kamila stürmt in die Küche und bleibt vor ihrer Mutter stehen, die auf einem Hocker sitzt, einen Eimer zwischen den stämmigen Schenkeln, und Kartoffeln schält.

»Du sollst doch nicht so mit den Türen knallen.«

»Und, bist du?«

Zofia lässt die Kartoffel sinken, zeigt mit der Messerspitze auf ihre Tochter und guckt dabei so giftig, dass Kamila sofort verstummt.

»Was bildest du dir ein, hier so reinzustürmen und mich auszufragen? Ich bin doch nicht eine von deinen Mädels, Kamila. Du hast doch genügend *koleżanki* da draußen. Und ich will schwer hoffen, dass keine von denen dir diesen Lippenstift geliehen hat. Das ist doch Lippenstift?«

Kamila tappt mit dem Fuß auf das Linoleum und versucht, ihre Mutter niederzustarren, was ihr nach nur zehn Sekunden schon jämmerlich misslingt. Sie läuft ins Bad, reißt sich ein Stück graues Toilettenpapier ab und wischt sich über den Mund. Lidka Frenczyk hat alle ihre Pink Seduction *szminka* ausprobieren lassen, und in dem ganzen Aufruhr wegen Anna Baran hatte Kamila einfach vergessen, sich den Lippenstift abzuwischen, bevor sie nach Hause rannte. Zofia schminkt sich nicht. Sie rasiert sich nicht die Beine. Sie benutzt kein

Parfüm. Sie hat einen riesigen Leberfleck am linken Ohrläppchen, der dunkel und eklig ist und den alle anstarren, weil man ja gar nicht anders kann.

»Schon besser.« Zofia sieht auf, als Kamila wieder hereinkommt und reumütig dreinschaut. »Damals hieß sie noch nicht Paulina Baran. Sie hieß Paulina Chmielinska.«

»Dann kanntest du sie? Wart ihr befreundet? Wusstest du, dass sie eine Tochter hat, die genauso alt ist wie ich?«

»Wir kannten uns nur.«

»Und?«

»Wie ›und‹?«

»Die Tochter! Was ist mit ihrer Tochter!«

»Nicht in dem Ton, Kamila! Du kommst ab sofort eine Stunde früher nach Hause!«

Kamila kämpft mit aller Macht gegen den Impuls an, mit dem Fuß aufzustampfen. Schlimm genug, dass sie sowieso schon zur gleichen Zeit zu Hause sein muss wie die Kosiak-Zwillinge, die erst zehn sind. Am liebsten würde sie ihrer Mutter den Hals umdrehen, stattdessen nickt sie, langsam und beherrscht, und nimmt sich fest vor, abzuhauen, sobald sie genügend *złoty* beisammen hat.

»Gib mir mal eine saubere Schüssel. Die aus der Spüle.« Zofia sieht zu, wie Kamila gehorcht; ihr Kampfgeist ist fürs Erste gebrochen.

»Die kleine Anna Baran wurde genau sechs Wochen vor dir geboren. Ich glaube, ihr seid am selben Tag getauft worden, aber da bin ich nicht mehr sicher. Ich weiß nur noch, dass du die ganze Zeit laut gebrüllt hast.« Zofia gestattet sich ein zufriedenes Lächeln. »In dem Jahr sind wir alle schwanger geworden, Teresa Anielska, Paulina und ich. Ich war natürlich mit deinem Vater verheiratet und du warst absolut geplant, aber sie haben mich trotzdem von der Schule geworfen.«

Sie waren am selben Tag getauft worden? Kamila würde am liebsten einen Triumphschrei ausstoßen. Ha! Mit dieser Information würde sie gern zu Justyna zurückstürmen und sie ihr unter die Nase reiben.

»Weißt du was? Die kleine Anna Baran ist gar nicht mehr so klein.«

»Davon bin ich mal ausgegangen. Aber ich hoffe, dass sie nicht genauso ›nicht so klein‹ ist wie du. Ich hab dich gewarnt, Kamila; Mädchen wie du können es sich nicht leisten, fett zu werden. Das Leben ist nicht nett zu *ofermy* wie dir, also wehret den Anfängen. Hast du mein Haarspray benutzt?«

Mädchen wie du. Kamila wird ganz heiß. Mit *Mädchen wie du* meint ihre Mutter: plump und nicht liebenswert. Mädchen, die um Nachschlag bitten und heimlich noch eine dritte Portion essen. Mädchen, denen Diäten oder sonstige Zurückhaltung egal sind. Mädchen mit fettigem Haar, unreiner Haut und schmutzigen Gedanken.

Kamila weiß schon nicht mehr, ob sie das Haarspray benutzt hat, sie erinnert sich an nichts mehr, was vor der Nachricht lag, dass Anna Baran in der Stadt gewesen ist.

»Mamo, sie war hier. Anna war hier! In Kielce! Am Wochenende!«

»Echt? Die Barans waren hier?«

»Nein! Nur sie. Das war irgendwie eine supergeheime Reise oder so. Ihr Onkel hat sie aus Westdeutschland mitgebracht.«

»Verstehe.«

»Aber, Mama, ich war am Wochenende mit Tato auf der blöden *działka* und habe Erdbeeren gepflückt und Däumchen gedreht, statt eine Freundschaft fürs Leben zu schließen! Warum hast du mich da hingeschickt?«

»Du bist da jedes Wochenende, und du hast eine Menge

Spaß mit deinem Vater auf dem Land. Jetzt hör auf mit dem Theater und tu die hier in den Topf.«

Kamila trägt die Schüssel mit den frischgeschälten Kartoffeln zum Herd. Gott, sie liebt Kartoffeln. Sie hofft, dass ihre Mutter *zalewajka* macht. Eine Schüssel saure Suppe mit saftiger *kiełbasa* und einem hartgekochten Ei wäre jetzt wirklich gut für ihre Laune.

»Jedenfalls, Mama, Justyna Zator ist voll am Angeben, dass Anna und sie sich ja so toll verstehen und ganz dicke Freundinnen sind, und sie haben Adressen ausgetauscht und wollen sich schreiben, aber Justyna gibt mir die Adresse nicht! Ich wollte ihr einen Brief schreiben und ihr sagen, dass ich das total schade finde, dass wir uns verpasst haben, und dass ich nächsten Sommer, wenn sie wiederkommt, auch ihre Freundin sein will. Und jetzt geht das alles nicht, weil du mich auf die bescheuerte *działka* geschickt hast und Justyna eine egoistische Kuh ist!«

Kamila plumpst auf einen Stuhl am Fenster und weint. Sie kommt nicht dagegen an. Sie hat das wichtigste Ereignis des Sommers verpasst, weil sie mit ihrem Vater Erdbeeren pflücken und bescheuerte Girlanden winden musste. Die Grausamkeit der Welt verschlägt Kamila zum wiederholten Mal die Sprache. Wenn das so weitergeht, dann weiß sie nicht, wie sie es aushalten soll.

Zofia steht auf und geht zu ihrer Tochter. »Jetzt reg dich doch nicht so auf, Kamila. Das sieht doch nicht aus.« Kamila sieht weg und schweigt.

Nach Jakubs Tod hat Zofia, statt sich an das eine Kind zu klammern, das sie noch hatte, es komplett Włodek überlassen, sich um Kamila zu kümmern. Er las ihr Gutenachtgeschichten vor, küsste ihre aufgeschürften Knie und zeigte ihr, wie man aus Tonklumpen Tierfiguren formte. Zofia wollte von alldem nichts wissen und übernahm lieber die Rolle des *bad cop*. So hatte sie jetzt zwar einen emotionalen Sicherheitsabstand für den Fall, dass Kamila ebenfalls etwas zustieß – aber dafür konnte Kamila sie halt nicht leiden.

»Weißt du was, Modrzejewska? Wenn du Ania einen Brief schreiben willst, dann mach das doch. Ich kriege immer noch jedes Jahr eine Weihnachtskarte von den Barans. Schäl du mal die Kartoffeln fertig, ich gehe eine suchen.«

Kamila hebt den Kopf vom Tisch. *Modrzejewska*. Die berühmteste polnische Schauspielerin aller Zeiten. Schön wär's! Schön wär's, wenn Kamila auch nur einen Hauch von der Schönheit und Anmut der Modrzejewska hätte. Bevor ihre Mutter sich wehren kann, schlingt Kamila ihr die speckigen Arme um die Taille, zieht sie an sich und drückt ihr das Gesicht in die Schürze. Es wäre schön, wenn Zofia ihrer Tochter die Hand auf den Kopf legen oder ihr übers Haar streichen würde, aber das tut sie nicht.

Später am Abend ruft Kamila ihren Vater zu sich ins Zimmer. Sie reicht ihm schweigend den Brief, und er liest.

Droga Aniu,
es tut mir total leid, dass ich mich mit einem Brief vorstellen muss. Das hätte ich lieber persönlich getan, aber mein Vater und ich waren an dem Wochenende auf unserer działka, deswegen haben wir uns verpasst. Ich könnte mir in den Arsch beißen! Alle fanden dich echt nett und lieb, und auch total hübsch! Falls du dich fragst, woher ich deine Adresse habe: keine Sorge, nicht von Justyna. Sie wollte sie mir nicht geben, und ich finde, das solltest du wissen, weil echte Freundinnen alles teilen! Dies hier wird ein kurzer Brief, denn vielleicht willst du mir ja gar nicht schreiben. Vielleicht hast du in Amerika viel zu viel zu tun oder schon genug Brieffreun-

dinnen. Aber ich dachte, ich versuche es mal, ich bin nämlich auch ganz nett! Wirklich nicht zu fassen, dass ich dich nicht kennengelernt habe. Wusstest du, dass unsere Mütter zusammen zur Schule gegangen sind und dass wir nur sechs Wochen auseinander sind? Das ist doch irre. Ich bin älter!
Oh, das hätte ich ja fast vergessen: ich heiße Kamila Marchewska. Ich wohne in der Klatka 63, das ist nur ein paar Häuser neben deiner Babcia. Ich bin Einzelkind, genau wie du (na ja, ich hatte einen Bruder, der ertrunken ist, als er drei war und ich fünf, aber ich erinnere mich nicht mehr richtig an ihn). Meine Mutter heißt Zofia. Von ihr habe ich auch deine Adresse, weil deine Mutter uns immer noch Weihnachtskarten schickt. Und wir wurden am selben Tag getauft, in St. Józef! Du siehst also, da besteht schon eine Verbindung zwischen uns.
Ich komme im Herbst in die achte Klasse. Unglaublich, dass die Sommerferien schon fast vorbei sind. Ich könnte heulen. Keine Sonnenuntergänge und Lagerfeuer mehr, und das Schwimmbad Tęcza macht auch zu. Im Januar ist meine Oma gestorben, und ich bin endlich drüber hinweg, weil im Sommer alles besser ist. Aber jetzt ist er vorbei, und ich habe schon Schiss vor dem nächsten Schuljahr. Jedenfalls, wenn die Gerüchte stimmen und du nächstes Jahr für die ganzen Ferien hierherkommst, dann finde ich das toll, und ich freue mich schon drauf und zähle die Tage im Kalender. Ich glaube, wir werden bestimmt bessere Freundinnen als du und Justyna, weil sie wirklich gemein sein kann, und außerdem lügt sie. Aber sag ihr bloß nicht, dass ich das gesagt habe!
Proszę cię, *schreib zurück!*

Kamila Mariana Marchewska

Włodek faltet den Brief in der Mitte und legt ihn vorsichtig wieder auf den Nachttisch seiner Tochter. Kamila liegt in ihrem hochgeschlossenen rosa Nachthemd mit aufgestickten lila Rosen auf dem Klappsofa. Sie sieht aus, als wäre sie wieder acht Jahre alt, ihr Gesicht glüht vor Aufregung.

»Und? Komm schon, Tatusiu, was meinst du? Sei ehrlich.«

»*Tatusiu*? So hast du mich ja schon ewig nicht mehr genannt, *córeczko*.« Włodek lächelt, und Kamila verdreht die Augen.

»Das ist ein sehr schöner Brief, Kamilka. Aber meinst du nicht, dass das ein bisschen zu dringend klingt?«

Kamila setzt sich ruckartig auf. »Aber es *ist* mir doch dringend! Ich will sie unbedingt kennenlernen!«

»Aber es klingt fast, als würdest du sie schon kennen. Du schreibst da Sachen, die man einem Fremden normalerweise nicht erzählt.«

»Was denn? Weil ich ihr sage, dass Justyna echt eine Ziege sein kann? Na ja, ich bin ja nur ehrlich. Glaub mir, Tato, das bricht Ania doch sonst das Herz, wenn sie merkt, dass Justyna so eine falsche Schlange ist. Und du sagst doch auch immer, ehrlich währt am längsten.«

»*Tak*, Kamila, das sage ich schon.« Włodek steht auf und geht langsam ans Bücherregal seiner Tochter. Sein Blick gleitet über die Regalböden, als er weiterspricht. »Aber das mit deinem Bruder? Vielleicht könnten wir das, na ja, halt jetzt noch nicht erzählen. Manches behält man besser für sich, bis man wirklich eine starke, vertrauensvolle Freundschaft aufgebaut hat. Verstehst du?«

»Aber alle wissen doch, was mit Jakub passiert ist! Nur du und Mama, ihr glaubt anscheinend, das wäre irgendwie ein Geheimnis oder so. Und wen interessiert das schon? Ist doch Jahre her.«

»Mäuschen, wenn jemand, den man liebt, einem genommen wird – und Jakub ist ja nicht einfach gestorben wie Babcia –, dann ist es egal, wie lange das her ist. Das Herz bleibt für immer gebrochen.«

»Reicht es nicht, dass wir ungefähr eine Million Mal im Jahr zu seinem Grab gehen? Das bringt doch überhaupt nichts. Tut mir leid, Tato, aber ist doch wahr. Jedenfalls, ich schicke den Brief so ab. Ich finde, er ist perfekt.«

Włodek dreht Kamila den Rücken zu und kneift die Augen zusammen. Kamila weiß, dass er sich niemals verzeihen wird, dass er damals eingeschlafen ist, als der dreijährige Jakub in den See watete. Aber es ist nun mal passiert, und es ist schon ewig her. Kamila seufzt entnervt. Ihr Vater lässt die Schultern hängen.

»Gut, Kamila. Aber zeig ihn nicht deiner Mutter.«

»Uh, keine Sorge, das hatte ich auch gar nicht vor. Ich bin doch nicht bescheuert!«

Ihr Vater nickt, und sofort tut er Kamila leid. Er ist fix und fertig, und er ist stets bereit, alles zu tun, was man von ihm verlangt, und Zofia hat keine Hemmungen, etwas von ihm zu verlangen. Deshalb geht Kamila auch davon aus, dass er Zofia ebenfalls hasst.

Kamila springt aus dem Bett und läuft zu Włodek, der schon an der Tür ist. Sie drückt ihn, und er drückt sie dankbar zurück.

»Kopf hoch, Tatusiu.« Kamila grinst. »Am Donnerstag gehen wir angeln, oder?«

Włodek nickt und streicht Kamila mit der Hand das Haar zurück.

»Lass es, Tato. Lass es einfach so.«

Bevor sie das Licht ausmacht, verbringt Kamila eine halbe Stunde damit, ihr Haar in kleine Zöpfe zu flechten; als sie fertig ist, sieht ihr Kopf aus wie von einem Netz überzogen. Nicht gerade hübsch, aber es ist die einzige Möglichkeit, ihre grässliche Naturkrause zu bändigen. Dann kriecht sie unter die Bettdecke und fragt sich, wie lange so ein Brief wohl braucht, um über den Atlantik zu kommen.

JUSTYNA
Kielce, Polen

Justyna spürt, wie ihre Schwester sich auf der anderen Seite der *wersalka* bewegt.

»Jetzt hör auf damit!«

»Was? Ich kann nicht schlafen.«

»Dann reib dich halt nicht dauernd am Kissen.« Elwira erstarrt, dreht den Oberkörper ein ganz kleines bisschen und rückt irgendwas zurecht. »Halt die Klappe! Ich wälze mich nur so rum, weil ich nicht schlafen kann. Ich muss immer noch an Ania Baran denken, und ich …«

»Du rubbelst an dir rum und denkst dabei an sie? Bist du pervers, du *lesbijka*?« Justynas Lachen ist rau und gemein.

»Selber *lesbijka*! Du hast doch hier die Schwimmhäute zwischen den Zehen.«

»Schnauze!«, zischt Justyna in die Dunkelheit. Die kleine Missbildung an ihrem rechten Fuß ist sozusagen ihre Achillesferse, der eine Makel auf einer ansonsten makellosen Oberfläche. Ihr kurzes, kastanienbraunes Haar umrahmt ihr Gesicht perfekt, und sie hat eine kleine Nase, was in einem slawischen Land ein echtes Pfund ist. Ihre Augen blitzen wie Saphire, ihre Figur ist schlank, aber mit genau den richtigen Kurven, und sie hat einen Schönheitsfleck über dem Mund, den sie mit einem schwarzen Eyeliner betont, wie ein Filmstar.

»Noch ein Wort, und ich sage Mama, dass du jede Nacht an dir rummachst.« Elwira ist augenblicklich still.

»Sowieso, wen interessiert denn Anka Baran? Sie ist wieder

in Amerika, und wahrscheinlich sehen wir sie nie wieder.« Justyna kriecht aus dem Bett. Sie schiebt die Hände unter die Matratze und holt eine Packung filterlose *Zefiry* raus. Dann geht sie auf Zehenspitzen ans Fenster und steckt sich eine an.

»Du musst grade was sagen von wegen ekelhaft. Das riechen Mama und Tato doch. Die wissen doch genau, dass du das machst.«

»Und offensichtlich ist es ihnen scheißegal, sie haben nämlich beide noch keinen Pieps gesagt deswegen. Außerdem wäre das total geheuchelt, wenn sie was dagegen hätten, und das würde ich ihnen auch sagen. Aber du bist mich eh gleich los. Also, ich bin weg.« Elwira setzt sich im Bett auf. Für eine Neunjährige ist sie winzig, geradezu kümmerlich, aber Justyna weiß, dass die Leute sie für die hübschere der beiden halten. Das macht Justyna aber nichts aus, denn sie glaubt, dass Elwiras Koboldhaftigkeit und Kleinwüchsigkeit nicht mehr so niedlich wirken werden, wenn sie erst mal sechzehn ist.

»Wo gehst du hin?«, will Elwira wissen.

»Was geht dich das an, *dzieciaku*? Kümmer du dich um dein Kissen und träum was Schönes. Ich hab Besseres zu tun.«

Und damit greift Justyna nach Minirock und Sandalen, macht die Tür auf und ist verschwunden.

Im Wohnzimmer liegen Justynas Eltern, Teresa und Bogdan, auf der orangefarbenen *wersalka* und sehen fern. Sie sieht, dass die Beine ihrer Mutter mit denen ihres Vaters verschränkt sind. Die beiden berühren sich dauernd, knutschen und umarmen sich. Justyna findet das ein bisschen eklig, aber eigentlich ist es ihr auch egal. Als sie die Schlafzimmertür hinter sich zuzieht, sieht ihre Mutter auf, und sie schauen sich einen Moment lang in die Augen. Teresa weiß offensichtlich, was Justyna vorhat, aber sie wird jetzt nicht in den Flur stürmen. Später wird Justyna eine Schimpftirade über sich ergehen lassen müssen, und Teresa wird ihr mit Hausarrest drohen, den sie aber eh nie wirklich verhängt.

Die Julinacht ist ungewöhnlich kühl. Sie hätte sich noch einen Pullover mitnehmen sollen, aber es ist nicht weit bis zum Relaks. Es ist erst halb zehn, und ein Großteil von Szydłówek ist schon dunkel. Die Straßenlampen gehen aus, eine nach der anderen, wie Dominosteine.

Auf den Bänken auf der anderen Seite der Klonowa-Straße am Fußweg zum Relaks sitzen die alten Männer aus dem Viertel. Das Relaks und die Gegend drum herum sind zum heimlichen Treffpunkt für die stadtbekannten Säufer und für diejenigen jungen Männer geworden, die die nächste Generation stadtbekannter Säufer werden möchten. Sie beziehen ihren Stoff allerdings nicht aus dem überteuerten Café, sondern bringen ihren eigenen Schwarzgebrannten und billigen Wein mit.

In den Sechziger- und Siebzigerjahren hat das Café den ganzen Sommer gebrummt. Am Wochenende fielen Familien und Touristen in die Gegend um den Stausee ein, saßen auf Decken, mieteten Kajaks und spazierten den Hügel hinauf zum Relaks, wo sie kaltes Bier und Pommes in spitzen Tüten kauften, dazu bekam man kleine Plastikgabeln. Aber das war damals, als das Wasser im Stausee noch sauber war und man tatsächlich darin schwimmen konnte. Heute ist der *zalew* angeblich voller Klärschlamm und Leichen von dem Friedhof auf der anderen Seite, der vor ein paar Jahren überschwemmt wurde.

Als sie sich dem Relaks nähert, sieht sie Lolek Siwa und Kowalski auf einer Bank sitzen, ihre Zigaretten glimmen wie Glühwürmchen. Als sie an ihnen vorbeigeht, ruft Lolek: »Hey, Zator, ich wusste ja gar nicht, dass das hier so ein Schlampenpflaster ist.« Justyna zeigt ihm lässig den Mittelfinger. »Ist es ja auch nicht, Lolek. Ich hab gehört, hier ist Schweineland, da dachte ich, ich gucke mir das mal an. Scheint ja wahr zu sein, *oink oink.*«

Kowalski prustet los, und Justyna freut sich. Lolek ist der Siedlungsclown, reagiert aber brutal gereizt, wenn man ihn auf dem falschen Fuß erwischt. Er hat gerade erst die Schule geschmissen, aber er sieht deutlich älter aus als siebzehn. Lolek stolziert herum wie ein Gockel, sein knallrotes Haar ist immer zu einer total unmodernen Tolle gegelt, und er rasiert sich nie den kümmerlichen orangefarbenen Schnäuzer. Er leiht sich dauernd Geld für Bier und Pornos, zahlt es aber nie zurück. Letztes Jahr hat er zu Kowalskis achtzehntem Geburtstag eine russische Prostituierte mitgebracht und sie hat der gesamten Truppe zum Schnäppchenpreis einen runtergeholt. Lolek ist eine Legende. Aber für die meisten Mädchen ist nicht er das Objekt der Begierde, sondern sein Kumpel Kowalski. Der ist zwar klein, aber er sieht gut aus. In einem Land, in dem den Kerlen schon in den Zwanzigern die Zähne ausfallen, ist Kowalski mit seinem breiten Lächeln und den gebügelten Jeans ein guter Fang.

Justyna schlendert zu ihnen, nimmt sich die Weinflasche, die unter ihrer Bank steht, und trinkt, ohne zu zögern, einen großen Schluck. Dann reicht sie Kowalski die Flasche, sagt »billige Plörre« und geht weiter. Sie hört die beiden immer noch johlen, als sie um die Ecke biegt.

Sebastian Tefilski wartet am verabredeten Ort auf sie. Er sitzt oben auf dem Hügel, der zum Wasser hinunterführt, und hat Kopfhörer auf. Sie setzt sich und lehnt sich an ihn.

»Depeche Mode? Ist das die Kassette, die du mir letztes Jahr überspielt hast?«, fragt Justyna. Sebastian nimmt die Kopfhörer ab und starrt weiter geradeaus.

»Na und?«

»Es gibt doch längst was Neues. Man nennt das ›auf der Höhe der Zeit sein‹, Tefilski. Solltest du mal ausprobieren.« Justyna lächelt lasziv, aber Sebastian streckt ungeduldig die Hand aus.

»Jesus Maria, was hast du denn für ein Problem? Sei froh, dass ich überhaupt hier bin. Ich könnte auch zu Hause sein und längst schlafen, stattdessen spiele ich hier den Postboten.«

»Gib's mir einfach.«

Justyna wühlt verärgert in ihrer Rocktasche. Sie holt einen Zettel heraus, ordentlich zu einem kleinen Quadrat gefaltet. Sebastian greift danach, das aufgeregte Lächeln in seinem Gesicht ist Justyna fast ein bisschen peinlich. Sie fragt sich, ob sie ihn jemals so glücklich gemacht hat. Aber dann schwindet Sebastians Lächeln. Er steht langsam auf und zerreißt den Zettel in winzige Schnipsel, die auf den Boden schweben wie Federn. Justyna stellt sich neben ihn.

»Nicht gut?«

Sebastians Schweigen erfüllt die Luft, und einen Augenblick lang hat Justyna ein schlechtes Gewissen. Aber nein; Anna ist doch selber schuld - oder sie beide. Als Justyna Anna von sich und Tefilski erzählte - um anzugeben, aber auch um sie zu warnen –, war es, als würde Anna den Subtext nicht hören, und als wäre Justynas abgelegter Liebhaber für sie schon in Ordnung. Der *Amerykanka* war die Geschichte anderer Leute scheißegal, das war mal klar. Sie war jämmerlich durchschaubar, sie hatte Sebastian ja quasi inhaliert, als sie sich zum Abschied umarmt hatten. Justyna hatte ihr Geflüster gehört und die Blicke gesehen. Sie war ja nicht blöd.

Das mit Sebastian Tefilski und Justyna Zator hatte schon bei ihrer Erstkommunion angefangen. Sie waren acht Jahre alt und sollten nebeneinander den Mittelgang in der Kirche entlangschreiten, als eines von dreizehn Paaren. Sie gingen auf den Altar zu, wie sie es geübt hatten, in einem langsamen Zweierschritt, und versuchten, nicht zu lachen. Justyna ertrug ihre scheuernde Strumpfhose nicht mehr und kratzte sich verstohlen zwischen den Beinen. Sebastian ertappte sie dabei und grinste, und sie streckte ihm die Zunge raus. Dann musste sie sie gleich noch einmal rausstrecken, um die Hostie entgegenzunehmen. Seit diesem Tag ver- und entliebten Sebastian und Justyna sich andauernd.

Anka Baran hat sich nicht nur irgendeines Ex-Freundes bemächtigt; sie ist hinter dem ersten Jungen her, der Justyna je wirklich geliebt hat – was machen ein paar gefälschte Sätze da schon aus? Trotzdem hat sie sich gerne mit der Ausländerin angefreundet, schon allein aus Neugier. Sie plant bereits zukünftige Shoppingtouren im Puchatek und Pyjamapartys mit Anna. Sie *werden* Freundinnen werden – denn außer gelegentlich mit der bekloppten Kamila Marchewska hängt sie eigentlich nie mit Mädchen herum. Diese Lücke wird Anna Baran schön schließen können.

Sebastian zitiert aus dem Gedächtnis, seine Stimme klingt mechanisch und verwirrt: »›Lieber Sebastian, ich habe einen Freund in Amerika. Ziemlich ernste Sache. Ich glaube, du hast mir leidgetan, und ich wusste nicht, wie ich es dir sagen soll, aber bitte warte nicht auf mich. Genieß den Sommer, Deine Anna Baran‹.«

Justyna lächelt schief. »›Du hast mir leidgetan‹? Aua. Für wen hält die sich denn? Echt jetzt mal.« Sie zupft an seinem Arm. »Oder?«

Sebastian sieht Justyna ins Gesicht und kann seine Beschämung nicht verbergen.

»Weißt du was, Tefilski? Scheiß auf sie. Und denk nicht mal drüber nach, ihr zu schreiben, außer du willst wie ein Bittsteller rüberkommen.« Sie rückt näher. »Du bist sowieso viel zu gut für die. Sie wüsste gar nicht, was sie an dir hat, selbst wenn sie dich wollte.« Ihre Nasen berühren sich jetzt beinahe, und Sebastian sagt nichts, entzieht sich aber auch nicht.

»Weißt du noch letztes Jahr, als wir uns getrennt haben? Weißt du noch, warum?« Justynas Finger finden seinen Reißverschluss, und dann sind sie schnell in seiner Jeans. Sein Penis fühlt sich an wie Kuchenteig, weich und geschmeidig. Sie fängt an, ihn mit beiden Händen zu kneten, und er bleibt nicht lange weich. »Wir haben uns getrennt, weil ich noch nicht so weit war, weißt du noch?«

Sebastian atmet aus.

»Aber weißt du was? Jetzt bin ich so weit.«

Und damit sinkt Justyna langsam auf die Knie.

KAPITEL 3

2002

ANNA
Greenpoint, Brooklyn

Es ist dunkel, neben ihr schläft Ben. Er kommt ihr fremd vor, wie ein Kleid aus der letzten Saison, das zu nichts mehr passt. Anna starrt seine Geheimratsecken an, hebt die Decke hoch und betrachtet seinen Bauch. Er hatte schon immer ein kleines Bäuchlein, das von seiner Hipster-Ernährung kündete – wenig Gemüse, viel Hopfen. Sie hat es immer liebevoll geknetet. Sie hat darüber gewitzelt, und im Moment wünscht sie sich nichts sehnlicher, als ihn wieder zu wollen; dann wäre alles so viel weniger kompliziert.

Anna tastet unter ihrem Kissen nach ihrer Brille. Vorsichtig legt sie Ben einen Finger auf den Mund und zeichnet seine Konturen nach. Ja, sein Mund ist wirklich schön, seine weichen Lippen sind nie rissig, nicht mal im tiefsten Winter. Aber Anna kann sich nicht mehr erinnern, wann sie sich das letzte Mal geküsst haben, *richtig* geküsst, wie die gierigen High-School-Kids in der U-Bahn, denen es scheißegal ist, wer ihnen dabei zusieht. Früher musste Ben manchmal auf offener Straße seinen Ständer verbergen, wenn Anna die Nase an seinem Hals rieb. Sie konnten einfach nicht voneinander lassen, zu Hause nicht, und in der Öffentlichkeit auch nicht. Jetzt küssen sie sich nur noch im Beisein ihrer Freunde, als müssten sie ihnen etwas beweisen.

Als Ben am Tag zuvor nach Hause kam, morgens um elf, lag Anna zusammengerollt auf dem Sofa, ein umgekippter Aschenbecher zu ihren Füßen, sein stinkender Inhalt auf dem Fußboden. Ben machte Kaffee und fand ihre verlorene

Brille in einem leeren Becher in der Spüle. Als er sie ihr sanft auf die Nase setzte, schlug sie die Augen auf.

»Hallo.« Er beugte sich über sie und wollte sie auf den Mund küssen, aber sie drehte den Kopf weg. Er machte sich nicht die Mühe mit ihrer Wange. »Frick war da und hat eine Nachricht hinterlassen. Er ist sauer, dass du nicht aufgemacht hast. ›Repariert euren Kühlschrank doch selber‹, schreibt er. Nett. Hast du im Koma gelegen oder was?«

Anna fing an zu heulen. Ben legte den Arm um sie, und als sie sich einigermaßen beruhigt hatte, erzählte sie ihm von Justyna. Sie wollte, dass er alles wiedergutmacht, aber er seufzte nur und sagte »was für eine Scheiße«. Er schlug vor, etwas essen zu gehen, er meinte, das würde Anna ablenken. Aber beim Essen kaute Ben schweigend auf seinem Reis herum, während Anna in ihr Pad Thai mit Rindfleisch weinte.

»Ich kann nicht schlafen. Ich habe so einen Quatsch geträumt«, flüstert Anna jetzt in die Dunkelheit und zupft ihn am Ohrläppchen. »Ich bin in einer Badewanne durch die Straßen bei meiner Babcia gepaddelt, und neben mir schwammen Pferde. Die ganze Stadt war überflutet, und ich hab dich gesucht, und dann habe ich dich in irgendeiner Wohnung gefunden, wo du mit Charlize Theron rumgemacht hast, und du hast gesagt ›Ist schon okay, Anna, sie ist einfach sehr schön, das verstehst du doch, oder?‹ Es war furchtbar.« Ben schlägt die Augen auf.

Er dreht sich zu ihr und schlingt unter der Decke seine Beine um ihre. Sie hat sie seit über einer Woche nicht rasiert.

»Schatz, du musst dich wirklich mal um deinen Zahn kümmern.«

»Oh Mann! Ich erzähle dir von meinen Alpträumen, und du jaulst nur über meinen schlechten Atem? Na schönen

Dank, du Arsch!« Anna setzt sich auf und schwingt die Beine aus dem Bett.

»Annie, komm schon, soll ich mich für was entschuldigen, was ich in deinen Träumen mache? Das ist doch Quatsch. Und nenn mich nicht Arsch, wenn du nicht willst, dass ich mich wie einer benehme.«

»Was soll das denn jetzt werden, eine Drohung?«

Ben versucht, ihr den Arm um die Schulter zu legen. »Es ist zu früh für so was. Du bist durcheinander. Sag mir einfach, was ich tun soll, Annie.«

»Halt einfach die Klappe und lass mich in Ruhe.«

»Sprich nicht so mit mir.« Ben erhebt die Stimme. »Das ist nicht fair. Das mit deiner Freundin, was mit ihrem Mann passiert ist, tut mir leid, aber wann hast du sie denn zuletzt gesehen? Wann habt ihr überhaupt zuletzt miteinander gesprochen?«

»Was soll das denn jetzt heißen?«

»Es soll heißen, dass das alles gar nicht so viel mit dir zu tun hat. Du bist doch eigentlich schon die ganze Zeit irgendwie traurig, und das ist jetzt nur der Anlass, es rauszulassen. Und als du das letzte Mal in Polen warst, hast du sie nicht mal gesehen, oder?«

»Das hat doch überhaupt nichts damit zu tun! Hat Mitgefühl irgendwie ein Ablaufdatum, oder was? Ich habe sie zu meiner Premiere eingeladen, aber sie ist nicht gekommen. Ich war nur für fünf Scheißtage dort, Ben! Das war eine Geschäftsreise! Beruflich!«

»Das nehme ich dir nicht ab, Annie. Polen war nie eine Geschäftsreise für dich.«

»Was soll das denn jetzt heißen? Ich darf nicht traurig sein, nur weil wir keine Brieffreundinnen mehr sind?«

»Jetzt sprich nicht so mit mir! Ich bin doch nicht der Feind.

Was deiner Freundin passiert ist, ist furchtbar, aber jetzt komm mal wieder runter!«

»Was meiner Freundin ›passiert ist‹? Sprich es aus, Ben – was ist ihr denn ›passiert‹?«

»Ich schlafe jetzt weiter. Ich muss morgen arbeiten. Du weißt doch, wie das ist, wenn man morgens aufstehen und voll da sein muss, Annie.« Er klingt jetzt bittend, er möchte eine Auszeit, aber Anna gibt nicht nach. Sie will ihm wehtun.

»Sag es. Sprich es aus.« Anna schlägt mit der Faust an das Bettgestell.

»Ihr Mann ist gestorben.«

Anna ahmt das Geräusch eines Spielshowbuzzers nach. »Falsch! Sorry, aber die richtige Antwort lautet: Ihr Mann wurde *ermordet*. Er ist nicht *gestorben*. Das ist schon ein bisschen was anderes, oder?«

Anna beugt sich übers Bett, bis ihr Gesicht dicht über seinem ist. »Mord und Sterben sind zwei Paar Schuhe, mein Lieber. Schon vergessen?«

Sie weicht schnell zurück, sodass seine Finger nur noch so eben ihre Wange streifen, und rennt aus dem Zimmer.

Zu Annas Art zu trauern gehört es, Türen zu knallen und Dinge durchs Zimmer zu pfeffern. Sie leidet lautstark. Sie weiß, dass Ben das einmal an ihr geliebt hat; diese eruptiven Launen, ihr leidenschaftliches Toben. Am Anfang hat er ihren Freunden erzählt, dass Anna Baran ihn erregt wie noch niemand zuvor. Inzwischen schwelt zwischen Anna und Ben ständig ein Konflikt, der jederzeit ausbrechen kann. Vor zwei Monaten, an Bens Geburtstag, waren sie aus einer Bar nach Hause gekommen und hatten betrunken Sex gehabt. Ben hatte nicht vorgehabt, in ihr zu kommen, und ein paar Wochen später, als Anna ihre Tage nicht bekam und stattdessen zwei rosa Striche auf einem Stäbchen auftauchten, gab es gar keine

Diskussion über den nächsten Schritt. Anna wusste sofort: nicht jetzt, und nicht mit Ben.

Der Nachmittag, den sie bei Planned Parenthood verbrachte, würde Anna auf ewig im Gedächtnis bleiben. Sie saß in einem Wartezimmer, in einem grünen Papierhemd, zusammen mit fünf weiteren Frauen. Sie kam sich total blöd vor mit ihrem Verlobungsring. Eine der Frauen, im Grunde noch ein Mädchen, hatte einen Bauch von mindestens fünf Monaten, und Anna starrte ihn an. »Was glotzt du so?«, fragte das Mädchen und starrte Anna nieder, bevor sie sich wieder der *People* zuwandte. Anna war peinlich berührt und wurde rot; am liebsten wäre sie aufgesprungen und weggerannt. Aber sie blieb da, bis die Schwester sie aufrief, und schaffte es sogar noch, das Mädchen zum Abschied anzulächeln.

Seit diesem Tag verwelkt Anna geradezu. Wenn Ben von der Arbeit nach Hause kommt, liegt Anna fast immer auf dem Sofa und starrt an die Decke. »Genau wie dein Dad«, sagte Ben einmal.

»Verpiss dich«, flüsterte sie und drehte nicht mal den Kopf.

Als Ben am Morgen nach ihrem Streit zur Arbeit geht, sitzt Anna auf dem Sofa und raucht.

»Irgendwie läuft es wohl gerade nicht«, ist das Einzige, was er sagt, bevor er die Tür hinter sich zumacht. Anna verbringt den gesamten Tag auf ihrem Platz auf der Couch und denkt über Justyna nach und darüber, einfach aus allem auszubrechen.

Am nächsten Morgen steht sie auf, ohne Ben zu wecken. In der Küche kocht sie Wasser in einem Topf und schaufelt einen Löffel *Jacobs Krönung* in einen Becher. Sie trinkt den schaumigen Instantkaffee – den gleichen wie bei ihrer *babcia* in Polen –, den sie für vier Dollar in einem Deli in Greenpoint kauft. Kein Starbucks der Welt könnte ihn ersetzen.

Anna klettert auf die Feuertreppe hinaus, den Becher in der Hand. Es ist kalt, aber sonnig. Sie erinnert sich an einen Tag ein paar Wochen nach ihrer Verlobung, als sie nach einem Vorsprechen in der Stadt auf den Bus B43 wartete. Es nieselte, und ihr Haar war feucht. Anna stand an der Bushaltestelle und zog ein Päckchen Zigaretten aus der Handtasche, und da bemerkte sie ihn: einen jungen Mann in Lederjacke, mit dichtem, gewelltem Haar wie Michelangelos *David*. Er sah aus, als stammte er aus Montenegro oder Serbien oder irgendeinem anderen kriegsgebeutelten Balkanstaat. Er sah genau so aus, wie sie sich manchmal vorstellte, dass Sebastian Tefilski inzwischen aussehen würde. Er starrte sie an, ganz unverhohlen, die Hände in die Jeanstaschen gestopft. Sie sah beiseite und lächelte; ein Flirt wie aus dem Bilderbuch. Der Regen benetzte ihr Gesicht, der Bus war weit und breit nicht zu sehen.

»Gehst du einen Kaffee mit mir trinken?«

Anna hatte recht gehabt. Er hatte einen schweren Akzent. Sie zeigte ihm ihre linke Hand und wies auf den Ringfinger. Der Mann ließ in gespielter Verzweiflung den Kopf hängen und legte sich die Hände aufs Herz. »Bitte, trotzdem?« Sie lachte, und dann kam der Bus.

»Tut mir leid«, sagte sie und stieg in den B43er, und das tat es ihr in diesem Moment tatsächlich.

Anna dachte tagelang an diesen Mann. Sie fantasierte darüber, mit ihm durchzubrennen, und sie hielt Ben auf Abstand, so verwirrt war sie.

Als sie von der Feuertreppe wieder in die Küche klettert, sind Annas Wangen gerötet, und sie fühlt sich, als hätte ihr jemand die Wirbelsäule eingerenkt. Die Dusche läuft, und sie beschließt tatsächlich, Frühstück zu machen. Die Idee kommt ihr aus heiterem Himmel, und bis auf stapelweise Flyer von Take-away-Läden und ein paar Kochutensilien ist Anna total unvorbereitet. Schließlich findet sie in einem Umzugskarton mit der Aufschrift »Küchenkram« eine Pfanne.

Ein paar Minuten später knistern drei Eier auf einem Pappteller. Das ist nicht viel, aber immerhin etwas. Ben kommt aus dem Bad, in ein Handtuch gewickelt, und dampft. »Für mich?«, fragt er und zeigt auf den Tisch. Sie nickt und bringt ein Lächeln zustande. Die ganze Sache – ihre Bemühungen und seine Anerkennung – fühlt sich irgendwie unzureichend an, als wüssten sie beide genau, dass ein paar Proteine nicht alles wieder gutmachen können. Ben verputzt die Eier auf der Stelle, dabei tropft ihm noch das Wasser von den Armen. Anna wünscht sich, sein Anblick würde sie erregen oder ihr zumindest ein Gefühl von Geborgenheit vermitteln, aber sie fühlt nichts, nur ein wenig Abscheu, als Ben nach dem letzten Bissen laut rülpst. Er beugt sich zu ihr, um ihr zum Dank einen Kuss zu geben, und sie lässt ihn gewähren.

Kaum ist Ben aus der Tür, geht Anna an ihren Schreibtisch und zieht ein altes Adressbuch heraus. Die Nummern sehen aus wie Hieroglyphen, und ihre Finger zittern beim Wählen.

»*Słucham.*«

»Justyna. Hier ist Anna Baran … aus New York.«

»Hi. Wie geht's?«

Anna ist überrascht von der Sachlichkeit in ihrer Stimme. »Es tut mir so leid. Meine Mom hat es mir gestern erzählt.«

»Ja …«

»Ich wünschte, ich wäre da.«

»Nein, tust du nicht.« Anna hört das Lächeln in Justynas Stimme; sie weiß, dass sie versucht, das Gespräch auf einer lockeren Ebene zu halten, erreicht aber irgendwie genau das Gegenteil damit.

»Wie geht's Damian? Als wir uns das letzte Mal gesehen haben, war er ja noch ein Baby. Wann war das? 1998?«

»Ja.«

»Und dann habe ich diese Rolle bekommen und …«

»… bist ein Star geworden?« In Justynas Stimme liegt gar kein Vorwurf, aber Anna weiß nicht, wie sie reagieren soll.

»Es tut mir leid«, sagt sie noch einmal hilflos.

»Ach, du weißt ja, shit happens. Damian geht es gut. Alles in Ordnung.«

»Wie alt ist er jetzt, sechs?«

»Sieben.«

»Ist er gut in – geht er gerne zur Schule?«

»Er hasst es. Er würde seine Zeit lieber mit Schnitzen vertrödeln.«

»Schnitzen?« Irgendwie hat das Gespräch eine andere Richtung genommen als geplant.

»Ja, das war so ein Ding mit …« Justyna anwortet viel zu ausführlich auf Annas rhetorische Frage. »Aber er ist eigentlich ein großes Baby. Macht immer noch ins Bett, aber was soll man machen? Er ist halt eine kleine Nervensäge.« Anna ist ein bisschen eifersüchtig.

»Justyna. Wirklich, es tut mir so leid. Wenn ihr irgendwas braucht, du und Elwira, ich kann euch ein bisschen Geld schicken und …«

»Nein, nein«, unterbricht Justyna sie schnell, »bei uns ist alles okay. Aber danke. Und selbst? Wie geht's, bist du verheiratet?«

»Justyna, hier ist eine Western Union …«

»Also, Anka, ich muss los. Sag deinen Eltern *cześć*. Und vielleicht kommst du ja mal wieder nach Kielce, oder? Ich sage Elwira schöne Grüße von dir. *Trzymaj się*.«

Trzymaj się. Justynas lässiges *Mach's gut* macht Anna ganz wehmütig. Sie legt erst auf, als sie das Freizeichen hört.

Das kleine rote Lämpchen an Annas Anrufbeantworter

blinkt verzweifelt. Es blinkt schon seit Wochen. Die Welt lässt sie einfach nicht in Ruhe, egal, wie sehr sie sie ignoriert. Anna drückt auf den Knopf. Eine Nachricht nach der anderen wird abgespielt, von Paulina, Ben, ihrer Freundin Veronica. Von Frick und von der Kabelgesellschaft. Sie hört in jede nur ein paar Sekunden rein, dann löscht sie sie. Die letzte Nachricht ist von ihrem Agenten.

»Anna, Schatz, ich bin's noch mal. Wir machen uns echt Sorgen! Ich versuche schon ewig, dich zu erreichen. Ewig! Wollte dir ein Angebot weiterreichen, das für dich reinkam, für einen Indie. Und ein paar andere Sachen. Was ist denn los, Liebes? Ist was passiert? Jemand gestorben oder so?«

Anna holt kurz Luft, starrt die Kartons an, die um sie herumstehen, die Wände, grau vom Qualm von Hunderten Zigaretten, und dann drückt sie ein letztes Mal die Löschtaste.

KAMILA
Wyandotte, Michigan

Die Haustür ist unverschlossen, und Kamila tritt ein. Sie versucht, unbemerkt nach oben zu schleichen, aber ihre Mutter ruft sie aus dem Wohnzimmer. Zofias Radar hat schon immer beängstigend gut funktioniert.

»Du bist aber spät. Wir haben schon *obiad* gegessen.«

Kamila antwortet nicht. Sie zieht ihre Galoschen aus und wickelt den Schal ab. Zofia schiebt ihre hundertfünfzehn Kilo Richtung Eingang. »Dein Vater ist schon zur Arbeit gegangen. Willst du noch was essen?«

»Nein, danke. Ich bin müde und will eigentlich nur in mein Zimmer.«

»Unglaublich, diese Geschichte mit Justyna. Aber überrascht mich auch nicht.«

Kamila möchte eigentlich überhaupt nicht mit ihrer Mutter sprechen, schon gar nicht über den Tod des Mannes ihrer alten Freundin. Sie geht die Treppe zu ihrem Zimmer hinauf.

»Waren die Kinder brav?«, ruft Zofia ihr hinterher.

Kamila nickt, aber in Wahrheit waren sie nicht brav. Der vierjährige Jack hat mal wieder auf den Teppich gepinkelt. Tagsüber ist er ein Kleinkind und abends ein Dalmatiner, der seine Honey Smacks in der Küche aus einem Alu-Hundenapf isst. »Das ist nur eine Phase, Kamila, und dann machen wir die halt mit«, hat Mrs Levicky erklärt, als Kamila anfing, bei ihr zu arbeiten. Heute hat Jacks Schwester Laura Kamila gefragt, warum sie so eine große Nase hat. »Wir könnten dich wohl auch Kamila Mar*jud*ska nennen, oder?«

Kamila war schockiert. Wieso hatte eine ganz normale zehnjährige Dumpfbacke solche antisemitischen Beleidigungen drauf?

Sie wedelte mit dem Finger vor Lauras Nase herum. »Dein Vater auch ist Jude, bist du nicht nett zu ihm.«

»Was? Ich versteh dich nicht mal! Wenn kannstu nich sprechen die Englisch, dann geh doch wieder nach Hause!«, hatte Laura zurückgezischt. Diese Kinder waren das Gegenteil von brav. Sie waren der Tiefpunkt an einem ohnehin schon beschissenen Tag gewesen.

Ihre Mutter, Mrs Janina Levicky (»Nennen Sie mich Jan«), war Polin, sprach aber kaum noch Polnisch. Sie war sehr klein und hatte feste Brüste und straffe Oberarme. »Kein Winkfett bei mir, Kamila«, hatte sie geprahlt und ihre Arme kreisen lassen wie Windmühlenflügel. Jan war mit einem Amerikaner verheiratet, Joey, der von polnischen Juden abstammte. Joey Levicky (geborener Jozef Herbert Lewicki) war Partner in einer Werbeagentur, er war reich und nie da.

Jack und Laura waren verwöhnt, ihre riesigen Kinderzimmer vollgestopft mit Sachen – den neusten Gadgets, den modischsten Klamotten, Bergen von High-End-Müll. Aber das war Kamila egal. Was sie bedenklich fand, war, dass die Levicky-Kinder keine Ahnung hatten, woher sie kamen. Krieg, Hunger, Ghettos, der ganze Holocaust waren ihnen scheißegal, und ihre Eltern fanden das auch noch richtig so; die Geschichte zu ignorieren bedeutete Fortschritt. Jan und Joey hielten es für unnötig, ihre Kinder mit makabren Geschichten von Stacheldrahtzäunen zu belasten. Der unbeirrbare Blick nach vorn, dieses *Vorwärts* und *weiter geht's,* war eindeutig eine amerikanische Einstellung.

Kamila hatte den Tag damit verbracht, hinter den Bratzen herzuräumen und dafür zu sorgen, dass sie ihren Stammplatz vor dem Fernseher nicht verließen. Sie ging die akkurate To-do-Liste durch, die Mrs Levicky auf eine Tafel geschrieben hatte, und dachte die ganze Zeit darüber nach, wie und wann sie Justyna anrufen sollte. Kamila faltete die Wäsche, polierte das Kristall, trennte den Müll und trug ihn hinaus. Intellektuell war das alles nicht gerade anregend, und dafür war Kamila dankbar.

»Dein Mann hat schon wieder angerufen«, krächzt Zofia, als Kamila die Treppe hinaufgeht. Ihre Stimme klingt asthmatisch.

Kamila bekommt sofort Herzklopfen, antwortet aber immer noch nicht. Warum kann Emil sie nicht einfach in Ruhe lassen?

»Hast du mich gehört? Dein Mann hat angerufen. Vielleicht wegen Justyna. Ruf ihn doch mal zurück. Du kannst eine Telefonkarte benutzen.« Kamila rührt sich nicht, bis sie ihre Mutter in die Küche zurückschlurfen hört. Amerika hat ihre Mutter in ein Trampeltier verwandelt. Sie war vorher schon dick, aber jetzt ist sie fett. Als Kamila sie in den Staaten das erste Mal sah, musste sie weggucken und die Tränen wegblinzeln.

In der Sicherheit ihres Zimmers lässt Kamila sich auf die Matratze fallen und nimmt sich eine Handvoll Werthers-Bonbons aus dem Nachttisch. Sie steckt sich drei Stück davon in den Mund. Es hat sie permanente Anstrengung gekostet, ihr Gewicht mit Pillen und Abführmitteln zu halten, aber heute braucht Kamila den Trost, den einem nur das Essen spenden kann.

Das Telefon summt, und sie setzt sich ruckartig auf. Sie lässt es fünfmal klingeln, dann nimmt sie ab wie in Trance. Im selben Moment tut Zofia das Gleiche am anderen Telefon unten.

»Hallo.«

»Kamila? Ich bin's.«

Sie sieht auf ihre Armbanduhr, die immer noch die polnische Zeit anzeigt. Es ist ein Uhr nachts; er war sonst immer vor zehn im Bett. »*Kamila? To ja*«, sagt seine sonore, volltönende Stimme, die mit das Beste an ihm ist. Sie hat diese Stimme so sehr vermisst, dass sie all ihre Kraft aufbringen muss, um nicht den Hörer fallenzulassen, sich die warme Bettdecke über den Kopf zu ziehen und nie wieder hervorzukommen.

»Ich weiß.« *Wiem*. Ein Wort. Demütig und furchtbar. »Ignorance is bliss«, sagen die Amerikaner, und es gibt keine polnische Redewendung, die das Gleiche ausdrückt. Es sollte aber verdammt noch mal eine geben.

Emil räuspert sich. »Hast du das mit Justyna Strawicz gehört?«

»Ja. Ihr Vater hat gestern meinen Dad angerufen.«

»Furchtbar, oder?« Emil sagt das ganz leise. Emil hat Justyna immer gemocht. Sie hatten sich manchmal zu viert getroffen, bevor Justynas Mutter krank wurde. Kamila schluckt die Bonbons hinunter und schweigt.

»Ich habe das Päckchen bekommen. *Dziękuje, kochanie.*«

Vor zwei Wochen ist Kamila auf dem Heimweg von der Arbeit kurzentschlossen zu Gap gegangen, hat schnell zwei paar Vintage Washed Jeans und ein Paar Tennissocken erstanden, sie in ein Paket gepackt und es nach Polen geschickt.

»Sie passen haargenau. Wojteks auch.«

Irgendetwas läuft verkehrt. Sie ist dieses Gespräch seit Wochen im Kopf durchgegangen; jetzt aber sagt sie nichts von dem, was sie sich vorgenommen hat. Wörter wie *homosexuell* und *Lügner*. Wörter wie *warum* und *wie*.

»Es ist doch schon total spät bei euch.«

»Ja, ich weiß. Aber ich kann nicht schlafen. Im Gegensatz zu Wojtek, er ist …« Emil bleibt mitten im Satz stecken.

»Ist er da?«

Das kommt eigentlich nicht überraschend. Als sie überstürzt zum Flughafen aufgebrochen ist, hat sie Emil eine Nachricht auf dem Küchentisch hinterlassen, zusammen mit seinem Schlüsselbund, den sie ihm an dem Tag abgenommen hatte, als sie das mit Wojtek herausfand. »*Baw się dobrze*«, hat sie geschrieben. »Viel Spaß.«

»Macht es dir was aus? Seine Eltern haben ihn rausgeworfen.«

Kamila überrascht sie beide, indem sie in Gelächter ausbricht. »Würde es einen Unterschied machen, wenn es mir was ausmacht?«

»Kamila, wenn du wieder zu Hause bist, reden wir darüber. Wir drei.«

»Es gibt kein ›wir drei‹, und das wird es auch nie geben. Und überhaupt komme ich vielleicht gar nicht mehr nach Hause. Was ist denn das für ein Zuhause? Mit Wojtek in unserem Bett?«

So weit ist sie noch nie darin gegangen, das zu benennen, was Emil all die Jahre verschleiert hat. Als er und Wojtek, beide in Tränen aufgelöst, ihr endlich ihre gegenseitige Liebe gestanden haben, hat sie nichts gesagt. Sie erinnert sich kaum noch an den Nachmittag, nur noch an ihr Schweigen.

Emils Stimme zittert. »Ich weiß, dass du wütend bist, Kamila. Und ich warte darauf, dass du wiederkommst, dass du zu mir kommst und mich grün und blau schlägst, denn das habe ich verdient. Aber dann will ich auch, dass wir, ich weiß auch nicht, was ich will … *Kocham cię*, Kamilka. Das werde ich immer.«

Kamila hat Angst, was sie wohl sagen wird. Sie hat Angst, und ihre Tränen helfen ihr auch nicht. Sie wischt sie wütend weg.

»*Jesteś assholem*«, sagt Kamila schließlich, sie konjugiert in ihrer Muttersprache das passendste englische Schimpfwort, das sie kennt und das außerdem ihr Lieblingsschimpfwort ist. Ihr Mann und ihr gemeinsamer Sandkastenfreund haben sich ineinander verliebt. Damit hat sie nicht gerechnet, obwohl es schon all die Jahre da war, direkt vor ihrer Nase. Soll sie ihm jetzt sagen, dass Anna Baran sie, als sie siebzehn waren, beiseitegenommen und gesagt hat: »Vielleicht ist Emil nicht der Richtige für dich. Meinst du nicht, er ist … anders?«

»Wie, anders?«

»Ich weiß nicht, Kamila. Er ist so distanziert. Und er spricht das S so zischend.«

»Was hat seine Aussprache denn damit zu tun?«

»Wahrscheinlich nichts.«

Über das, was Anna da andeutete, sprach man einfach nicht. Nicht in Kielce. Es gab keine Lesben, nur alte Jungfern. Männer benahmen sich vielleicht schwul, aber sie *waren* nie wirklich schwul. In diesem Teil von Polen erzählten sich die Männer, mit denen Kamila aufwuchs, noch Witze über *Neger*, *Behinderte* und *Schwuchteln*.

»Ruf mich nicht mehr an«, sagt Kamila leise und legt auf.

Am nächsten Morgen steht ein üppiges Frühstück auf dem Tisch; Haselnusskaffee und Croissants, verschiedene Marmeladen, Rührei mit gebratener *kiełbasa*. Kamila geht vorsichtig an dem cholesterinbeladenen Frühstückstisch vorbei und nimmt sich eine Banane aus der Obstschale. Zofia steht an der Spüle und schrubbt eine Pfanne.

»Es ist reichlich da.« Sie gestikuliert mit dem nassen Lappen Richtung Frühstückstisch. Statt einer Antwort schält Kamila schnell die weiche, gesprenkelte Banane und beißt kräftig hinein. Zofia sieht ihr zu.

»Wie du willst. Bleibt mehr für deinen Vater.«

»Er braucht nicht mehr, Mamo. Er braucht weniger.« Kamilas Vater hat das Joggen aufgegeben, er hat Salat aufgegeben, und sein Morgenritual aus schwarzem Kaffee und Gymnastik hat er auch aufgegeben. Tatsächlich hat er alles aufgegeben, was er in Polen hatte, inklusive seines Doktortitels. Ihr Vater arbeitet jetzt Nachtschichten in der Bäckerei Lubelski, wo er Teig knetet, bis die Sonne aufgeht. Seine Hände sind immer mit einer dünnen Mehlschicht überzogen, und in einem anderen Leben hätte Kamila das vielleicht geliebt, sie hätte ihn vielleicht jede Nacht zur Arbeit begleitet, um das warme, frische Brot zu riechen. Aber Włodek sagt, er kann kein Roggenbrot mehr sehen, und er bringt jeden Abend eine riesige Pepperonipizza mit, die er und Zofia in einer erschreckenden Geschwindigkeit verputzen. Der *American Dream* ihres Vaters ist nichts als niedere Arbeit und Take-away-Mahlzeiten.

»Wenn du hier das Kochen übernimmst, dann kannst du mir meinetwegen erzählen, was gut für meinen Mann ist. Kümmer dich lieber um deinen eigenen.« Zofia wischt sich die Hände an der Schürze ab und starrt Kamila an.

»Ich bin dann mal weg«, sagt Kamila leise und geht um ihre Mutter herum.

»Mensch, Kamila! Ist dir das eigentlich alles egal? Der Mann deiner Freundin ermordet, dein Mann …«

»Was ist mit meinem Mann?«, fragt Kamila gespielt lässig, geht aber schnell in den Flur.

Zofia folgt ihr. »Wir müssen darüber reden.«

Kamila fummelt an ihrem Mantel herum und schnappt sich Mütze und Handschuhe. »Ich will nicht zu spät kommen. Worüber willst du eigentlich mit mir reden? Hm, Mamo? Worüber sollten wir denn reden können? Du konntest Justyna nie leiden, du hast sie immer eine Schlampe genannt. Du konntest keinen meiner Freunde leiden, also was geht es dich jetzt an?« Sie will nichts weiter sagen, will die Tür aufreißen und gehen, aber Zofia hält sie am Arm fest und zwingt sie, sich zu ihr umzudrehen.

»Ich möchte auch gar nicht über Justyna reden. Ich möchte über Emil reden. Ich möchte darüber reden, dass dein Mann schwul ist.«

Für einen Moment erstarrt Kamila. Zofias Gesicht ist dicht vor ihrem, und sie atmet schwer. Schließlich entwindet Kamila ihr den Arm und reißt die Haustür auf. Sie rennt hinaus in den Schnee.

JUSTYNA
Kielce, Polen

Im Regen stehen sie, zusammengedrängt. Nicht mehr als ein Dutzend, alle in ihren feinen Trauerkleidern, alles säuberlich gebügelt, eine Schicht um die andere, schwarze Wollmäntel, die bis zu den Knöcheln reichen, auf den Köpfen schwarze Filzhüte. Unter Pawełs alter lederner Motorradjacke trägt Justyna ein langes Spandexkleid, das sie umhüllt wie eine zweite Haut. Sie steht etwas abseits, schmachtet nach einer Zigarette und muss sich von Zeit zu Zeit selbst daran erinnern, warum zum Teufel sie hier ist.

Die Beerdigung ist kurzfristig angesetzt worden. Ein paar Leute wollten nicht kommen. »Zu früh«, sagten sie. *Zu früh wofür?*, hätte sie gern zurückgefragt. Um sich mit Pawełs Tod abzufinden, oder um ihr in die Augen zu sehen? Zu früh, um ihrer Schwester die Hand zu geben? Zu früh, um Damian unter die Augen zu treten, der keinen Vater mehr hatte? Vielleicht war es für die anderen zu früh, aber für Justyna konnte es gar nicht früh genug sein. Wenigstens hatte die Planung der Beerdigung sie abgelenkt.

Kazia Anielska heult. Justyna zuckt jedes Mal zusammen, wenn ihre Großmutter laut aufschluchzt. Sie findet es befremdlich, dieses demonstrative Trauern; die Leute sehen zwischen der vollkommen aufgelösten Babcia Kazia und der Witwe mit dem versteinerten Gesicht hin und her. Justyna erwischt einen ihrer Onkel dabei, wie er sie anstarrt, und sie hebt die Handflächen nach oben und zuckt mit den Schultern.

»*O, mój Boże kochany! O, mój Boże kochany!*« Ihre Großmutter ruft Gott dermaßen nachdrücklich an, dass man meinen könnte, in dem Sarg läge ihr eigener Sohn oder ihr eigener Mann. Es war kein Geheimnis – jedenfalls nicht für Justyna –, dass ihre einundsiebzig Jahre alte Großmutter irgendwie in Paweł verknallt war. Sonntags auf dem Weg zur Messe suchte sie immer seine Nähe, hakte sich mit ihrem venendurchzogenen Arm bei ihm unter und klimperte mit den noch verbliebenen Wimpern. Wenn er leicht schlüpfrige Witze erzählte, kicherte und errötete sie wie ein Schulmädchen. Anfangs war das irgendwie süß, aber auf die Dauer wurde es lästig. Wenn Paweł sie ein paar Tage nicht anrief, um sie zu fragen, ob sie Lebensmittel oder sonst etwas brauchte, dann schmollte sie und benahm sich beim nächsten Mal wie eine verschmähte Geliebte. Es war schon absurd, wie sie gar nicht mehr davon aufhörte, was für ein wunderbarer Fang Paweł sei und wie glücklich Justyna sich schätzen könne, dass er ihr einen Antrag gemacht hatte, obwohl er in Wahrheit eigentlich am liebsten geflohen wäre, als Justyna ihm ihre Schwangerschaft verkündet hatte.

Justyna schmiegt sich enger in ihre Jacke. Sie staunt, dass man in zwei Tagen eine Beerdigung auf die Beine stellen kann, wo es doch Monate dauert, eine Hochzeit zu organisieren. Wenn die Toten begraben werden müssen, geht alles in Lichtgeschwindigkeit. *Verfickte Scheiße*, denkt sie und überlegt, was die Leute wohl sagen würden, wenn die Witwe mit dem versteinerten Gesicht einfach mitten im Gottesdienst gehen würde.

Sie weiß, dass die Trauergemeinde denkt, sie verhalte sich nicht angemessen. Aber wann hat sie das je getan? Als Justyna feststellte, dass sie schwanger war, boxte sie sich ein paar Tage lang in den Bauch, doch es half nichts. Sie hat die kompletten neun Monate hindurch geraucht und wollte alles nicht wahrhaben, bis zu dem Moment, in dem ein blutiger Kopf aus ihr herauskam. Aber Paweł, Paweł war durch und durch gut. Er trank nicht übermäßig, er wachte regelmäßig bei Sonnenaufgang auf, er betrog sie nicht, log nicht, spielte nicht. Sein schulterlanger Vokuhila, seine Hells-Angels-Jacke, sein Dolch-Ohrhänger, das alles überspielte nur seine Weichheit. Er war freundlich, arbeitete hart und ging sonntags meistens in die Kirche. Aber was Justyna wirklich anmachte, waren die wundervollen Momente, in denen seine wilde Seite zum Vorschein kam, er sie aufs Bett warf und verschlang.

Paweł wurde neben seinen Eltern begraben, auf dem Friedhof an der Spokojna-Straße. Kurz hatte Justyna darüber nachgedacht, ihn auf den Stary Cmentarz neben ihrer Mutter zu beerdigen; die beiden einzigen Menschen, die sie je wirklich geliebt hatte. Aber eigentlich spielte es ja keine Rolle. Ihr Mann war weg; wer zum Teufel scherte sich da noch drum, wo die Holzkiste verbuddelt wurde?

»Asche zu Asche, Staub zu Staub«, hebt der junge Priester an und sieht in seine Bibel. Justyna merkt ihm an, dass das wahrscheinlich seine erste Beerdigung ist, denn sein Gesicht ist puterrot, und er verspricht sich dauernd, als er aus den Psalmen liest. Schon vorher in der Kirche hat er gestottert, als er die Geschichte von Kain und Abel aus dem Alten Testament las. Die Wahl dieser Textstelle lag nahe, war aber geschmacklos, fand Justyna. Was hat Gott sich denn dabei gedacht, den Arsch einfach ein paar Jahrzehnte durch die Wüste wandern zu lassen, nachdem er einen Mord begangen hatte? Seine Strafe wegen eines Missverständnisses über einen Apfel war deutlich härter ausgefallen.

Justyna starrt Pater Bruno an und wünscht sich, er würde sich beeilen, aber er sieht sie befremdet an, lächelt mitleidig und fährt fort. Vielleicht hat sein Stottern weniger mit seiner priesterlichen Unerfahrenheit zu tun als mit Justynas hautengem Kleid.

»Ciociu, ich muss mal.« Justyna sieht hinunter zu ihrer Nichte, die die dünnen, verknoteten Beine zusammenpresst und sich die Hand dazwischenhält.

»Sag das deiner Mutter.«

»Geht nicht.« Cela zeigt auf Elwira, die auf dem Boden kauert und unverhohlen weint.

»Dann musst du es halten.« Der Sarg wird jetzt hinuntergelassen, und sie weiß, dass das der Moment ist, in dem sie hingehen und eine Rose hinterherwerfen muss, als letzten Gruß. Aber sie bringt es nicht über sich, und zwar nicht nur deswegen, weil sie keine Blumen gekauft hat.

Wieder zupft Cela an ihrem Rock. »Ich kann nicht mehr!« Ihr Flüstern ist jetzt panisch.

»Still jetzt, ja?« Sie sieht, wie sich das ovale Gesicht ihrer Nichte zusammenzieht und verzerrt, und dann plötzlich ausdruckslos wird.

»Ich hab Pipi gemacht«, flüstert Cela mit zitterndem Kinn.

Justyna kniet sich hin und flüstert ihrer Nichte ins Ohr: »Keine Sorge, *kotku*, es regnet. Wir erzählen den Idioten, du bist in eine Pfütze gefallen.«

Später am Abend, nachdem Babcia Kazia die Kinder für ein paar Tage mit zu sich nach Szydłówek genommen hat und alle Trauergäste gegangen sind, legt sich eine gespenstische Ruhe über das Haus. Justyna geht herum, verriegelt alle Türen und murmelt vor sich hin wie eine Verrückte. Sie versucht, die kaputten Balkontüren oben zu sichern, indem sie ein Bücherregal davorschiebt. Kielce ist klein, hat der Polizist Kurka ihr vor zweiundsiebzig Stunden gesagt. Es gibt nicht viele Möglichkeiten, sich zu verstecken, und doch ist Filip den Bullen bislang entkommen. Vielleicht ist er längst auf dem Weg nach Italien, vielleicht lauert aber er auch hinten im Garten.

Justyna findet Elwira auf dem Sofa. Sie starrt abwesend auf den laufenden Fernseher.

»Warum konnte Tato denn nicht bei uns bleiben?«

»Spinnst du? Er hat schon seit Mamas Tod nicht mehr bei uns übernachtet. Man bringt einem alten Pony doch keine neuen Tricks mehr bei, *mała.*« Plötzlich sieht es aus, als gebe es nichts mehr zu tun, jetzt, wo die letzte Ruhestätte gefunden ist und die Blutflecke weggewischt sind. Damian hat fürs Erste aufgehört zu fragen, wann sein Vater wiederkommt. Er freut sich, dass er ein paar Tage schulfrei hat. Bei der Beerdigung wollte er wissen, was in der Kiste ist, und Justyna hat ihn korrigiert: »Nicht *was*, Damian – *wer*«, aber sie hat es nicht weiter ausgeführt. Babcia Kazia behauptet natürlich, Justyna würde Damian noch mehr schaden, indem sie es ihm nicht sagt.

Elwira wechselt das Thema. »Wirklich nicht zu fassen, dass Ania Baran dich angerufen hat.«

»Echt.«

»Das ist doch Jahre her, oder? Du warst nicht bei ihrer Premiere. Das hatte ich schon vergessen.« Vor zwei Jahren ist Anna Baran in Polen gewesen, um ihre Hauptrolle in einem großen Hollywoodfilm zu feiern – irgendwas mit Korsetts und Pferdekutschen. Viele ihrer Freunde sind zu dem großen Ereignis mit dem Zug nach Warschau gefahren, und Anna hatte angeboten, die Reisekosten zu übernehmen, wenn sie es sich nicht leisten konnten. In Interviews sagte Anna den Journalisten, die Premiere würde ihr nichts bedeuten, wenn ihre polnischen Freunde und Verwandten nicht da wären. Aber Justyna fuhr nicht hin. Ihre Mutter war tot, und sie hatte ein fünfjähriges Kind, das reichte, um das Wiedersehen zu schwänzen; es gab aber auch noch andere Gründe, und so hatte Justyna sich von Anna Baran und ihrem neuen Ruhm ferngehalten.

»Es ist wirklich ein guter Film, Justyna. Guck ihn dir ruhig mal an. Ich habe voll geheult am Ende.«

»Das kann ich jetzt gerade noch gebrauchen, so einen Schmachtfetzen.«

Elwira lächelt. »Ich finde es nett, dass sie angerufen hat. Arbeitet sie an einem neuen Film?«

»Scheiße, was weiß denn ich? Wir sind doch nicht ihren Lebenslauf durchgegangen«, faucht Justyna, und Elwira entgleiten die Gesichtszüge. »Sie hat uns Geld angeboten.«

»*Na serio*?« Elwira wischt sich die Nase am Ärmel ab und hat plötzlich leuchtende Augen.

»Ja, im Ernst. Sie ist doch jetzt Hollywood. Da ist das ja wohl das mindeste.«

Aber Elwira bemerkt den Sarkasmus in der Stimme ihrer Schwester nicht. »Wie viel schickt sie?«

»Hallo? Bist du total bescheuert? Von der nehme ich doch keinen Złoty. Wir sind doch kein Sozialfall.«

Elwira zuckt mit den Schultern. »Nicht?«

»Ach, egal. Aber weißt du, was mich wirklich gewundert hat? Dass Kamila Marchewska nicht da war. Sie hat nicht mal einen *wieniec* geschickt.« Justyna hat sich an diesem Morgen schnell einen Überblick verschafft, von wem Kränze neben dem Sarg niedergelegt worden waren, und die Beileidskarten nach den Namen *Marchewska* und *Baran* gescannt.

»Sie ist in den USA. Habe ich gehört«, sagt Elwira.

»Da muss jetzt wohl jeder Depp hin.« Justyna seufzt und fragt sich, warum sie sich darum schert.

Elwira reißt sie aus ihren Gedanken. »Justyna, ich habe nachgedacht …«

»Und? Wie fühlt sich das an? Macht es dir leichte Kopfschmerzen, aber daran kannst du dich gewöhnen?« Justyna lächelt. *Lass uns so tun, als wäre es noch wie vor vier Tagen,* denkt sie. *Lass uns ganz normal sein.*

»Ich glaube, ich sollte ausziehen.«

Justyna sieht auf und versucht, den Gesichtsausdruck ihrer Schwester zu deuten. »Wo willst du denn hin?«

»Zurück nach Szydłówek. Zu Babcia.«

»Du und Cela und Babcia Kazia, alle in einem Schlafzimmer?«

Elwira steckt sich eine Zigarette an und geht zur Balkontür. »Na ja, hier kann ich ja wohl nicht bleiben.«

»Niemand wirft dich raus.«

»Justyna! Und wenn er hierherkommt und mich sucht? Er hat mir seine blutigen Hände um den Hals gelegt und gesagt, wenn ich was sage, kommt er wieder. Und ich habe was gesagt, ich habe alles gesagt! Scheiße! Was, wenn er Cela was antut!«

»Er weiß nicht, wo Babcia wohnt?«

»Aber sie wohnt im dritten Stock.«

»Er hat jemanden mit einem Küchenmesser umgebracht. Ich bin ziemlich sicher, dass er auch ein oder zwei Balkons hochkommt.« Justyna schaltet den Fernseher aus und geht zur Tür.

»Das hat er getan. Das hat er echt getan, oder?«

Justyna dreht sich um und starrt ihre Schwester an.

»Was du gerade gesagt hast, Justyna. Wie du das gesagt hast. Küchenmesser. Das ist alles echt passiert, oder? Es gibt kein Zurück?«

Elwira sieht neben Justyna so klein aus. Wie eine kleine Taube. Wieder mal verflucht Justyna stillschweigend ihre Mutter. Wenn Teresa plötzlich wie Lazarus im Wohnzimmer stünde, würde Justyna nicht zögern, ihr ordentlich eine zu scheuern. Sie war jung und hübsch und lustig, und sie hat die beiden mehr als alles andere in der Welt geliebt. Und dann ist sie gestorben und hat sie verlassen, einfach so.

»Ich weiß nicht, was passiert, wenn ich hierbleibe. Ich will nicht, dass Damian mich plötzlich hasst.«

»Damian hat seinen Vater verloren. Er darf hassen, wen er will.«

»Siehst du, genau das meine ich. Das können wir nicht machen. Wie sollten wir noch zusammen wohnen?«

Eine Sekunde lang möchte Justyna sich am liebsten auf Hände und Knie niederlassen und darum betteln, dass ihre Schwester bleibt. Ihr gestehen, dass sie diese vier Wände, zwischen denen die Geister der Vergangenheit spuken, nicht erträgt. In einem Zimmer liegt der Geist ihrer Mutter im Bett, die dort vor sieben Jahren ihren letzten Atemzug tat, und jetzt ist da noch das Badezimmer, wo ihrem Mann die Kehle aufgeschlitzt wurde, als er gerade fertig war mit Pinkeln.

»Mach, was du willst, Elwira«, sagte Justyna leise. »Aber lass mich heute Nacht nicht allein. Bitte.«

KAPITEL 4
1992

ANNA
Kielce, Polen

Überall sind die Rettungsschwimmer in ihren knappen, orangefarbenen Badehosen. Wenn es nass ist, klebt das billige Lycra am Körper und überlässt nichts der Fantasie. Sie stolzieren um den Pool herum, werfen sich selbstbewusst in die Brust und behalten die Leute im Auge. Anna, Kamila und Justyna geben sich große Mühe, nicht hinzusehen.

Um das *Tęcza Basen* herum sitzen fleischige Großmütter in BHs und Schlüpfern auf Decken und rauchen Kette, während ihre nervigen Enkelkinder in Polyester-Badehosen herumrennen, unerlaubt tauchen, rausgefischt und wie zappelnde Welpen weggetragen werden. Kamila, Anna und Justyna sitzen direkt gegenüber der Bademeisterstation auf der Tribüne. Von der Tribüne aus kann man den Aufmarsch der Gladiatoren hervorragend beobachten. Auf der anderen Seite des Beckens sind die Rettungsschwimmer von blondierten Groupies umringt, die niemals einen Zeh ins Wasser tauchen würden. Sie glänzen in der Sonne wie ein Harem in Bikinis.

»Der da mit den Locken sieht aus wie Morten von A-ha, oder?« Anna folgt Kamilas Blick und zieht ihre Augen mit den Händen zu schmalen Schlitzen, als wollte sie einen Chinesen nachahmen; es ist für sie die einzige Möglichkeit, etwas zu sehen, was mehr als einen Meter entfernt ist. Ihre Brille ist in ihrer Tasche, wo sie auch bleiben soll, bis sie das Schwimmbad verlassen.

»*Jezus*! Aber echt, der sieht total aus wie Morten! Take *me* on, baby.« Anna kichert.

»Du guckst denen ja ins Gesicht, *dziewczyny*, so war das nicht gedacht.« Justyna zieht bedeutungsvoll die Augenbrauen hoch.

»*Fe*!«

»*Fe* was, Kamila? Im Dunkeln ist das Gesicht doch egal, selbst wenn es hässlich ist. Es geht darum, was man im Dunkeln mit ihm *fühlt*.« Justyna macht eine Pause, damit die beiden anderen auch wirklich kapieren, was sie meint. »Es geht darum, was sein *Schwanz* mit dir macht.«

»*Jezus*!« Kamila wird knallrot.

Justyna lächelt wissend und zwinkert, und Anna zwinkert zurück, aber was zum Teufel weiß sie schon? Sie und Miguel haben in den Staaten nur Trockenübungen gemacht. Ein paarmal hatte er es geschafft, ihr die Unterwäsche runterzuziehen und die Spitze seines Penis an ihr zu reiben, aber sie hatte ihn immer weggeschoben. Miguel war nicht der Richtige. Er hatte zu viele Pickel, und er war nicht Sebastian Tefilski.

»Hier ist mir heute zu viel los«, murmelt Anna. Kielce erlebt in diesem Juli eine ungewöhnliche Hitzewelle, und das Tęcza-Schwimmbad ist voll mit Leuten, die Abkühlung suchen. Anna findet, dass alle so polnisch aussehen. Niemand ist zierlich; selbst die dünnen Frauen wirken irgendwie ausufernd. In diesem Meer schimmernder slawischer Gesichter trägt niemand eine Sonnenbrille, und niemand schert sich darum, dass sein Badeanzug jahrzehntealt aussieht.

»Guck mal, der da.« Kamila zeigt auf einen stämmigen Bademeister mit gefälschter Ray-Ban-Sonnenbrille, dessen Badehose eine bemerkenswerte Beule hat, sogar von der anderen Seite des Pools aus. »Sieht aus, als hätte er da ein Nagetier drin.«

»*Ja pierdole*!« Justyna kichert, legt sich auf die Bank und streicht sich mit der Hand über den Bauch. Jede ihrer Bewegungen, jede Geste verströmt Sex. Anna ist davon ebenso fasziniert wie genervt. Zu Beginn des Sommers hat Justyna ihnen erzählt, dass sie es endlich getan hat, mit einem ganz entfernten älteren Cousin, der aus Lublin zu Besuch war. Sie hat ihnen erzählt, dass es ein bisschen wehtat, sie sich aber danach so stark fühlte, dass sie jetzt eigentlich nur noch für Sex lebte. Das sagte sie so nüchtern, als würde sie über das Wetter sprechen.

Im letzten Sommer war Anna mit rundlichen Hüften, einem gut gefüllten BH und stärkerer Körperbehaarung in Polen angekommen. Vielleicht war es das amerikanische Essen – Hormone in der Milch oder so –, jedenfalls sah sie neben Justyna und Kamila aus wie eine Amazone. Im Jahr davor, mit fünfzehn, haben sie darüber gesprochen, Dinge zu tun, taten sie aber nicht, und das war okay. Diesen Sommer fühlt die sechzehnjährige Anna sich bereit, allzu aufregend bereit für Sex. Diesen Sommer beneidet sie Justyna. Justyna wirkt wie eine richtige Frau, und das hat nichts mit ihren kecken Brüsten zu tun. Ihr Gesicht sieht anders aus – sie hat jetzt einen Schlafzimmerblick und üppige Lippen. Ihr kurzes Haar sieht inzwischen frech aus, nicht mehr jungenhaft. Anna ist überzeugt, dass es am Sex liegt.

»Ich glaube, ich kriege Sonnenbrand«, sagt Kamila und drückt sich auf die Nase. Sie hat schon den ganzen Vormittag schlechte Laune. Als sie die Plätze auf der Tribüne entdeckten, die wundersamerweise noch nicht besetzt waren, waren Justyna und Anna gleich hingestürmt. Kamila aber hatte etwas von ultravioletter Strahlung erzählt und auf einem kleinen Stückchen Rasen im Schatten bestanden. Ohne Erfolg.

»Sonnenbrand? Woher das denn? Du bist doch komplett in Frottee gewickelt.«

»Ich habe halt sehr sensible Haut, Justyna. Ich war doch schon immer so hell. Noch nie was von Melanomen gehört?«

Kamila trägt ein gelbes Tank Top mit dazu passenden Shorts, aber das Ensemble wird quasi völlig verdeckt von drei strategisch angeordneten Handtüchern – eins für Schultern und Arme, eins um den Rumpf und eins über den Oberschenkeln. Das ganze Arrangement soll die Ekzeme verdecken, unter denen Kamila im Sommer leidet, unschöne, schuppige Stellen in den Kniekehlen, an Armbeugen und Händen, an denen sie erfolglos herumkratzt.

Kamila rutscht übertrieben auf der Bank herum und arrangiert die Handtüchter neu. »Außerdem, wenn ihr es genau wissen wollt, habe ich meine Tage, und es muss ja nicht jeder meine Binde sehen.«

Justyna lässt in gespieltem Entsetzen den Mund offen stehen. »Du hast deine Tage! Du lieber Himmel. Wo ist denn deine Binde, Bloody Mary? Am Bauchnabel festgeklebt? Oder zwei an den Armen? Echt, ich hab sie auch gerade. Komm mal rüber ins zwanzigste Jahrhundert und nimm einen Tampon.«

»Ja, klar, Justyna. Manche von uns sind noch Jungfrau und wollen es auch bleiben.«

Justyna zieht die Augenbrauen hoch. »Ach du Scheiße, Kamila! Du glaubst doch nicht, dass ein Stückchen Watte da was dran ändert? Anna, hilf mir.«

»Sorry, aber ich benutze auch nur Binden. Meine Mutter meint, das ist sicherer.«

»Sicherer? Wie seid ihr denn drauf?« Justyna setzt sich auf und findet es nicht mehr lustig. »Neandertaler. Ich hab Hunger. Jemand Pommes?« Sie streckt die Arme aus und gähnt und weiß genau, dass das Heben und Senken ihrer Brüste verstohlene Blicke auf sich zieht. Anna greift nach ihrem

Portemonnaie. Sie bezahlt immer. Dank der Inflation und einem lächerlichen Wechselkurs fühlt sie sich mit den mageren dreihundert Dollar, die sie für zwei Monate Ferien mitbringt, wie eine Millionärin. Hier spielt Geld für sie keine Rolle, während sie in den Staaten immer diejenige ist, die die abgelegten Kleider ihrer Mutter aufträgt und nach der Schule jobbt.

Es ist Annas dritter Sommer in Folge in Polen, wenn man diese drei Tage 1989 nicht mitzählt, und für ihren Geschmack wird es immer viel zu langsam Sommer. Den Rest des Jahres schreibt Anna Briefe, schickt Päckchen und fährt oft in das polnische Viertel von Brooklyn, Greenpoint, nur um den Duft von *kiełbasa* in den Metzgereien einzuatmen. Jeden Tag, wenn sie aus der Schule kommt, guckt sie als Erstes in den Briefkasten. Kamila schreibt am häufigsten, ungefähr einmal in der Woche, und diese Berichte lesen sich wie ein Abonnement des *Kielcer Tagesanzeigers*. Manchmal überrascht es Anna, dass das Leben weitergeht, wenn sie Ende August ins Flugzeug steigt, dass die Jahreszeiten wechseln, dass sie zur Schule geht und zwischendurch Ferien hat. Sie kann sich ihre Freundinnen nicht vorstellen, wie sie in Schals und Handschuhen durch den Schnee stapfen. Sie kann sich nicht vorstellen, dass die Blätter von den Bäumen fallen oder im Frühling alles blüht. Für sie ist Polen der Sommer und sonst nichts.

»Bring mir ne Cola mit!«, ruft Anna Justyna hinterher. »Und sei nicht so hart zu Kamila, die ist doch nur auf Hormonen!«

»Und ich bin außerdem hier, also redet nicht so über mich, als wäre ich nicht da, *dziękuję bardzo*.«

»Ach, leck mich, Kamila!«, ruft Justyna fröhlich und steckt sich Annas Geld in den Bikini.

»Die ist echt unglaublich, oder?«, murmelt Anna bewundernd. Sie liebt Justyna am allermeisten für ihre lässige Art.

Als sie dreizehn waren, fand Justyna Annas vorstehende Zähne cool. Sie hatte überhaupt keine Skrupel, die abgelegten Kleider anzunehmen, die Anna ihr schüchtern anbot. Ihre Mütter waren beste Freundinnen gewesen und hatten immer noch Kontakt. Anna nennt Justynas Mutter *ciocia*, obwohl sie nicht ihre richtige Tante ist, und Justyna stellt Anna manchmal als ihre Cousine vor. Justyna schreibt Anna selten in die USA, aber wenn der Juli kommt und Anna wieder in Kielce ist, machen die beiden Freundinnen einfach dort weiter, wo sie im Jahr davor aufgehört haben.

Aber dieses Jahr hat Justyna keine Lust mehr, in Pan Narcyz' Keller hinunterzuspringen und Seltersflaschen aufzufüllen oder Gummi zu hüpfen oder auf den Bunker zu klettern oder auf dem *trzepak* Felgumschwünge zu üben. Sie interessiert sich nur noch für zwei Dinge: Jungs und Sex. Das überfordert Anna, daher wendet sie sich eher Kamila zu. Kamila, die sich selbst den Pony schneidet, irrwitzige Karikaturen zeichnet und Bücher verschlingt. Mit Kamila kann Anna noch ein bisschen Kind sein; wenn es regnet, sitzen die beiden auf Kamilas Balkon und spielen mit den Barbies, die Kamila immer noch sammelt. Sie reden über die große Liebe und machen Telefonstreiche, und manchmal zeigt Kamila Anna die Gedichte, die sie geschrieben hat. Aber Anna hat auch kein Problem damit, mit Justyna in Läden Sonnenblumenkerne klauen zu gehen oder die Pornohefte ihres Vaters durchzublättern. Es fällt ihr leicht, die Seiten zu wechseln, denn Anna Baran *hat* zwei Seiten; sie ist gespalten von zwei Sprachen, zwei Orten und ist sich ständig dieser Kluft in ihrem Leben bewusst.

Justyna geht in Richtung Kiosk, aber dann bleibt sie noch einmal stehen und dreht sich um. »Ich will dir doch nur helfen, Kamila. Du hungerst die ganze Zeit, dann kannst du doch auch endlich mal diese Aufmachung da ablegen.« Anna nickt zustimmend. Kamila isst schon den ganzen Sommer nichts Richtiges; stattdessen schleppt sie immer eine Tüte Maiswaffeln mit sich herum, die sie den ganzen Tag futtert.

»Außerdem würde ich mir an deiner Stelle keine Sorgen machen, dass irgendwer deine Windel bemerkt. Ich würde mir mehr Sorgen um den Popel machen, der dir schon den ganzen Morgen aus der Nase hängt.«

Und damit stolziert Justyna mit kessem Hüftschwung davon. Anna sieht ihr unwillkürlich nach, mit einer Mischung aus Neid und Bewunderung.

Anna ist schon den ganzen Sommer hin- und hergerissen zwischen Selbstverliebtheit und Selbstekel. Sie wartet die ganze Woche darauf, dass es Sonntag wird und Babcia Helenka um zwei Uhr zur Messe geht. Sobald Babcia unterwegs ist, legt sie sich auf das Ausziehbett und masturbiert, was das Zeug hält. Aber geil zu sein ist etwas anderes, als sich geil zu finden. Sie hat neuerdings eine Zahnspange (die sie nur nachts trägt), und ihr lächerlicher Überbiss geht langsam zurück. Jetzt lernt sie, beim Lächeln ihre Zähne zu zeigen. Das ist nur ein kleiner Schritt in Richtung Sexiness, aber immerhin. Anna ist optimistisch, was ihre verborgenen Talente angeht. Erst vor zwei Wochen hat sie Heniek Żak im Treppenhaus einen runtergeholt. Warum, weiß sie selbst nicht. Heniek hatte angeboten, sie nach Hause zu begleiten, und als sie in der *klatka* waren, hat sie ihn ohne ein weiteres Wort gepackt und sich an die Arbeit gemacht. Heniek Żak war niemand Besonderes, ein Jahr jünger als sie, aber zum Üben war er so gut wie jeder andere.

»Ich sag's nicht weiter«, flüsterte er hinterher.

»Wäre mir auch egal«, sagte Anna und meinte das auch beinahe ernst.

Und dann tauchte Kowalski vor einer Woche auf der Party zu ihrem sechzehnten Geburtstag ohne seine Freundin auf. Anna trank in der Küche einen Schnaps und forderte ihn dann zum Stehblues auf. Als sie sich zu den melodischen Klängen der Scorpions durch den Raum wiegten, spürte sie seine Erektion am Oberschenkel, und als irgendjemand das Licht ausmachte, ließ sie sich von ihm küssen, mit Zunge. Sie war so erregt, dass es ihr Angst machte. Kowalski hat Chancen. Er ist in der engeren Auswahl derjenigen, denen sie ihre Jungfräulichkeit opfern könnte. Aber insgeheim wartet Anna darauf, dass Sebastian Tefilski nach Kielce zurückkommt und sie zur Frau macht. Seine Familie ist 1990 nach Deutschland gezogen, eine Woche bevor sie nach Polen zurückkam, wie sie es ihm versprochen hatte. Anna war niedergeschmettert, dass er weggezogen war, konnte aber nichts tun, als darauf zu warten, dass er eines Tages wiederkommen würde.

»Warum ist Justyna immer so fies?« Kamila putzt sich demonstrativ die Nase, um ihre Tränen zu verbergen.

»Ach, Kamilka, ist sie gar nicht wirklich. Du bist nur ein bisschen empfindlich heute. Wenn ich meine Tage habe, könnte ich auch andauernd nur essen und heulen.«

»Das ist es nicht, Ania. Ich meine, schon, aber nicht nur. Morgen ist der Todestag meines Bruders. Wir müssen zu seinem Grab, und dann sitzen wir um den Tisch und meine Eltern erzählen von der Zeit, als er noch gelebt hat. Das ist jedes Jahr so, aber ich kann damit nichts anfangen, Ania. Ich erinnere mich nicht mal an ihn. Und er ist mir egal. Ist das nicht furchtbar?«

»Nein, das ist nicht furchtbar. Es ist ganz normal. Er ist tot, aber du nicht. Und egal, wie man es betrachtet, es ist halt scheiße.« Anna lächelt und weiß nicht, was sie noch sagen soll.

Anna erinnert sich noch an den ersten Brief, den sie von Kamila bekommen hat, sie weiß noch, wie sie das mit dem toten Bruder immer und immer wieder gelesen hat. Anna schrieb Kamila zurück und gestand ihr, dass ihr Hamster frühzeitig verstorben war, nachdem er in den heißen Ofen gekrabbelt und darin verbrannt war. Wochenlang war sie untröstlich gewesen und wusste also, was »ein solcher Unfall« mit einem machte. Falls Kamila den Vergleich unangemessen fand, hat sie jedenfalls nie etwas dazu gesagt. Im nächsten Sommer stand Kamila in der Sekunde am *trzepak* parat, als Anna den Fuß auf Kielcer Boden setzte.

Kamila wendet sich mit verlaufener Mascara an Anna.

»Kommst du morgen mit? Bitte? Ich schaffe das dieses Jahr nicht alleine, und du bist meine beste Freundin. Ich habe sonst niemanden, Ania. Wenn du da bist, ist alles nicht so schlimm.«

Bevor Anna antworten kann, ist Justyna zurück und leckt ein Eis wie eine Katze. Der Bademeister mit dem Nagetier in der Hose steht neben ihr und balanciert drei Portionen Pommes und zwei Cola.

»Konnte den ganzen Scheiß nicht alleine tragen. Da war Patryk hier so nett, einer Dame zur Hand zu gehen. Warum heulst du denn?«

Bevor Kamila eine Antwort einfällt, zwitschert Anna: »Sie hat einen Krampf«, was ganz offensichtlich eine Ausrede ist.

Der Bademeister lächelt breit, und Anna muss sich beherrschen, um nicht auf seine Badehose zu gucken. Sie hätte schwören können, dass sich das Nagetier bewegt.

»Ich habe mit Sicherheit *aspiryna* im Erste-Hilfe-Kasten. Soll ich dir was holen?«, fragt Patryk und merkt gar nicht, dass Kamila tausend Tode stirbt. Anna zwingt sich, ihm ins Gesicht zu sehen, und kommt zu dem Schluss, dass es abgesehen von seiner offenbar bemerkenswerten Ausstattung nicht viel zu sehen gibt. Er hat Glubschaugen und eine Kartoffelnase.

»Soll ich? Ist kein Problem«, wiederholt Patryk. Kamila schüttelt den Kopf, und gleichzeitig schnurrt Justyna: »Das wäre wirklich total süß.« Patryk stellt Pommes und Cola auf die Bank und tritt den Rückzug an.

»Was soll das denn?«, zischt Kamila.

»Ich weiß, ich weiß, er ist ein *mół*, aber seine Kollegen sind sensationell, echt. Ich habe ihn zu meiner Geburtstags*balanga* nächste Woche eingeladen, und er bringt seine Jungs mit. Einschließlich Morten.« Und mit diesen Worten greift Justyna triumphierend in die *frytki*. Anna ist perplex und beeindruckt.

»War doch offensichtlich, dass sie geweint hat. Meinst du, es wäre weniger komisch gewesen, gar nichts dazu zu sagen? Hier, nehmt mal Pommes, sonst ess ich die alle auf.«

Plötzlich steht Kamila auf, und ihre Handtücher fallen einfach auf den Boden. »Ich geh nach Hause. Ihr könnt ja noch bleiben und Hautkrebs kriegen. Ihr wollt mich doch eh nicht dabeihaben.«

»*Hautkrebs*? Du liest zu viele ausländische Zeitschriften, *dziewczyna*.«

Kamila schwingt sich die Strandtasche über die Schulter, hüpft über die Bank, landet unglücklicherweise schief und stürzt zu Boden. Justyna prustet ihre Cola aus.

»Kamila! Alles okay?« Anna eilt zu ihrer Freundin.

»Oder soll ich Patryk mit der Trage rufen?«, lacht Justyna.

»Halt endlich die Fresse!«

Justyna sieht Anna an, dann pfeift sie laut. »Die Fresse. Wenn du das nächste Mal so mit mir sprichst, kriegst du einen Tritt in den Arsch. Und entgegen allen Gerüchten wirst du das *nicht* mögen. Verstanden, *bejbe*?« Anna schließt die Augen, sie ist es plötzlich leid.

Justyna steht auf und wischt sich die fettigen Hände an der Bikinihose ab. »Ach, scheiß doch auf dieses überfüllte Drecksloch. Lasst uns nach Hause gehen, in den Schatten, damit wir keinen ›Krebs‹ kriegen, duschen, frische Binden einlegen, uns entspannen, und dann machen wir uns einen geilen Abend. Alles klar, ihr *cipki*?«

Das wirkt Wunder, mehr als Justynas zweifelhafte Entschuldigung. *Cipki, Muschis*. Derb, komisch und typisch Justyna. Anna und Kamila versuchen, nicht zu grinsen, sie nicken, packen ihre Sachen zusammen und verlassen die Pommes und Patryk mit seinem Aspirin.

Die Mädchen gehen durch den Wald, der den *zalew* umgibt, und auf halbem Weg, an dem rostigen Unterstand, der als Bushaltestelle dient, greift Anna nach den Händen der beiden. Keine der Freundinnen wehrt sich. Am Ende gehen sie den Rest des Weges zu dritt Hand in Hand.

Nach einer kühlen Dusche – die gar keine richtige Dusche ist, sondern Anna hockt kurz in der Badewanne und hält den Kopf unter den Wasserhahn – und nach einem Teller von Babcias gebratenen *schabowy* mit Kohl, macht Anna es sich mit einem Kreuzworträtsel auf dem Sofa gemütlich, hört Babcia zu, wie sie das Geschirr spült und ihre geliebten russischen Balladen dazu singt, hört den Fernseher im Nebenzimmer und die Autos unten auf der Straße und beobachtet den langsamen, wogenden Tanz der Spitzengardinen an der offenen Balkontür. *Perfekt*, denkt Anna. Das hier ist ihr ganz persönliches Paradies.

Anna lässt das Rätselheft auf ihre Brust sinken und schließt die Augen. Gleich wird sie sich ihren Kassettenrekorder schnappen, Justyna und Kamila abholen, und dann treffen sie sich mit den *chłopaki*. Die Jungs werden eine Flasche Wein herumgehen lassen, immer wieder *Words* zurückspulen, und Lolek wird Anna bitten, zum x-ten Mal den Text zu übersetzen.

Babcia kommt ins Wohnzimmer gewatschelt, ein Pinguin im Muumuu-Kleid mit einem kleinen, grünen Lappen über der Schulter. »Brauchst du Hilfe, *córeczka*?«

Anna lächelt und schlägt die Augen auf. Sie klopft einladend neben sich auf die alte Klapp*wersalka*. Hier hat niemand Betten; in den vollgestopften polnischen Wohnungen ist einfach kein Platz dafür, und selbst dieser Gedanke erfüllt sie mit Liebe. Babcia setzt sich. Anna hat zwar mit jedem Sommer weniger Lust auf ihre Verwandten, nimmt sich aber immer Zeit für ihre Babcia, die sie *Töchterchen* nennt. Morgens frühstücken sie zusammen, während Babcia Annas Kindheit im Detail nacherzählt und dabei Erinnerungen hochholt, die Annas Mutter anscheinend vergessen hat. »Manchmal hast du meine Nähschere stibitzt und alle meine Pflanzen zurückgeschnitten, Aniusia.« Manchmal holt Babcia einen Schuhkarton mit alten Schwarz-Weiß-Fotos heraus, und dann wühlen sie sich fröhlich hindurch. »Babcia, da siehst du aus wie Vivien Leigh.« Anna seufzt, als sie das Bild ihrer Großmutter auf einer Kopfsteinpflasterstraße betrachtet, zierlich und zauberhaft, das lockige Haar fällt ihr über ein Auge.

Anna liebt Babcias weiche, schimmernde Haut, die jeden Morgen und jeden Abend mit einem ordentlichen Klecks Nivea behandelt wird. Sie liebt Babcias zarte Finger, die Halbmonde auf ihren Fingernägeln, die nicht lackiert, aber perfekt gepflegt sind. Sie liebt die Art, wie Babcia vor dem Spiegel steht und sich das silberne Haar bürstet, das sie nicht färbt. Sie liebt die komischen *podomki*, die Babcia immer trägt (ohne BH), mit großen Taschen vorne, die sie selbst draufnäht. Anna liebt es, wie sie den Teig für selbstgemachte *makaron* knetet; wie sie die Schuhe auszieht und in ihre *trepki* schlüpft, sobald sie die Wohnung betritt, mit einer Hand hält sie sich an der Kommode im Flur fest, in der anderen hat sie die Einkaufstüte; dass bei ihr abends immer ein abgedeckter Teller mit *kromeczki* auf Anna wartet: Roggenbrot mit Butter und dünnen Gouda-Scheiben oder Räucherschinken.

»Fünf Buchstaben, der erste ist ein S. ›Nützliche Löcher in der Küche‹?«

»*Sitko*.«

»Oh Mann, *sitko*! Wieso ist mir das denn nicht eingefallen?«

»Geht mir auch immer so, *córeczka*, die einfachsten Wörter flattern einfach aus meinem Kopf raus, aber irgendwann erwische ich sie dann doch immer. Man braucht nur etwas Geduld. Was heißt *sitko* auf Englisch?«

»*Colander*.«

»Oh, *Jezus*! Karender? Kawendol?«

Anna lacht sich kaputt.

Später, auf dem Weg zu Justyna, die die Nacht bei ihrer Babcia Kazia in Szydłówek verbringt, denkt Anna an den Campingausflug, den sie planen. Anna weiß, dass sie am Sielpia-See gezeugt wurde; ihre Eltern waren dort zum *pod namiotami*, zum Zelten, für zwei Wochen, ganz allein, nachdem ihr Vater von der Armee zurückkam. Wäre es nicht ein irrer Zufall und total toll, wenn sie unter denselben Sternen, die vor sechzehn Jahren über ihren Eltern leuchteten, ihren ersten Sex hätte?

Die Sterne in Polen sind hell und klar, wie die Punkte in einem Malbuch, die man miteinander verbinden muss. Anna wird bei ihrem Anblick immer ganz feierlich zumute, wie in der Kirche. In New York stören die Leuchtreklamen und hohen Gebäude den Blick in den Himmel, und außer dem Mond kann Anna höchstens noch den Polarstern sehen. Aber hier, hier riecht das Gras nach Gras und sieht auch so aus, üppig wuchert es in den Rissen der Gehwegplatten. Es ist nicht besonders hübsch, und es ist Welten entfernt von den perfekt manikürten Rasenflächen in Brooklyn, aber es ist echt. Selbst mitten in der Stadt liegt manchmal ein unerklärlicher Hauch von Kuhmist und Weizenduft. Hier drängt die Natur sich in alle Ritzen, in ihrer ursprünglichsten Form, und nachts übernehmen die Sterne und beleuchten alles so, wie Gott es gewollt hat. Es ist wie im Märchen: Morgens um sieben zwitschern die Amseln, abends flattern die Elstern herum, und neben den hundert Jahre alten Holzhütten stehen die bunt gestrichenen kommunistischen Wohnblocks aus den Siebzigern. Alle rauchen und lachen, aber niemand lächelt einen an, wenn er es nicht verdammt noch mal auch so meint.

Anna klopft an Justynas Tür, und Justyna macht auf, in ein Handtuch gewickelt. »Ich bin noch nicht fertig.« Sie mustert Anna. »Und leih mir unbedingt mal dieses Top. Meine Babcia hat Tee gemacht. Jetzt komm endlich rein! Der Typ gegenüber ist voll der *pedofil.*« Und dann löst sie schnell ihr Handtuch, zeigt der gegenüberliegenden Tür für eine Sekunde ihre Brüste und dann den Mittelfinger.

»Du bist total verrückt!«, gackert Anna. Justyna zieht sie hinein und knallt die Tür zu.

KAMILA
Kielce, Polen

Das Waschbecken im Bad füllt sich schnell. Das Wasser ist so heiß, dass Kamila spürt, wie sich im aufsteigenden Dampf ihre Poren öffnen. Langsam taucht sie die Arme bis über die Ellbogen hinein. Das Wasser verbrüht ihr fast die Haut, aber es ist das Einzige, was den Juckreiz lindert. Die ganzen Salben gegen Ekzeme helfen überhaupt nicht, nicht mal die tollen Cortison-Rezepte, die Doktor Poniatek ihr kritzelt, nicht die natürlichen Aromatherapiesalben, nicht die schwarze Teersalbe, auf die ihre Freundin Lidka Frenczyk schwört. Das Einzige, was den Schmerz vorübergehend lindert, ist, wenn Kamila die Arme unter den heißen Strahl hält und sie kräftig aneinanderreibt. Über den Lärm des laufenden Wasserhahns hinweg hört sie ihre Eltern in der Küche immer noch streiten.

»Auf keinen Fall, du lieber Gott, geht – sie – da – hin! Mit einem Haufen Jungs mitten im Wald? Nur über meine Leiche!«, keift Zofia.

»Ach, eine Leiche mehr oder weniger in der Familie.« Kamila fasst es nicht, dass ihr Vater das tatsächlich gesagt hat. Hat er aber. Erst herrscht kurz Stille, dann hört Kamila einen Aufprall und das Klirren von zersplitterndem Glas. Włodek heult auf, und dann ist er an der Badezimmertür. Er klopft kurz und sanft, als müsste er nur schnell zur Toilette.

»Kamila? Kannst du mich bitte kurz reinlassen, *córeczka*? Ich blute.«

Als Kamila die Arme aus dem Wasser nimmt, sind sie getüpfelt und aufgedunsen. Włodek klopft noch einmal. »Liebes, sie hat ein Glas nach mir geworfen. Ich muss die Scherben rausholen. Proszę cię, Kamilka.« Kamila macht die Tür auf und betrachtet ihren Vater mit einer Mischung aus Verachtung und Mitleid. »Warum lässt du dir das gefallen?« Ihr Vater hält sich die Hand an die Schläfe, zwischen seinen Fingern rinnt Blut hervor und läuft ihm über die Wange.

»Kannst du mir einfach helfen, *córciu*?« Kamila schüttelt den Kopf und streckt ihm ihre lädierten Arme hin.

»Ich kann nicht.« Sie geht schnurstracks an ihm vorbei in ihr Zimmer. Ihre Reisetasche steht auf dem Bett, sie zieht schnell den Reißverschluss zu und rast zur Tür, das erstickte »Kamilaaaa!« ihrer Mutter hallt ihr noch im Treppenhaus nach.

Der Bus nach Sielpia fährt erst morgen früh, aber zum Glück wohnt Emil Ludek zwei Häuser weiter. Es regnet, und sie hat nicht die Kraft für einen langen Marsch. Als sie bei Emil klingelt, macht er sofort auf.

Emil macht ihr eine *herbata*, mit Himbeersirup gesüßt, genau so, wie sie es gern mag. Die Honigsalbe, mit der er ihr Hände und Arme einreibt, tut gut. Kurz überlegt sie, ob ihre Neurodermitis stressbedingt ist, wie Doktor Poniatek gesagt hatte.

»Das sieht schlimm aus, Kamila. So schlimm war es ja noch nie. Nimmst du deine Vitamine?«

»Ja, *Panie Doktorze*, mache ich. Nichts hilft. Schon gar nicht diese scheißschwüle Hitze draußen. Macht mich total fertig.« Kamila tut, als würde sie in Ohnmacht fallen und verdreht die Augen.

Emil lacht, aber in seinen Augen liegt Mitgefühl. Er ist der einzige Mensch, von dem sie sich trösten lässt. Früher war es umgekehrt. Kamila hat alle verprügelt, die auf ihn losgingen. Wenn die anderen Jungs aus der dritten Klasse kicherten, weil er im Winter Strumpfhosen trug, hat Kamila sich für ihn starkgemacht. Wenn die Mädchen ihn *laluś* nannten und an seinen goldenen Löckchen zogen und *Brennnesseln* bei ihm machten, dann jagte Kamila sie weg. Aber jetzt, mit sechzehn, braucht Emil keinen Leibwächter mehr, und sie muss die Mädchen aus anderen Gründen verscheuchen. Emil ist groß und sieht sehr gut aus, ein bisschen wie der junge Laurence Olivier. Seine Augen sind grüngrau und strahlend, und er trägt das blonde Haar nach hinten gegelt und vorne hochgestellt wie Rick Astley. Kamila würde alles tun, um mehr als nur seine beste Freundin zu werden.

»Sie hat ihn schon wieder geschlagen.«

»Na ja, besser ihn als dich.«

»Aber das ist es ja, Emil. Ich wünschte, sie würde das mit mir machen, weil, ich würde es ihr ganz schnell zeigen.«

Emil lächelt sanft. »Vielleicht kommt dein Vater dir vor wie ein Feigling, Kamila, aber er macht das schon richtig. Zurückschlagen kann jeder. Die andere Wange auch noch hinzuhalten ist viel schwieriger.«

Emil weiß, wovon er spricht. Er hat es nicht nur wie ein stiller Märtyrer ertragen, nach der Schule verprügelt zu werden, wenn die Arschlöcher aus den höheren Klassen ihn an der Bushaltestelle in die Ecke drängten. Auch sein Vater hat ihn verprügelt, bis seine Mutter im vergangenen Jahr ausgezogen ist und er sich völlig dem Wodka ergeben hat. Seitdem ist er nur noch der Schatten eines Mannes, im Moment liegt er wahrscheinlich bewusstlos vor einem Schnapsladen, mit tagealten Urinflecken auf der Hose.

Jemand muss den alten Mann versorgen, und als Einzelkind hält Emil das für seine Pflicht. Manchmal denkt Kamila, *sie* hätte Pech gehabt im Leben – Bruder ertrunken, weichlicher Vater, kaputte Haut, unzählige unerwiderte Gefühle …

Aber Emil ist eindeutig der Sieger im Pechhaben, und irgendwie beklagt er sich nie.

»Bist du sicher, dass du morgen nicht mitkommen willst?«, fragt Kamila mit bittendem Blick.

»Ganz sicher, Kamila. Ich muss arbeiten, und wenn ich für länger als drei Tage weg bin, dann erstickt mir Franciszek in der Zwischenzeit an seiner eigenen Kotze.«

Kamila nickt und trinkt ihren Tee aus.

»Deine Haut wird bestimmt besser, wenn es dir besser geht, Kamilka. Das ist alles reine Kopfsache. Glaub mir.« Sie glaubt ihm. Sie glaubt ihm nicht nur, sie betet ihn an, sie verzehrt sich nach ihm, träumt von ihm und wartet auf ihn.

In dieser Nacht schlafen Kamila und Emil voll bekleidet auf seiner Bettdecke. Emil schlingt seine muskulösen Arme um sie, aber seine Hände wandern nirgendwohin, schon gar nicht dahin, wo sie sie gern hätte. Sie haben sich nur einmal geküsst, letzten Sommer, aber das war unappetitlich und betrunken und Emil hat es sofort wieder vergessen. Kamila hingegen erinnert sich an jede Sekunde.

Am nächsten Morgen um halb acht schlüpft sie aus seiner warmen Umarmung und greift nach ihrer Tasche. Im Wohnzimmer liegt Franciszek, wie ohnmächtig, voll bekleidet, mit zitternden Beinen.

Als Kamila an der Bushaltestelle zu den anderen stößt, kämpft sie gegen vieles an – Angst, schlechtes Gewissen und ihre Schuhe mit Plateausohlen, die eine Nummer zu klein sind. Im Bus sitzt sie still neben Anna, die sich dauernd umdreht und auf den Sitz kniet, um mit Justyna zu tratschen, die hinter ihnen sitzt.

Der Bus ist ein Fossil, ein Schrotthaufen auf Rädern, der nur langsam vorankommt, dauernd stehenbleibt und dann wieder weiterfährt, bis er schließlich zwanzig Kilometer vor dem Campingplatz endgültig zusammenbricht. Die Fahrgäste verplempern vier zermürbende Stunden mit Herumstehen, und alle außer Kamila betrinken sich mit dem Bier und dem Wein, die für eine ganze Woche hätten reichen sollen. Als der Bus endlich wieder zum Laufen gebracht worden ist und sie schließlich am Campingplatz ankommen, ist es draußen kalt und dunkel. Sie stolpern in den Wald, Lolek kotzt sich voll. Kamila und Anna müssen ihn den Rest des Weges stützen, was alle aufhält, denn die Mädchen haben seinen hundert Kilo nicht wirklich etwas entgegenzusetzen. Und zu allem Überfluss fängt es auch noch an zu regnen.

Sie werfen ihre Sachen erst mal unter einen hölzernen Pavillon am Eingang des Campingplatzes. Es sieht nicht so aus, als würde es wieder aufhören zu regnen, es regnet in Strömen, wie es zu Beginn des Frühjahrs oder im Spätherbst typisch ist, aber doch nicht an einem Sommerabend. Die Jungs schlafen auf dem Boden ein, wie die Penner, während die Mädchen sich auf Holzbänke setzen und ihre Taschen bewachen. Kamila wünscht sich nach Kielce zurück, unter ihre Häkeldecke, mit einem Buch.

»Warum haben wir sie nicht davon abgehalten, das ganze Bier zu trinken?«, flüstert sie, um die anderen Camper nicht zu wecken – nicht etwa wegen ihrer gammligen, besoffenen Freunde.

»Weil wir nicht ihre Muttis sind. Mach dich locker, Marchewska. Da hast du eines Tages was zu erzählen. Und in Kielce wirst du sowieso die Heldin sein, als einzige Jungfrau unter lauter Primitiven, wie ein Mahnmal der Tugend in der Wildnis!« Justyna lacht laut los.

Kamila ignoriert die Beleidigung und flüstert wütend: »Nicht so laut! Du weckst noch irgendwen auf, und dann …«

»Dann was? Kommen sie uns alle vergewaltigen?«

Es hat keinen Zweck mit Justyna; sie ist einfach nicht zu stoppen. Kamila macht das Licht an ihrer Armbanduhr an. Sie runzelt die Stirn und sagt: »Übrigens bin ich hier nicht die einzige Jungfrau, bei weitem nicht. Und außerdem geht das niemanden was an. Ich sage das nur, weil die …« Sie zeigt auf die komatösen Jungs auf dem Boden, »… nicht mithören. Außerdem, warum geht es bei dir eigentlich immer nur noch um Sex?«

Anna sieht Kamila an und schüttelt den Kopf. Anna, die immer mit allen gutstehen möchte. Sie hält es wohl für die Tragödie ihres Lebens, dass sie zwischen zwei Welten pendelt, denkt Kamila. Zwei Welten! Versteht sie denn nicht, was für ein Segen das ist?

»Bei mir geht es immer nur um Sex, weil es nun mal immer um Sex *geht*. Vielleicht macht eine Woche mit ein paar lustigen Besoffskis in winzigen Zelten ja aus euch beiden auch noch Frauen.«

Kamila schüttelt den Kopf. Ihre Freunde sind keine lustigen Besoffskis. Sie sind ordinäre Besoffene, die leere Bierdosen durch die Gegend kicken und einen zu fest um die Taille packen.

Irgendwie schaffen sie es am Morgen, die Zelte aufzubauen. Die Jungs ziehen los und suchen eine Imbissbude, die morgens um acht schon Alkohol verkauft. Es ist ein milder Morgen. Schlafplätze werden verteilt, und die meisten Mädchen ziehen sich Badeanzüge an und gehen zum Wasser. Kamila bleibt zurück. Sie sitzt auf einer Decke mit Blick auf den See, auf genau den See, in dem ihr kleiner Bruder ertrunken ist. Sie wühlt in ihrem Rucksack nach ihrem Tagebuch, einem schwarzen Notizbuch, das mit einer Collage aus ausgerissenen Buchseiten und Zitaten ihrer Lieblingsdichter beklebt ist. Kamila wird im Herbst an der Kunstakademie anfangen. Ihr

Vater möchte, dass sie Künstlerin wird. Kamila hat zwar ihre Schulzeit damit verbracht, Wandbehänge zu weben und Gemälde von Feldern und Tälern abzumalen, aber geträumt hat sie dabei von etwas anderem. Kamila möchte Schriftstellerin werden, wie Anaïs Nin, wie Maria Pawlikowska-Jasnorzewska, deren Gedicht »Die Wartende« sie schon ein Dutzend Mal in ihr Journal geschrieben hat.

Sie wartet, sieht auf die Uhr ihrer Jahre,
sie beißt voll Ungeduld ins Taschentuch.
Hinter den Fenstern wird die Welt ganz blass und fade
vielleicht ist es zu spät schon für Besuch?

Wann immer Kamila das liest, kommt es ihr vor, als spräche die Pawlikowska zu ihr.

Sie wünscht sich, dass ihr Journal eines Tages von Mädchen wie ihr gelesen würde. Sie hofft, dass ihre Worte auch bei anderen einen Nerv treffen, aber bisher kommen ihre Gedichte ihr kitschig und dilettantisch vor. Kamila schließt die Augen und wartet auf Inspiration. Als sie Tropfen auf den Beinen spürt, sieht sie auf, und da steht Anna, patschnass von Kopf bis Fuß, und lässt sich grinsend neben ihr auf den Bauch fallen.

»Es ist himmlisch.«

»Was?«

»Das Wasser, die Bäume, und wir mittendrin. *Jak w raju*! Das alles, es ist einfach himmlisch. Und ich will nie wieder auf die Erde zurück.«

»Warum das denn? Gräbt Kowalski dich an?«

»Quatsch. Er steht auf Justyna. Übrigens, sie ist *so* kurz davor, ihr Oberteil auszuziehen. Sie versucht, alle zum Nacktbaden zu überreden. Am helllichten Tag!« Anna prustet los, dreht sich auf den Rücken und blinzelt ihre Freundin an.

»Oh-oh. Du siehst irgendwie traurig aus. Bist du sauer, dass ich gestern nicht gekommen bin? War es so schlimm?«

Kamila zuckt mit den Schultern und klappt das Büchlein zu. »Das ist es nicht.«

»Oh, Kamilka, sei nicht so traurig. Ich wette, Emil merkt, wie blöd er war, nicht mitzukommen, und dann kommt er auf einem weißen Pferd hier angeritten und holt dich.«

»Sei nicht so herablassend.«

»Kamila! Hör auf damit! Hör auf rumzuheulen und fang an zu leben. Guck dich doch mal um. Es ist nicht mehr 1892, okay? Es ist 1992. Polen ist frei! Und *wir* haben auch Möglichkeiten, *dziewczyna*. Man muss im Hier und Jetzt leben.«

»Ich lebe im Hier und Jetzt. Und dieses Jetzt hier ist scheiße.«

Anna lacht. »Dieser Moment ist perfekt. Ich wünschte, ich müsste nie wieder nach New York zurück.«

»Oh mein Gott, du spinnst. New York ist doch Gold! Alles so modern und kurz vorm Platzen. Ein einziges Feuerwerk! Aber hier? Hier pennen sie im Namen der ›Tradition‹. Alte Geschichte. Lolek säuft sich mit irgendeinem selbstgebrauten Scheiß zu und pisst meiner Oma vor die Tür.«

»Quatsch. New York ist schmutzig.«

»Na ja, immerhin habt ihr Klimaanlagen im öffentlichen Nahverkehr.«

»*Dobra, dobra*. Kirschen in Nachbars Garten. Aber in New York ist man einsam. Außerdem würdest du meine New Yorker Freunde nicht mögen. Ich weiß nicht mal, ob ich sie mag. Sie haben keine Ahnung, wie es ist, für irgendwas zu arbeiten.«

»Aber Lolek weiß das? Oder Kowalski? Die leben von der Scheißstütze! Ich würde gerne mit dir tauschen, wenigstens für ein paar Tage.«

»Pass auf, eines Tages hole ich dich nach New York, dann kannst du selbst gucken. Aber jetzt lass uns erst mal das hier genießen. Wir sind sechzehn, und es ist Sommer. Scheiße, wir können doch echt alles machen! Und jetzt lies mir ein Gedicht vor.« Anna greift nach Kamilas Notizbuch und blättert. Anna ist außer Emil wahrscheinlich die einzige Person auf der ganzen Welt, die von Kamilas Ambitionen weiß.

»Mach es nicht nass«, murmelt Kamila.

»Du wirst bald eine berühmte Dichterin sein, und dann musst du mir die Dankesrede für meine Oscarverleihung schreiben. Schwör's!« Anna hält ihr den kleinen Finger hin, und Kamila hakt ihren ein, so wie Anna es ihr vor langer Zeit beigebracht hat.

»Ich schwöre.«

»So, und jetzt lass uns schwimmen gehen. Das Wasser ist göttlich«, deklamiert Anna mit der Stimme von Joan Collins, springt auf und rennt mit ihren langen Beinen wieder zum See. Kamila sieht sie kleiner und kleiner werden, bis sie aussieht wie ein kleiner Fisch, der mit dem Kopf voran hineinspringt und die Wasseroberfläche durchbricht. Kamila kriecht ins Zelt, rollt sich zusammen und schlingt die Arme um ihren Körper. Sie stellt sich vor, sie würden jemand anderem gehören.

JUSTYNA
Kielce, Polen

Justyna ignoriert den Schlamm am Grunde des Sees, der sich zwischen ihren Zehen anfühlt, als würde sie in Kuhfladen einsinken. Der Vollmond wirft silbriges Licht auf den stillen See. In der Ferne grölt Lolek »It's my life« von Dr. Alban. Er ist besoffen und lallt irgendeinen Fantasietext. Justyna rückt näher an Kowalski heran.

Ein kleiner Teil von Justyna war überrascht, dass ihre Mutter ihr diese Reise erlaubt hat. Im Juni ist Justyna endgültig von der Schule geflogen. Die Geschichtslehrerin hat sie erwischt, wie sie Lucjan Popiel im Hausmeisterbüro einen runtergeholt hat. Lucjan kam gerade, als die Tür quietschend aufging und Pani Jesienowska hereinkam. »Was in Gottes Namen …?«, kreischte sie, und Justyna wischte sich die Hand ab und sah die Lehrerin an. »Ich glaube, Gottes Name dafür ist Sperma.«

Es folgte eine zweistündige Sitzung mit der Schulleiterin, Justynas Mutter und Pani Jesienowska. Die Schule hatte eine ganze Liste mit Justynas Vergehen aufgestellt: unentschuldigte Fehlstunden, nicht bestandene Prüfungen, Graffiti auf der Mädchentoilette und dann noch die Sache, als Justyna ein Mädchen verprügelt hat, das ihr einen teuren L'Oréal-Lippenstift klauen wollte. »Dieser letzte Vorfall zeigt uns nur, dass Ihre Tochter keinen Respekt vor unseren Pädagogen hat, Frau Zator, und auch nicht vor unserer ganzen Institution. Wir haben sie zwar nie erwischt, aber wir glauben, dass sie sich in den letzten zwei Jahren hier nur noch durchgemogelt hat. Justyna hat offensichtlich kein Interesse am Unterricht, sie lügt, sie gibt sich keine Mühe, und so müssen wir davon ausgehen, dass ihr das hier alles vollkommen egal ist. Also ist sie uns ebenfalls egal. Ihre Tochter ist hier nicht mehr willkommen.«

Teresa hat nur genickt und ist hinausgegangen; sie hatte Justynas Vorstrafenregister nichts entgegenzubringen. Kurz dachte sie darüber nach, Beschwerde einzulegen – Lucjan Popiel kam mit zwei Wochen Suspendierung vom Unterricht davon, was Teresa insgeheim für höchst unfair hielt. Sie setzte sich auf die Treppe vor der Schule, rauchte zwanzig Minuten lang eine Zigarette nach der anderen und dachte daran, wie sie mit siebzehn schwanger geworden war und die Arschlöcher an ihrer Schule sie hinausgeworfen hatten. Für ihre eigenen Kinder hatte sie eigentlich größere Pläne gehabt, aber Teresa selbst führte ein wunderbares Leben, obwohl sie keinerlei Abschluss hatte, und das konnte Justyna ja genauso. Jetzt war es eh zu spät. Ihre Tochter war also von der Schule geflogen, und Teresa hatte nicht das Gefühl, da groß etwas tun zu können, außer ihr eine Tracht Prügel zu verpassen. Es war Zeit, dass ihre Tochter sich einen Job suchte. Sie würde nach Hause gehen, Justyna eine scheuern und dann ihre Freundin Janka beim neuen Supermarkt in der Stadt anrufen.

Als Justynas Mutter ihr vom Ausgang des Gesprächs in der Schule erzählte, versuchte Justyna, ihre Erleichterung zu verbergen. Aber innerlich war sie begeistert. Das Versteckspiel war vorbei. Sie musste Tobiasz Tedoroski nicht mehr dafür bezahlen, dass er ihre Aufsätze schrieb, sie musste keine Zeit mehr darauf verschwenden, winzige Spickzettel zu schreiben. Es war ja kein Zufall, dass die beiden Fächer, in denen sie immer bestand, nämlich Erdkunde und Chemie, von Lehrern unterrichtet wurden, die gegen ihre Miniröcke und Push-ups machtlos waren. Den Rest ihrer Lehrer schrieb sie als machtgeile, eifersüchtige, missmutige Arschgeigen ab. Bildung war sowieso so eine Sache. Die Streber in der Schule, die bis zum Erbrechen auswendig lernten und paukten, die irgendwelche Fakten im Schlaf aufsagen konnten, das waren doch diejenigen, die ansonsten nur so durchs Leben stolperten und stotterten. Wenn man erst mal den Abschluss hatte, wen interessierte es dann noch, was ein gleichschenkliges Dreieck war oder wann der Erste Weltkrieg begonnen hatte? Wofür war dieser alte Scheiß denn wichtig? Justyna glaubte, Erfolg, die Verwirklichung eigener Träume, sei vor allem eine Frage von Charme, einer starken Persönlichkeit und der Fähigkeit, geschickt zu lügen. Mit anderen Worten: Scheiß auf die Schule. Ihre Eltern waren beide von der Schule geflogen, und aus ihnen war schließlich auch etwas geworden. Vor einem Jahr hatten die Zators ein modernes, dreistöckiges Haus in Siejie gekauft, hinter dem *zalew*, nur ein paar Kilometer vom Stadtzentrum entfernt, und irgendwie meilenweit weg von ihrem bisherigen Leben in der vollgestopften Wohnung. Im September würde Justyna nicht mehr auf Flohmärkten nach gebrauchten Schulbüchern suchen; sie würde bei Super-Sam an der Kasse stehen und mit den anderen Kassiererinnen tratschen, und das war doch wunderbar.

Zu Beginn des Sommers versuchte Teresa halbherzig, sie zu bestrafen; kein Taschengeld, keine Partys, früh nach Hause kommen. Aber Justyna war eben Justyna und brach alle Regeln, sie log, bettelte oder lachte Teresa für ihre Drohungen aus. Als die geplante Campingtour anstand, brauchte Justyna nicht mal zu betteln. »Ertrink mir nur nicht«, sagte Teresa.

»Pass auf, ich hab gehört, hier gibt's Schlangen im Wasser.« Kowalski grinst im Dunkeln. »Ich glaube sogar, ich habe eine in der Hose.«

»Was für eine Schlange denn?«, flüstert Justyna und gleitet näher.

»Eine Python.«

Justyna kichert, Wodka schwappt durch ihr Gehirn und fließt durch ihre Venen. »Bist du sicher, dass das nicht eher ein kleiner Aal oder so was ist?« Kowalski packt sie unter Wasser an den Hüften und zieht sie grob an sich. Ihre Körper klatschen gegeneinander, nass und gänsehäutig. »Find's doch raus«, grollt er.

Justyna greift nach ihm. Sein Schwanz fühlt sich in ihrer Hand glitschig an, dick und fest. Er zieht ihre Bikinihose zur Seite, aber er braucht drei Versuche, bis er in ihr ist. Der Sex ist unbequem, und es geht schnell. Es tut weh, als würde Kowalski einen Gummihandschuh in ihr reiben. Justyna fühlt sich trocken, es scheuert. Und als Kowalski schließlich kommt, hören sie Lolek den Refrain von »It's my life« grölen, seine Stimme dröhnt durch den Wald: »Eetsma laaaaaf!«

Kowalski lehnt sich an sie, sein Kopf ruht an ihrer Schulter, und er murmelt: »Du hast mich in dir kommen lassen.«

»Und?«

»Machst du dir keine Sorgen?« Justyna macht sich nur Sorgen, weil sie vor ein paar Wochen eine komische Beule an ihrer rechten Schamlippe gefunden hat. Gestern war sie immer noch da, ein rauer, weißlicher Knubbel, wie ein großes Sandkorn. Es sieht nicht aus wie ein Pickel, und falls sie Kowalski gerade Feigwarzen vererbt hat, dann hat sie kein besonders schlechtes Gewissen dabei; wahrscheinlich hat er sowieso schon welche.

»Kein Grund zur Sorge.«

Kowalski hebt den Kopf. »Was? Du meinst, du kannst nicht schwanger werden?«

»Ich hab meine Tage, du Honk. Meinst du, ich würde es

riskieren, deine Brut in die Welt zu setzen?« Damit schwimmt sie an Land und geht dann Richtung Wald. Von dort sieht sie zu Kowalski zurück, der inzwischen auf dem Sand ausgestreckt liegt wie ein gestrandetes Tier.

Sie ist klatschnass, ihr ist kalt, und sie bereut das eben eigentlich, aber Justyna wusste, dass sie es auf dieser Fahrt mit Kowalski machen würde. Aber eigentlich hatte sie geplant, es im Zelt zu tun. Es war nicht das erste Mal, dass sie mit Kowalski rumgemacht hat; wann immer seine Freundin nicht in der Stadt war, kam er zu ihr, reichte ihr seine Zigarette und beäugte sie schweigend. Er war weniger aggressiv als die anderen, und seine Fingernägel waren immer sauber – nicht, dass Justyna so ein Scheiß wichtig gewesen wäre. Außerdem hatte er eine Narbe, die von seinem rechten Augenwinkel über die Wange verlief, wie die Narben der Schwarzen Madonna. Er hatte etwas Geheimnisvolles. Er sagte fast nie etwas, und er lachte immer aus vollem Hals über Witze, aber er selbst erzählte nie welche. Kowalski war zu schüchtern, um jemals den ersten Schritt zu machen, außer wenn er sehr betrunken war, so wie heute. Als er Justynas Hand nahm und sie fragte, ob sie mit schwimmen geht, sah Justyna Annas enttäuschtes Gesicht, als sie zum Wasser rannten, aber sie würde sich ihren Spaß von niemandem verderben lassen.

Sie stolpert an den glimmenden Resten der Lagerfeuer vorbei. Es ist still, alle sind in ihren *namioty*.

Auf dem Campingplatz liegen Dutzende leerer Bierflaschen und -dosen herum, und der Kassettenrekorder dudelt leise ihren *Lato*-1992-Mix, den Anna ihr aufgenommen hat, und jetzt gerade läuft »Jolka Jolka«. Justyna findet ihr Zelt. Sie will Ania nicht wecken und ist extra leise, als sie sich an den Eingang hockt, an dem der Reißverschluss zur Hälfte offen ist. Sie schlägt leise das Nylon zurück.

Lolek liegt auf Anna und pumpt. Er presst ihr die Hand auf den Mund und flüstert zwischen seinen Küssen auf ihren Hals: »Boah, was habe ich diesen Fick gewollt. Ich liebe dich so. Ich habe dich schon immer geliebt.« Anna weint; sie sieht total verängstigt aus.

Justyna starrt ins Zelt. Die beiden bemerken sie gar nicht. Sie muss eingreifen, aber gegen Lolek würde sie nicht ankommen, und sie will nicht ins Gesicht getreten werden. Er würde sie niederschlagen. Mit Lolek legt man sich nicht an, wenn er so betrunken ist. Er ist voll, hat seinen Körper aber noch unter Kontrolle. Justyna sollte zumindest die anderen wecken, aber sie weiß auch, dass sie alle genauso betrunken sind, wenn nicht noch schlimmer. Und was sollten Lidka Frenczyk oder Kamila schon tun? Lolek war immer Annas persönlicher Bodyguard gewesen, ihr größter Fan, und derjenige, der sie am meisten aufgezogen hat. Sein Vater hat die Briefe gelesen, die Anna seinem Sohn geschickt hat, und vor den Nachbarn damit angegeben, dass Anna Baran eines Tages seine Schwiegertochter sein würde.

Vielleicht will sie es ja, denkt Justyna. Immerhin spricht sie dauernd davon, sich entjungfern zu lassen, aber so, wie Anna weint, ist es wohl nicht so, wie sie es sich vorgestellt hat. Wie ferngesteuert steht Justyna leise auf, für einen Augenblick dreht sich alles. Irgendwie findet sie Kamilas Zelt. Sie schiebt Kamilas Zeltgenossin zur Seite und quetscht sich zwischen die beiden. In der Ferne hört sie immer noch »Jolka Jolka«; irgendjemand muss auf Replay gedrückt haben. Sie schließt die Augen und schläft ein.

KAPITEL 5
2002

ANNA
Greenpoint, Brooklyn

Vor drei Tagen kam Ben von der Arbeit nach Hause und Anna bat ihn, sich aufs Sofa zu setzen. »Ich glaube, es ist vorbei.«

Er zündete sich eine Zigarette an und versuchte, die Situation aufzulockern. »*Banana Split*, hm?« *Ben Anna split*. Ben Anna getrennt. Sie lächelte, war erleichtert, aber eine Stunde später weinten sie beide. Als Ben sagte: »Lass es uns noch mal versuchen«, nickte sie, aber sie wusste, dass es geheuchelt war. Und anstatt sich nachts um eins aneinanderzuschmiegen oder einander zu trösten, kratzte Anna im Bademantel Rubbellose auf, Ben trank das vierte Corona, und sie sprachen kein einziges Wort.

Jetzt versucht Anna, dieses grauenhafte Mittagessen irgendwie hinter sich zu bringen, bei dem ihr Agent und ihre Managerin sie anstarren. In einer Stunde soll sie Ben bei einer Paarberatung treffen. Das war ihr letztes Zugeständnis an ihn; eine einzige Beratungsstunde, bevor er seine Sachen aus der Wohnung räumt.

Sie trinkt einen Schluck Pinot Grigio und zieht eine Grimasse. Trocken und teuer, nicht das, was sie ausgewählt hätte, aber die Flasche stand schon auf dem Tisch, als sie ankam. Dies hier sollte ein Gespräch sein, bei dem es um verpasste Chancen, kommende Projekte und Annas großartige Zukunft ging. Aber alles – von ihren besorgten Gesichtern bis zum unberührten Brotkorb – sieht eher nach einem Übergriff aus. Annas letzter Job war eine Folge Emergency Room im August. Eigentlich hätte es eine dauerhafte Rolle werden sollen, aber die Produzenten haben es sich anders überlegt. Helen, Annas Managerin, rührt in ihrem Cappuccinoschaum. Helen trinkt keinen Alkohol. Jeremy, ihr Agent, räuspert sich.

»Also, Annie, ich erzähle dir mal eine Geschichte. Vor Jahren hatte ich eine Klientin …«

»Die jetzt in einer sehr beliebten Sitcom spielt«, unterbricht Helen. Ihr Lippenstift ist verschmiert. »Aber wir nennen keine Namen.«

»Genau.« Jeremy lächelt. Anna mag Jeremy. Er kommt aus dem Mittleren Westen, und selbst nach Jahrzehnten in dieser Stadt ist er immer noch so freundlich, wie die Leute von dort es nun mal sind.

»Na los, Jer, komm zum Punkt.« Helen kann Zeitverschwendung nicht leiden. Sie ist ein Hai. Die Liste ihrer Klienten ist kurz, ein paar Soapstars, aber sie ist tough und unbarmherzig. Allerdings sieht man ihr die harte Geschäftsfrau nicht an. Sie kauft im Schlussverkauf bei Talbots und besitzt nicht eine, sondern gleich eine ganze umfangreiche Kollektion Jeanswesten. Am Anfang war Helen für Anna wie die jüdische Tante, die sie nie hatte, mit bissigem Witz und einer missmutigen Weltsicht. Helen würzt ihre Sprache mit jiddischen Brocken und hat Anna einen ihrer Lieblingsausdrücke beigebracht: »*nisht geshtoygen, nisht gefloygen*«, was so viel wie »Was für ein Bullshit« bedeutet. Vor wichtigen Vorsprechen trafen sie sich oft im Central Park, und Helen übte mit Anna ihre Texte und stärkte ihr noch mal kräftig den Rücken.

»Jedenfalls«, fährt Jeremy fort und steckt sich eine Zigarette an, »sie war total talentiert, hat super Feedback bekommen, aber trotzdem keine Aufträge. Ein Vorsprechen nach dem anderen, aber nichts ist passiert. Ein ganzes Jahr lang. Und der Grund war, ich rede jetzt nicht lange um den heißen Brei, der Grund war: ihre Nase.«

»Die war groß. Und zwar nicht charakterdarstellerinnen-groß, sondern verwirrend groß.« Helen zieht ihre eigene Nase angewidert kraus.

»Eines Tages kam sie in mein Büro und war total fertig. Das Mädchen war am Ende. Ich meine, sie war wirklich talentiert, super Figur, das Gesicht einer jungen Unschuld, mit nur diesem einen kleinen Problem.«

Anna leert ihren Wein in einem Zug. »Du meinst, einem großen Problem.« Sie grinst blöd und beäugt die Focaccia, die sie sich am liebsten für später in die Handtasche stecken würde.

»Und weil Jeremy so ein netter Mensch ist, und so ein großzügiger, hat er ihr taktvoll erklärt, dass er die Sache persönlich, aus eigener Tasche, bezahlt. Sie war total dankbar. Sie haben das ohne großes Aufhebens gemacht, sie hat sich schnell erholt, und ein paar Wochen später konnte sie sich gar nicht mehr retten vor lauter Engagements. Dann kam der Emmy, und den Rest kannst du dir denken.«

Helen lehnt sich zurück und entspannt zum ersten Mal ihre Schultern.

»Okay. Was wollt ihr mir sagen? Soll ich mir die Nase machen lassen?«

Jeremy prustet seinen Wein über den Tisch. Dann tupft er wie verrückt mit der Serviette auf seiner hippen Krawatte herum. »Nein! Um Himmels willen, nein! Deine Nase ist perfekt, so slawisch, klassische Nase, ganz klassisch. Dein Gesicht ist perfekt, Anna.«

Ihr Gesicht ist nicht das Problem. Anna weiß, worum es geht. Im wirklichen Leben geht es vielleicht noch – ist Größe 10 nicht der Durchschnitt? Aber Hollywood verkauft eine Fantasiewelt, wo selbst die Penner weiße Zähne haben und niemand jemals aufs Klo muss, außer wenn es lustig sein soll.

Anna würde sich gerne dumm stellen, aber jetzt hilft wohl nur noch die Flucht nach vorn. »Du meinst, ich bin zu fett.« Das Wort hängt in der Luft wie eine Sprechblase über Annas Kopf.

»Du bist nicht fett, Schätzchen«, sagt Jeremy gedehnt. »Du bist nur …«

»*Kurvenreich*?« Anna lächelt kläglich. »Ich weiß ja, dass ich ein bisschen zugenommen habe. Schon gut. Wir sind doch alle erwachsen, und wir können die Dinge beim Namen nennen. Ich hatte ein paar wirklich harte Wochen.«

»Ja, das mit dem Mann deiner Freundin.«

»Und noch ein paar andere Sachen, Jeremy. Schon gut, ich habe mich gehenlassen. Aber was willst du mir sagen? Soll ich mir das Fett absaugen lassen? War's das mit meiner Karriere? Ich versteh's noch nicht so ganz.«

Helen zieht die Augenbrauen hoch. »Okay, Anna. Ja, du hast zugenommen. Und es tut mir leid, wenn du in letzter Zeit irgendwelche Probleme hattest, aber du kannst es dir nicht leisten, dich so gehenzulassen. Das passt einfach nicht zu dir. Du bist viel zu schön, um als Charakterdarstellerin durchzugehen, vor allem zum jetzigen Zeitpunkt. Letztes Jahr war es ruhig, nach dem Terroranschlag und so, da trifft dich keine Schuld. Aber du hattest im Jahr deines Abschlusses die Hauptrolle in zwei Studioproduktionen, Liebes, das ist nicht nichts. Da kannst du ganz schön stolz drauf sein. Und jetzt geht es wieder los. Wir haben von allen Seiten grünes Licht. Aber mit dem, was du jetzt zu bieten hast, können wir nicht arbeiten, und ich weiß, dass du damit auch nicht glücklich bist.«

»Sag bloß«, flüstert Anna.

»Ja, sage ich. Wir brauchen einen Trainer. Wenn du dir im Moment keinen leisten kannst, überbrücken wir das natürlich. Aber du musst abnehmen, und zwar schnell und gründlich. Wir unterstützen dich, wir glauben an dich, aber wir müssen alles tun, damit du wieder *du* wirst. Hunger dich meinetwegen runter, wenn es sein muss.«

»Warte mal, Helen, niemand sagt …«

»*Ich* sage das. Ich sage es, weil die neuen Piloten gedreht werden, ehe wir uns versehen, und du musst für mindestens einen vorsprechen. Mindestens. Und wenn wir uns am zweiten Januar wiedersehen, dann siehst du bitte aus wie in *D'Artagnan.*«

»Verstehe.«

»Wir machen es dir gerade nicht leicht, Schatz, weil wir wirklich, wirklich glauben, dass du ein Star werden kannst. Wirklich. Es wäre zu schade, wenn das nur wegen fünfzehn Pfund nicht hinhaut.«

»Zwanzig.« Helen trinkt ihren Kaffee aus und hält ihr die Wange zum Abschiedsküsschen hin.

»Und wenn ich nicht abnehme?«

Jeremy fummelt nach seiner Kreditkarte, und Helen verschränkt die Arme. »Das steht nicht zur Debatte.«

Als Anna ihren Abschluss an der Schauspielschule gemacht hat, konnte sie sich vor lauter Anrufen von Agenten, Managern und Castingagenturen kaum retten. Bei ihrer Showcase Performance brachte sie einen Monolog aus der *Katze auf dem heißen Blechdach*, den über die halslosen Monster. Sie *war* Maggie, die Katze, mit ihren üppigen Kurven und ihrem unterdrückten Verlangen. Außerdem las ihre eigene Geschichte sich ebenfalls wie ein Drehbuch: bescheidener Migrationshintergrund, Vater früher im Gefängnis, Mutter bringt die Familie als Putzfrau reicher Leute durch. Und dann war da ihr wundervolles Profil, ihre respektlosen Witze und ihr zitterndes Geständnis, dass sie ein Star werden wolle, um ihre Familie zu retten.

»Du kommst mal ganz groß raus«, verkündete Jeremy,

als sie sich das erste Mal trafen. Es sprach es aus wie eine Diagnose, und als Anna danach im Aufzug stand, war ihr so schwindelig, dass sie nur noch lachen konnte.

Ihre erste Rolle war gleich eine große Sache, die weibliche Hauptfigur in einer Studioproduktion, *D'Artagnan*. Sie lag auf dem Sofa, als Jeremy anrief, um ihr zu sagen, dass sie die Rolle hatte. Ihre Eltern waren platt. »Wie jetzt?«, fragte Paulina verdattert, »ein richtiger Film?«

»Was bezahlen sie denn?«, brach es aus ihrem Vater heraus.

Anna sah ihn an und antwortete langsam: »Zweihunderttausend Dollar.«

Die Bosse bei Paramount wollten jemand Unbekanntes, und Anna passte genau hinein. Sie flog nach Frankreich, und zwar erster Klasse. Es war ein Traum, und sie nahm ihre Canon überall mit hin. »Sie geben mir jede Woche Bargeld, Mamo, damit ich mir kaufen kann, was ich will. Das nennen sie *Spesen.*« Zweitausend Dollar die Woche; ihre Eltern arbeiteten dafür einen ganzen Monat.

Anna liebte den Set. Jeder Einzelne dort war ein überarbeitetes, aber pflichtbewusstes Rädchen im Filmgetriebe. Sie fühlte sich geborgen. Sie war nervös und dankbar für diese Chance, aber darüber hinaus war sie innerlich ganz ruhig, denn sie wusste – sie *wusste* –, dass es Schicksal war.

Jeden Morgen, bevor sie in die Maske ging, genoss Anna auf den Stufen ihres Trailers einen Kaffee und eine Gauloises. Es war ein Märchen, und sie wusste, dass es enden würde, aber Anna kostete es klugerweise aus, bis zum letzten Tropfen. Jeden Tag rief sie ihre Großmutter in Polen an.

»Eines Tages, Babciu, fliegst du mit mir zum Set. Dann sehen sie, wie schön du bist, und geben dir auch eine Rolle!«

»Ach, Aniusia.« Babcia lachte. »Ich will doch gar nicht zum Film. Ich will sie nur gucken.«

In Hollywood zieht ein einziger hochkarätiger Job schnell Kreise, eine Tür nach der anderen öffnet sich. Man hat kaum Zeit, über die Flugbahn nachzudenken. In *Halloo, I Love You* – einer romantischen Komödie nach *Was ihr wollt* – spielte Anna Olive, eine junge, sinnliche Manhattanerin, die sich in Enthaltsamkeit übt, und ihre hochkomische und zugleich melancholische Darstellung brachte ihr tolle Kritiken und Schlagzeilen wie »A star is born (in Poland)« ein. Ein verheißungsvoller Anfang.

Statt ihre Gagen sinnvoll zu investieren und sich eine Wohnung oder wenigstens ein Auto zu kaufen, ging Anna shoppen: Kosmetik, Bücher, Zigaretten, Schuhe. Den Rest verschenkte sie. Sie unterzeichnete hemmungslos Schecks, stolz, mit Verwendungszwecken wie »Geschenk für Mom«. Sie zog aus der Wohnung ihrer Eltern aus und mietete sich ein wundervolles Loft in Brooklyn. Nachdem sie Ben kennengelernt hatte, zog er schnell zu ihr. Ben war ihr dankbar. Mit zweiundzwanzig genoss sie ihre finanzielle Unabhängigkeit, und zwar auf eine Weise, wie es niemand in ihrer Familie je geschafft hatte. Alles andere blieb auf der Strecke, einschließlich ihrer Karriere.

Helen hatte sie gedrängt, nach L.A. zu ziehen. »Du hast nur ein kleines Zeitfenster, und das geht vor deinen Augen zu. Anna, ich weiß, dass du verliebt bist, aber manchmal geht das noch schneller vorbei als Hollywood, also sieh zu, dass du den Arsch hochkriegst!« Aber Anna hörte nicht auf sie; sie hatte alles, was sie wollte.

Bald mussten Ben und Anna aus ihrer Zweitausend-Dollar-Wohnung in eine enge Schlauchwohnung in Greenpoint umziehen. Das war ein Rückschritt, und er ging so schnell, dass plötzlich gar nichts mehr sicher schien.

Im Restaurant sucht Anna Mantel, Mütze und Handtasche

zusammen, steht auf und deutet mit dem Kinn kurz in Richtung des Weins.

»Danke für das Essen«, murmelt sie. »Ich habe den Halt verloren. Ich habe einfach den Halt verloren«, und damit schlurft sie hinaus, stolpert über den Teppich und stößt mit einem Kellner zusammen.

Auf dem Weg zur U-Bahn wischt sie sich die Wuttränen weg. »Sie fressen dich auf, und dann spucken sie dich wieder aus«, hat ihr Vater gesagt, als sie ihm erzählte, dass sie ein Star wird. Vielleicht hatte er recht. Vielleicht will sie das gar nicht mehr. Vielleicht ist sie fertig mit Mode und Modelmaßen, mit Vorsprechen und Großrauskommen. Sie war einmal überzeugt gewesen, eines Tages auf der Oscar-Bühne zu stehen. Vielleicht gibt sie das aber auch einfach alles auf, heiratet und bekommt Kinder. Sie könnte Sebastian Tefilski suchen und sich mit ihm irgendwo niederlassen.

Als Anna in ihrer Wohnung in der Lorimer Street ankommt, schwitzt sie und tobt vor Wut. Ihr Schritt ist energisch, sie hat zwischen den Haltestellen Third Avenue und Bedford einen Entschluss gefasst. Sie sucht ihren Schlüssel und nimmt die Treppe, immer zwei Stufen auf einmal.

Sie reißt die Wohnungstür auf. Ben ist auf der Arbeit. Sie läuft ins Schlafzimmer, im Vorbeigehen fällt ihr Blick auf das schmutzige Geschirr in der Spüle, dann auf ein nasses Handtuch auf dem Badezimmerboden; ihr Leben ist ein Chaos, ein einziges Chaos. Sie braucht sieben Minuten, um ihre Reisetasche zu packen, um Unterwäsche, Kleidung und ein paar Bücher hineinzuwerfen, als müsste sie vor einem Brand flüchten. Sie muss rennen. Es kommt ihr nicht vor wie eine Flucht, es kommt ihr vor wie die einzige Überlebenschance, und dieser feine Unterschied tröstet Anna. Mit der Tasche neben sich setzt sie sich noch kurz an den Tisch und hinterlässt ein paar Worte auf einem Zettel. »Ich gehe zurück. Ich gehe zurück auf Start«, kritzelt sie und dann schnell ihren Namen.

KAMILA
Detroit, Michigan

Im Dämmerlicht wirken die weißlichen Zigarettenrauchschwaden, durch die Kamila den Mann beobachtet, wie Nebel. Wie in der letzten Szene von *Casablanca*, nur dass Kamila keine Ingrid Bergman ist und er kein Humphrey Bogart. Die Bar ist leer bis auf ein paar Geschäftsmänner mit gelockerten Krawatten und einen diademgeschmückten Junggesellinnenabschied an den Tischen ganz hinten.

Aus der Ferne sieht er ein bisschen aus wie Montgomery Clift, Kamilas Lieblingsschauspieler. Ach, der gequälte, insgeheim homosexuelle Monty, dessen Engelsgesicht zerstört und falsch wieder zusammengeflickt worden war. *Was für eine Ironie des Schicksals,* denkt sie plötzlich, *ich war mein ganzes Leben lang selbst mit einem Monty zusammen.* Sie muss laut lachen. Der Mann sieht sie an. Er ist vermutlich in den Vierzigern und hat ein nettes amerikanisches Gesicht, auch wenn er schon eine etwas hohe Stirn hat.

Kamila hat seit dem Morgen nicht mit ihren Eltern gesprochen, seit sie sich von Zofia losgerissen und sie einfach stehenlassen hat. Als sie bei den Levickys klopfte, hatte Jan sofort aufgemacht. »Kammie! Deine Mutter hat schon sechs Mal angerufen. Sie will, dass du sofort nach Hause kommst. Ich hoffe, es ist alles in Ordnung bei euch? Aber es wäre auch super, wenn du mir hilfst, den Baum zu schmücken.«

»Ist alles okee, Pani Jan. Meine Freundin in Polen, hat gehabt Unfall ihr Mann. Aber ich okee.« Kamila wollte nicht alles erklären. Sie wollte nicht über Justyna oder Paweł nachdenken. Es war vielleicht unfair, aber als sie die Glaskugeln an den Plastikbaum der Levickys hängte, konnte sie nur eines denken: Vielleicht war es für Justyna einfacher, noch mal von vorn anzufangen, als für sie selbst. Der Tod war wenigstens endgültig.

Inzwischen starrt der Amerikaner sie unverhohlen an. Kamila fragt sich, was er wohl sieht. Sieht sie in diesem gnädigen Licht womöglich gut aus? Ihr rotes Haar ist schwarz gefärbt, zu einem Bob geschnitten und mit etwas Frizz-Ease in Form gebracht. Ihr Körper besteht nur aus knochigen Kanten. Sie kann ihre Rippen zählen, und das tut sie auch oft; es ist eine Art Tick, wie der, mit den Fingerknöcheln zu knacken. Vor ein paar Jahren hat sie sich in Warschau die Nase machen lassen. Ihre neue Nase ist schmal, wie der Rest von ihr auch. Die Operation fand in dem Sommer statt, in dem Emil ihr den Antrag machte, aus heiterem Himmel, einen Tag vor der OP, auf den Knien. Im Herbst heirateten sie, mit einem großen, romantischen Fest. Die Party ging bis zwei Uhr nachts. Als sie nach Hause kamen, sagte Emil, er sei zu müde, mit seiner frisch Angetrauten zu schlafen.

Der Barkeeper schenkt ihr noch einen Schnaps ein, und sie nippt daran wie eine Lady. Sie weiß genau, dass der Mann sie ansieht. Der Wodka wärmt sie von innen. Ihr Verehrer zündet sich eine Zigarette an, und dann steht er auf, den Kaschmirmantel lässig über den Arm geworfen, und nähert sich dem leeren Barhocker neben ihr. Sie bemerkt seinen Bauch, der leicht über dem etwas zu stramm gezogenen Gürtel hängt. Er setzt sich neben sie und zieht an seiner Zigarette. Sein Aftershave riecht nach Wald.

»Darf ich Ihnen noch ein Getränk spendieren?« Seine Stimme ist anders, als sie es erwartet hätte, nasal und flach. Kamila deutet auf das leere Schnapsglas und nickt. Der Barkeeper schenkt ihr nach. »Arbeiten Sie hier in der Gegend? Ich habe Sie noch nie hier gesehen, und ich bin ein sogenannter Stammgast.« Er grinst und zeigt seine blitzend weißen Zähne. Amerikanische Zähne.

»Bin ich zu Besuch aus Polen«, sagt Kamila in ihrem gebrochenen Englisch. Sie ist schon leicht angetrunken.

»Polen?« Der Mann lächelt noch breiter. Kamila stellt fest, dass selbst seine Backenzähne blitzen. »So so, Polen? Vor ein paar Jahren hatte ich einen Kollegen aus Lodz. Tomek Cieslak. Hat übel gerochen, aber netter Kerl.« Er spricht den Namen aus wie *Tahmik Cheese-lak*. »Jede Menge Polen hier in der Gegend. Wir haben bei Schleifer jetzt auch ein paar. Ich hab mich immer gefragt, warum. Vielleicht können Sie mir das erklären, Mrs ...?«

»Figura. Kasia Figura.« Keine Chance, dass der Mann weiß, dass Kasia Figura die polnische Demi Moore ist, die inzwischen nicht mehr so sehr für ihre lange, zunehmend unseriöse Filmkarriere bekannt ist, sondern für ihre der Schwerkraft trotzenden 75F.

»Kasha Feegoora. Also, Kasha, warum sind Sie hier?«

Gute Frage. Wenn sie richtig betrunken wäre, würde sie vielleicht ehrlich antworten und zugeben, dass sie hier ist, weil sie ihre Eltern nicht sehen will, dass sie ihren Job bei den Levickys an diesem Nachmittag gekündigt hat und dass sie den Bus nach Detroit rein genommen hat und einfach irgendwo ausgestiegen ist, weil sie mal wieder auf der Flucht ist. Sie würde ihm erzählen, dass ihr Mann schwul ist, ihre Mutter fett und ihr Vater ein Loser. Ganz zu schweigen davon, dass der Mann ihrer alten Freundin ermordet wurde und sie sich gerade auf der Toilette den Finger in den Hals gesteckt hat. Sie würde ihm sagen, dass sie hier ist, weil sie die Weihnachtsbeleuchtung über der Tür so hübsch findet.

Stattdessen sagt sie: »Mache ich hier Flatterwochen«, und hofft, dass das das richtige Wort ist.

»Flatterwochen? Sie meinen Flitterwochen?« Sie schaut betreten nach unten. Seine Fingernägel sind abgekaut bis zum Nagelbett.

»Flatterwochen ist gut. Ich war mit meiner Exfrau damals nur eine Woche auf St. Thomas, aber die Flatter habe ich erst ein paar Jahre später gemacht. Hätte ich mal früher drauf kommen können, das hätte uns ein paar Jahre erspart.« Er lacht und zieht an seiner Zigarette. »Und wo ist Mr Feegoora?«

In Polen, bei seinem Liebhaber. Wenn sie bloß so eine Klappe hätte wie Justyna. Arme Justyna, arme Kamila. Die Einzige, der es nach all den Jahren richtig gutging, war Anna Baran mit ihrem Champagnerleben und ihren Kaviarträumen.

»Mein Mann mag nicht Ausgehen in Bars.«

»Aber seine Frau allein gehen zu lassen, ist kein Problem? Ts, ts, ts. Ich bin kein Hellseher, aber das sieht nicht gut aus.«

»Hab ich ihm nur geheiratet wegen Geld.«

Der Mann lacht laut auf und leert seinen Martini.

»Na ja, wenigstens sind Sie ehrlich.« Eine Weile schweigen sie beide. Sie sitzen einfach nur da, starren in ihre leeren Gläser und tauschen gelegentliche Seitenblicke. Der Junggesellinnenabschied stolpert an der Bar vorbei, sie singen *A thousand miles*, als sie in die Kälte hinausgehen, ihre Spitzentops und Lederminis unter Mänteln und Bomberjacken versteckt.

»Vielleicht sollte einer von uns das Mädchen mal beiseitenehmen und sie vorwarnen. Ich bin übrigens Kevin.« Er streckt ihr die Hand hin und wartet. Kamila versucht, sie nur kurz zu drücken, aber er lässt nicht gleich wieder los. Seine Hand ist groß und warm, wie eine Tatze.

»Warnen ist sinnlos. Haben Leute mich auch gewarnt, aber

hilft nicht. Wenn Herz sagt etwas anderes, Gehirn hört einfach nur zu. So ist Leben, Keveen.«

Er starrt sie an und legt die andere Hand noch über ihre. »Ihr Akzent ist total sexy, Mrs Figura. Hat Ihnen das schon mal jemand gesagt?«

Kamila wird knallrot. Wie könnte sie diesem Mann sagen, dass in ihrem ganzen Leben noch nie irgendjemand etwas an ihr *sexy* genannt hat? Sie sagt gar nichts.

»Gleich werden wir hier rausgeworfen, morgen ist ein Schultag. Ich habe zu Hause einen sehr hungrigen Dalmatiner. Und ich wette, auf Sie wartet ein sehr hungriger Mann.«

»Nein. Was ich anbiete, mein Mann isst nicht. Er hat kein Appetit. Aber ich … ich verhungere.« Kamila kann nicht glauben, was sie da sagt, und das auch noch in halbwegs vernünftigem Englisch. Aber Kevin lächelt.

»Das kann ich mir denken«, sagt er und signalisiert dem Barkeeper, dass er zahlen möchte.

Er küsst sie auf der Rückbank des Taxis. Sie kann gar nicht genug davon bekommen. Als sie im Aufzug sind und in den dreiundzwanzigsten Stock hinauffahren, ist sie quasi eine einzige Pfütze, sie zerfließt fast. Kurz hat sie eine morbide Vision davon, wie ihre Mutter ihre nackte, geschundene Leiche identifizieren muss. Aber das Risiko, dass das hier ihr Ende sein könnte, nimmt sie in Kauf.

Der Sex ist eigenartig und überraschend. Kevin ist abwechselnd hart und zart, er beißt sie in die Brustwarzen, streichelt ihre Schenkel und tilgt die Jahre der Vernachlässigung. Er drängt sie, auf Polnisch schmutzige Sachen zu sagen, und sie tut es, denn warum auch nicht? Sie legt den Kopf in den Nacken und erinnert sich an die paar Pornos, die sie gesehen hat, und stöhnt »*Wiecej, dalej dalej …*« Er keucht ihr ins Ohr, dass sie die sexyste Frau ist, mit der er je zusammen war, und dass er auf ihr Gesicht kommen möchte, und das tut er dann auch. Es brennt, und sie bittet ihn um ein Papiertuch.

Später bringt er eine Tupperdose mit Aufschnitt ans Bett, und sie setzen sich auf, nackt, und essen schweigend Schinken und Salami. Kamila isst die Wurst mit gutem Appetit und vergisst zu kauen. Sie reden nicht viel, aber Kamila wünscht sich, ihm alles sagen zu können. Kevins Hund kommt ins Schlafzimmer, und Kamila wirft ihm Schinkenstückchen hin, die er jedes Mal in der Luft auffängt. »Ich habe das alleinige Sorgerecht für Pepper bekommen, und meine Frau hat das Haus behalten. Fairer Deal, oder? Was für eine Schlampe.« Das sind seine letzten Worte, bevor er einschläft. Er schläft mit offenem Mund und atmet schwer. Kamila starrt ihn eine ganze Weile lang an, dann zieht sie sich an. Pepper folgt ihr zur Tür, und sie vergräbt kurz ihre Nase an seinem Hals, bevor sie geht.

Sie braucht eine Weile, um ein Taxi zu finden, aber dann wirft sie sich auf den Rücksitz und ist plötzlich matt und erschöpft. Das Taxi fährt durch den Schneematsch Richtung Wyandotte. Kamila hat keine Angst mehr vor ihrer Mutter. Heute Morgen war Kamila noch bereit gewesen, sich wegen Emil das Leben zu nehmen, aber jetzt kommt ihr das albern vor. Sie muss zurück nach Kielce. Sie wird sich noch eine oder zwei Wochen Zeit geben, um die restliche Angst wegzuschlafen, und dann fliegt sie. Es dürfte kein Problem sein, den Rückflug umzubuchen. Kein Problem, ihre Sachen zu packen, von denen sie sowieso die meisten hierlassen wird.

Kamila lehnt sich zurück, schließt die Augen und spielt die Nacht im Kopf noch einmal durch, von dem Augenblick an, in dem sie sah, wie Kevin seinen Martini bestellte, bis zum letzten Blick auf seinen glänzenden Oberkörper, der sich in sanftem Schlummer hob und senkte, und seinen Penis, der schlaff zur Seite hing. Kamila fragt sich, ob der pakistanische Taxifahrer den Sex an ihr riechen kann. Irgendwie hofft sie es.

JUSTYNA
Kielce, Polen

Die meisten Leute betrinken sich aus einem von zwei Gründen: um zu vergeben oder um zu vergessen. Justyna hatte zu beidem normalerweise keinen Anlass; sie trank, weil es ihr Spaß machte. Andere Mädchen brauchten eine halbe Flasche hartes Zeug, um ihre Verklemmtheit zu überwinden. Die Jungs, mit denen Justyna aufwuchs, brauchten eine halbe Flasche, um ihre nichtsnutzigen Väter und ihre alkoholkranken Mütter zu vergessen. Aber Justyna war immer mit ihrem Leben zufrieden gewesen und war den Steinen, die sich ihr in den Weg gelegt hatten, einfach ausgewichen. Seit Pawełs Tod hat sie keinen Tropfen angerührt, aber als ihre Nachbarin mit einer Flasche Weißwein vorbeikam, um nach ihr zu sehen, sagte sie »mir geht's gut« und holte zwei Gläser.

Sie setzten sich auf die Terrasse, zitternd in ihren Wintermänteln, teilten sich eine Schachtel Zigaretten und unterhielten sich über alles Mögliche außer über Paweł. Gegen Mitternacht drehten sich die Wände. Justyna lag im Bett und sang ihr Lieblingslied von Perfect, *Nie płacz, Ewka, bo tu miejsca brak na twe babskie łzy, po ulicy milość hula wiatr wśród rozbitych szyb*, immer und immer wieder. *Weine nicht, Ewka, hier ist kein Platz für deine Weibertränen. Auf den Straßen weht der Wind die Liebe durch zerbrochne Fenster.* Beim Einschlafen auf ihrer alten *wersalka* meinte sie, Paweł würde auf sie herabsehen.

Justyna hatte sich die letzten sieben Tage ziellos treiben lassen. Damian war zum Glück bei Babcia Kazia; Justyna hätte auch keine Kraft für ihre Mutterrolle gehabt. Ihre Glieder fühlten sich an, als wären sie selbständig, als würden sie das Leben für Justyna übernehmen. Sie ging nach wie vor morgens aufs Klo, sie aß, wenn sie Hunger hatte, sie sah fern, und manchmal dachte sie sogar daran, sich abends die Zähne zu putzen. Sie sagte Dinge, ohne darüber nachzudenken (*Wir sollten bald mal einen Weihnachtsbaum kaufen. Kann ich umschalten? Hast du meine schwarzen Leggings gesehen?*) Sie ging mit dem Hund raus. Aber jeden Tag spürte sie einen neuen Riss in sich, als würden ihre Knochen reißen, Stück für Stück, und sie selbst bald, ganz bald, zu einem leblosen Haufen zusammensacken.

Das Beste am Betrunkensein war, dass sie nicht träumte. Aber am nächsten Morgen fühlte sie sich wie eine Achtzigjährige, ihre Gelenke knackten, und sie hatte hämmernde Kopfschmerzen. Sie stand auf und verordnete sich einen Konterschnaps gegen den Kater, was dazu führte, dass sie den ganzen Tag trank. Plötzlich war ihr klar, wie ihr Vater nach dem Tod seiner Frau so schnell zum Alkoholiker geworden war.

Am Nachmittag zwang sie sich, einkaufen zu gehen. Später würden die Kinder nach Hause kommen, und der Kühlschrank war leer, bis auf etwas abgelaufenen Käse und zwei Liter abgestandene Cola. Justyna ging durch die Gänge im Supermarkt und packte Damians Lieblings-Junk ein: Monster Munch Chips und *prażynki*, Prince Polo Schokowaffeln, Apfel-Pfefferminz-Saft und ein paar reife Tomaten. Damian liebte es, wenn sie die Tomaten in zwei Hälften schnitt und mit Salz bestreute. Er lutschte sie aus wie Eiswaffeln. An der Kasse hatte sie Schwierigkeiten, das passende Kleingeld zusammenzusuchen, kippte schließlich einfach den Inhalt ihres Portemonnaies auf das Kassenband und sagte zu der verächtlich dreinschauenden Kassiererin: »Bedienen Sie sich!«

Jetzt, an der Haustür, bekommt Justyna den Schlüssel endlich ins Schloss. Sie tritt die Tür auf, lässt die Einkaufstüten auf den Boden fallen und merkt schon am Geräusch, dass sie die Eier dann wohl vergessen kann. Es kostet sie etwas Mühe, die Stiefel auszuziehen, und sie lässt die Einkäufe auf dem Boden liegen. Da hört sie ein Hämmern von oben. Sie fragt sich, warum Paweł schon so früh von der Arbeit zurück ist, und dann fällt ihr ein, dass er das nicht sein kann.

Das Haus der Zators hat drei Stockwerke, jedes Stockwerk noch heruntergekommener als das darunterliegende. Seit Teresas Tod vor sieben Jahren ist der Boden zweimal gewischt worden, das weiß Justyna genau. Aber das Haus war schon immer ein Saustall gewesen, auch als Teresa noch lebte. Damals lag unten im Flur alles voller Schuhe, und die Klamotten fielen in verknoteten Haufen aus den Schränken, wenn man die Türen aufmachte. Auf allen geraden Oberflächen türmte sich das Geschirr, oft genug mit festgetrockneten Essensresten. Die Badezimmer rochen wie öffentliche Toiletten. An den Decken schimmelte es, und auf dem Linoleum waren Kaffeeflecken. Alles klebte und pappte und hätte mal geschrubbt werden müssen, aber das war egal. Das Haus war immer von fröhlichem Lachen und dudelnder Radiomusik erfüllt gewesen. Die Kinder aus der Nachbarschaft waren die Treppen hinauf- und hinuntergerannt, immer saßen Freunde in der Küche, sie brauchten keine Einladung, sondern kamen einfach vorbei. Ihre Mutter gab andauernd Partys, vor allem im Sommer, die Erwachsenen tanzten, sie grillten *kiełbasa*, tranken Schnaps, blieben auf bis zum Morgengrauen und erzählten sich um die Wette schmutzige Witze. Die kleineren Kinder schliefen einfach irgendwo ein, trugen am nächsten Morgen immer noch dieselben verknautschten Klamotten und putzten sich tagelang nicht die Zähne.

Justyna kriecht auf allen vieren die Treppe hinauf. Als sie oben ankommt, hört das Hämmern auf, und kurz fragt sie sich, ob das nur in ihrem Kopf gewesen ist.

»Was ist denn mit dir los?«

Justyna hebt den Kopf, und da steht ihre Schwester mitten im Flur, eine lange Holzlatte in der Hand, aus der überall Nägel herausgucken. Neben Elwira liegen ein paar Hämmer und ein Stapel Bretter. Der Eingang zum Bad ist schon zur Hälfte zugenagelt. Das Plastikregal, in dem sie und Paweł ihre Handtücher hatten, ihr Kosmetikspiegel, der angeschimmelte Duschvorhang und die Holzkiste, die sie als Wäschekorb benutzen, stehen im Flur. Alles, was nicht festgenagelt ist, hat Elwira in Plastiktüten neben der Tür gestopft. Justyna entdeckt Pawełs schmutzige Arbeitspullover, seine Jeansweste, die er immer akribisch gebügelt hat, und seine Korona-Kielce-Glücksmütze. Wortlos stürzt Justyna sich auf Elwira und drückt sie mit ihrem ganzen Gewicht zu Boden. Sie greift ihr ins Haar und zieht. Elwira schreit und tastet nach einem Hammer.

»Ach ja? Das ist die Waffe deiner Wahl? Was ist, hast du kein Messer da?«

»Was zum Henker ist denn mit dir los?«, kreischt Elwira, als Justyna ihren Kopf auf den Boden knallt. Schließlich gelingt es Elwira, Justyna den Stiel des Hammers unters Kinn zu drücken, sie presst ihn ihr mit aller Kraft an die Kehle und schubst Justyna schließlich von sich runter. Justyna landet auf dem Po, mit ein paar Strähnen von Elwiras Haaren in der Hand.

»Was mit *mir* los ist? Wer gibt dir denn das Recht? Wer gibt dir das Recht, du gottverdammte Schlampe?« Justyna lallt, und sie schnappt nach Luft.

»Jetzt reg dich mal ab!« Elwira steht auf, reibt sich den Kopf und versucht, ihre Verletzung zu ertasten.

»Du hast mir ja nicht mal eine Chance gegeben, das zu erklären. Gott, wie viel hast du denn getrunken?«

»Halt die Schnauze, *pizda*. Du hast eine Stunde Zeit, um unser ganzes Zeug wieder einzuräumen, und wenn nicht, dann bringe ich dich um. Für mich bist du sowieso schon tot.« Justyna richtet sich schwankend auf und fängt an, an den Brettern zu zerren, aber sie bewegen sich keinen Zentimeter.

»Das ist doch nur ein beschissenes Badezimmer. Und mich graust es jedes Mal, wenn ich daran vorbeikomme! Ich halte das nicht mehr aus, *rozumiesz*? Und du? Hast du auch nur ein einziges Mal hier gekackt, seitdem? Hast du? Du hast Damian gesagt, er soll das Klo hier nicht benutzen, ›wegen den Spinnen‹! Du und Damian, ihr könnt nach unten ziehen, und ich bleibe mit Cela im zweiten Stock. Und diese Etage hier, da tun wir einfach so, als hätte es sie nie gegeben.«

»Und dann segeln wir auf einem fliegenden Teppich durchs Haus? Wir *tun so*, als wäre überhaupt nichts gewesen?«

»Du bist so eine Heuchlerin, Justyna. Du hast deinem Sohn nicht mal gesagt, dass sein Vater tot ist. Wer tut denn hier so?«

Justyna geht zur Badezimmertür, nimmt die Korona-Kappe und dreht sie in den Händen herum.

»Was ich echt gruselig finde, ist, dass du das geplant hast. Was soll das sein, ein verfrühtes Weihnachtsgeschenk? Du hast mich ja nicht mal gefragt, du hast das Thema nicht mal angesprochen.«

»Du lässt mich ja nicht mal das verdammte *Wetter* ansprechen! Es ist doch, als wäre ich gar nicht da, Justyna. Was kann ich denn dafür, dass er das gemacht hat!«

»Du hast ihn ins Haus geholt! Der hat dich total ausgenommen, und statt ihn achtkantig rauszuwerfen, lässt du dich noch von ihm verprügeln, lässt dich … du bist hier nicht die Vermieterin, Elwira. Wie ich wohne, geht dich nichts an. Geh zu Babcia. Geh meintwegen nach Timbuktu, wenn du willst, aber das hier kommt nicht in Frage. Das lasse ich nicht zu.«

In diesem Moment hören sie Babcia Kazias Stimme: »Justyna! Justyna? Du kannst doch nicht einfach die Haustür offen lassen, *do jasnej cholery*!« Es kommen Schritte die Treppe herauf, und dann ist Cela da, in ihren lila Wollmantel eingemummelt, auf ihrem Kopf hüpft der Bommel einer Strickmütze. Sie hat rosige Wangen von der Kälte und einen kleinen Drahtkäfig mit einem Nagetier darin in der Hand.

»Weißt du was? Weißt du was?« Justyna und Elwira starren sie schweigend an.

»Babcia hat uns einen Hamster gekauft. Einen echten, lebendigen Hamster! Er heißt Miki, und er ist total süß, aber heute Morgen hat er Damian in den Finger gebissen.« Sie lacht. »Und seine *kupa* sieht aus wie Melonenkerne, und ich kann ihn immer eine Woche in meinem Zimmer haben und dann Damian für eine Woche. Babcia sagt, das nennt man ›gemeinsames Sorgerecht‹.«

Damian taucht auf, er kaut auf einem *rogalik*.

»Ich wollte nur wissen, ob er Zähne hat. Die sehen aus wie winzige Messer! So ein kleiner Scheißer.« Er geht zu dem Holzstapel.

»Woher habt ihr denn die Bretter? Kann ich da welche von haben? Da könnte ich mir ein Skateboard draus bauen. Tato kann mir ja helfen, wenn er wieder da ist.«

»Du kannst so viele haben, wie du willst.« Justyna sieht ihren Sohn an, die Mohnkrümel zwischen seinen Zähnen, und Pawełs altes Knight-Rider-Sweatshirt, das er trägt. Er geht total darin unter. Sie schiebt sich an den Kindern vorbei, drückt Damian aber im Vorbeigehen Pawełs Kappe auf den Kopf. Sie fällt ihm über die Augen. »Helft *Ciotka* hier mal aufräumen, ihr beiden.«

Unten lädt Babcia Kazia lautstark Essen auf der Arbeitsplatte ab. Die Küche füllt sich mit dem Duft gebratener *kotlety* und eingelegter Roter Bete. Justyna sieht ihre Großmutter verächtlich an. »Super Aktion. Meinst du, ein Hamster ist ein angemessener Ersatz?«

»Ich bin in Eier getreten«, gibt Babcia Kazia zurück und kramt weiter herum. »Und ich möchte, dass ihr den Kühlschrank ausmistet, du und Elwira. Da sind abgelaufene Sachen drin, das ist widerlich, und ich habe keinen Platz für das Zeug hier.« Sie zeigt auf all die kleinen Töpfchen auf der Arbeitsplatte, die zweifellos mit Kuttelsuppe, Klößen und allen möglichen Leckereien gefüllt sind. »Aber jetzt setz dich erst mal da hin.« Kazia dreht sich vom ranzigen Kühlschrank zu ihrer Enkelin.

»Wir waren eben im *warzywniak*, und die Kassiererin sagte, du warst vorhin da und sturzbetrunken. Und dass du Sachen aus den Regalen geworfen hast. *Wstyd*! Gerade mal eine Woche unter der Erde, und du machst ihn zum Gespött, ihn und seine ganze Familie. Wie kannst du es wagen?« Sie geht zu Justyna und ohrfeigt sie. Justyna muss sich schwer beherrschen, nicht zurückzuschlagen.

»Schlag mich ruhig, schlag mich!«, kreischt Kazia. »Ich hab schneller die Polizei geholt als du *mam cie* sagen kannst. Die Adresse kennen sie ja sicher noch. Und dann nehmen sie dir Damian weg.«

»Gut.«

»Wenn deine Mutter noch leben würde, wäre das alles nicht passiert. Du bist so dermaßen verdorben, Justyna, schon immer gewesen. Ich habe mein ganzes Leben lang versucht, bei Teresa alles richtig zu machen. Aber jetzt ist sie nicht mehr da, und ich bin es müde, verdammt noch mal. So habe ich mir das nicht vorgestellt!«

»Und deswegen kriege ich es jetzt ab?«

Justyna geht hinaus in den Vorgarten und setzt sich auf die Stufen. Es schneit ein wenig. Sie wird von Erinnerungen überflutet. Hier hat Paweł ihr seinen Antrag gemacht. Er war angetrunken, und sie hatte ihn ausgelacht, bis er tatsächlich einen Ring aus seiner Hosentasche gefummelt hat, einen goldenen mit grünen Steinen, die wie Blütenblätter angeordnet waren. Einmal hat sie ihm im Gebüsch neben dem Haus einen geblasen, und dann stellte sich raus, dass es dort voller *pokrzywy* war, und sie hatten sich tagelang kichernd die Blasen an Füßen und Knien gekratzt. Das alles stürmt auf sie ein, Fetzen eines früheren Lebens. Paweł, wie er stundenlang Baby Damian schaukelt, während Justyna auf der Couch schläft. Paweł in der Küche, wo er schwarzen Nescafé trinkt und Motorradzeitschriften liest, bis sie ihn an der Hand nimmt und ins Bett zieht. Paweł auf den Knien, wie er Damian beibringt, eine Schleife zu binden. Paweł, der jeden Tag nach der Arbeit ein Päckchen Zigaretten mit nach Hause bringt und es Justyna zuwirft.

»Du hast so ein Glück«, sagten ihre Freundinnen oft. Sie hatte so ein Glück gehabt.

Jetzt war die Witosa-Straße 36 ein Museum der Erinnerungen. Die Abwesenheit ihres Mannes verblüfft sie täglich bis zur totalen Lähmung. Es ist kein Ende in Sicht, kein Ende des niederdrückenden Gefühls, das sie jeden Morgen hat, wenn sie den Kopf dreht und da niemand ist, und jeden Morgen wieder überwältigt es sie. *Wo bist du?*, fragt sie, wenn sie die Augen aufmacht.

Justyna hat noch nicht ein einziges Mal geweint, seit es passiert ist. Sie war noch nie eine Heulsuse, nicht mal als Kind. Ihre Mutter hat immer gewitzelt, dass ihre Tochter zum letzten Mal bei ihrer eigenen Geburt geweint hat. Jetzt kommt

Elwira aus dem Haus gestürzt, als sie sie heulen hört, und bleibt abrupt stehen. Sie sieht Justyna an, die den Kopf auf die angezogenen Knie gelegt hat, die zittert und sich vor- und zurückwiegt. Elwira zieht ihren schwarzen Pullover aus und legt ihn Justyna um die bebenden Schultern. Dann geht sie wortlos wieder ins Haus.

KAPITEL 6
1995

ANNA
Wrocław, Polen

An dem Morgen, als Anna und Kowalski ganz romantisch nach Wrocław durchbrennen, erwischt Anna sich schon wieder dabei, wie sie durch die Spitzenvorhänge Lolek beobachtet.

Lolek steht jeden Morgen vor seiner *klatka* und starrt geradeaus, in demselben türkisblauen Jogginganzug, den er schon seit Tagen trägt. Jeden Morgen, seit Anna vor zwei Wochen in Polen angekommen ist, guckt sie durch die Vorhänge und beobachtet ihn. Manchmal ist er noch draußen, wenn sie Babcias Wohnung verlässt. Sie geht mit klopfendem Herzen an ihm vorbei und fürchtet, wenn sie ihn ansieht, seinen nackten Oberkörper vor sich zu sehen, mit seinen hängenden Männerbrüsten, die sich auf ihre Brüste drücken.

Drei Jahre sind seit dieser Nacht mit Lolek im Zelt vergangen, und seitdem war Anna nicht mehr in Polen. Drei Jahre lang hat sie Ausreden gefunden, um nicht herzukommen. Sie musste sparen, weil sie jetzt auf dem College war. Und weil ihr Vater Depressionen hatte, brauchte ihre Mutter sie mehr denn je. Sie wollte sich selbst nicht eingestehen, dass sie in Wahrheit Angst hatte.

Als Lolek an dem Abend auf dem Campingplatz Sielpia witzelte, dass er jetzt endlich mit ihr schlafen wolle, hat Anna die Augen verdreht und ihn mit dummen Sprüchen abgewehrt. »Du bist betrunken, Alter«, sagte sie. »Raus aus meinem Zelt.« Als er anfing, sie zu küssen, ließ sie ihn ein paar Sekunden gewähren. Warum auch nicht? Er war ihr einfältiger bester Freund. Aber als sie ihn dann bremsen wollte, griff er so fest nach ihrem Gesicht, dass sie blutete. Sie erinnert sich nicht mal, wie er sich in ihr angefühlt hat. Sie wusste nur noch, dass es wehgetan hat und dass es schnell vorbei war.

Hinterher murmelte Lolek unablässig »meine Ania«, bis er schließlich einschlief und Anna eigentlich nur noch abhauen wollte, aber ganz gelähmt war. Am Morgen, als Anna sich gerade aus dem Zelt schleichen wollte, wälzte Lolek sich herum und sagte »Oh, Fuck, mir geht's echt beschissen. Kannst du mal gucken, ob irgendwer Aspirin dabeihat?« Anna sah an ihm vorbei, an seiner fleckigen Jogginghose, und kroch hinaus. Sie verbrachte den Tag wie betäubt und überlegte, ob sie Anzeige erstatten sollte oder ob sie sich das alles nur eingebildet hatte. Für den Rest des Sommers war Lolek ihr gegenüber ein bisschen verlegen, aber definitiv nicht so, als hätte er ein Verbrechen begangen.

Als Anna kurz darauf ihr Senior-Jahr an der High School begann, lastete die ganze Sache noch schwer auf ihr. Eines Abends auf einer Party kam Malachy Sullivan zu ihr. Er war ebenfalls Senior, und sie hatten ein paar Kurse zusammen. Sie unterhielten sich über Gabriel García Márquez, und dann küsste Malachy sie. Es war ein zarter Kuss. Sie verliebten sich, trennten sich aber nach dem Schulabschluss, und im Herbst ging Anna nach Pittsburgh auf die Schauspielschule.

Einen Monat bevor das Freshman-Jahr an der Carnegie Mellon vorbei war, bekam Anna einen Brief von Kamila. *Wo bist du geblieben, Aniusia? Ich vermisse dich sehr. Ich schmachte immer noch nach Emil und nach dir jetzt irgendwie auch. Bitte komm zurück!* Anna musste weinen, und sie tat, was in dem Brief stand. Sie kehrte zurück. Vor zwei Wochen ist ihr Flugzeug in Warschau gelandet, und Anna hat den Zug nach Kielce genommen. Sie verbrachte die dreistündige Fahrt mit der Tasche auf dem Schoß und starrte aus dem Fenster auf die vorbeiziehenden Felder und verschlafenen *wioski*, die Birkenwälder und Heuballen und musste die ganze Zeit lächeln.

Im Hotel in Wrocław liegen Anna und Kowalski herum und hören Radio, und am Ende der Sendung sagt der Moderator: »Aus dem Wiener Zoo sind heute Morgen vierzig Affen ausgebrochen. Den Behörden zufolge sind sie in westlicher Richtung unterwegs.« Anna dreht die Lautstärke runter und sieht Kowalski an, der splitternackt auf dem Ausziehbett liegt.

»Vielleicht kommen sie ja zu uns.« Kowalski lacht und streckt die Hand aus. Er zieht sie auf sich und schiebt ihr wortlos den Slip hinunter.

»Schon wieder?«

Er nickt; irgendwie hat er schon wieder ein Kondom übergezogen. Gestern, bei der ersten stürmischen Aktion, hatte sie ihn gerade noch rechtzeitig gefragt, ob er etwas dabeihabe, und er war total verdattert gewesen. »Was denn?«, hatte er verwirrt gekeucht. Anna hatte schnell nach ihrem Päckchen Eros-O-Lex gegriffen und gehofft, dass sie so gut waren wie Trojans. Dann hatte sie ihm gezeigt, wie man sie überzieht.

»Aber das ist ja wie Schwimmen mit Badekappe! Das fühlt sich total unnatürlich an!«, hatte er gejault.

»Und AIDS fühlt sich natürlich an?«, hatte Anna gefaucht, und er war verstummt. Anna wollte nicht mal darüber nachdenken, was seine Unerfahrenheit mit Kondomen bedeuten konnte. Er war immer der Schüchterne gewesen, der Zögerliche, derjenige, der danebenstand. Jetzt kennt sein Appetit kein Ende, und seine Ejakulationen erstaunlicherweise auch nicht. Was sie nicht ganz so erregend findet, wie sie dachte.

Kowalski stößt ein paar Minuten lang heftig zu, dann merkt sie, wie sein ganzer Körper sich anspannt und erzittert. Danach schläft er sofort ein, und Anna windet sich vorsichtig aus seinen Armen. Sie zieht sich ein T-Shirt über und geht hinaus auf den schmalen Balkon. Die Neonreklame des Hotels am Geländer des Nachbarbalkons leuchtet bereits, obwohl es noch kaum dämmert, und Anna geht wieder hinein und holt ihre Kamera. Sie macht ein Foto von den blinkenden Buchstaben H-O-T-E-L mit den Kirchtürmen von Wrocław im Hintergrund. Der Sonnenuntergang hat den Himmel rot, lila und kobaltblau gefärbt, wie mit Fingerfarben. Es sieht wunderschön aus.

Wenn Kowalski aufwacht, gehen sie vielleicht in das chinesische Restaurant in der Nähe. Anna möchte ein Foto von Kowalski mit Stäbchen in der Hand machen.

Im Zimmer geht Anna zum Telefon. Sie hockt sich an die Wand, Kowalski schnarcht friedlich. Anna hat seinen kleinen, festen Arsch gut im Blick.

»Kamila? Ich bin's.«

»Hi! Wie läuft dein Ausflug?«

»Och, Wrocław ist ganz hübsch, aber alles wird renoviert, deswegen ist alles voll Bulldozer und Kräne. Heute Morgen waren wir im Zoo.«

»Und?«

»Die Affen waren echt süß.«

Kamila seufzt am anderen Ende. »Nein, Dummchen. *Und*? Wie ist Kowalski? Seid ihr verliebt?«

Anna denkt schweigend darüber nach. Irgendwie hatte Mariusz Kowalski nach all den Jahren doch noch Eier entwickelt und war zu ihr in die *klatka* gekommen, hatte sie an den Schultern gepackt und sie geküsst, einfach so. »Ich hätte nie gedacht, dass ich dich so sehr vermissen würde. Gott sei Dank bist du wieder da. Ich könnte dich sofort aufessen, auf der Stelle.« Damit hatte Anna nicht gerechnet, freute sich aber. Sie hatte Kowalski eigentlich immer ganz süß gefunden. Anna wollte sowieso mal kurz weg aus Kielce, und sie lud Kowalski ein, mit ihr zu fahren.

»Wohin?«

»Egal«, sagte sie.

»Okay. Was ist mit Wrocław? Da soll es einen super Zoo geben.«

Anna lächelte und nickte. »Dann also Wrocław.«

Jetzt sieht sie zu seinem Steiß hoch, seinem *dupa* auf dem Sofa. »Verliebt? In Kowalski? Wir haben Spaß, aber der Mann kann nicht mal in ganzen Sätzen sprechen. Und er hat nur *ein* Hemd eingepackt, für drei Tage.«

»Hab ich dir doch gesagt!« Kamila lacht. »Na ja, immerhin hast du Sex. Emil will immer noch nicht. Ich glaube, ich muss ihn einfach betrunken machen und ihn vergewaltigen, damit wir das erledigt haben.«

»Und bist du nicht willig, so brauch ich Gewalt«, sagt Anna leise.

»Das ist mein Ernst, Anna. Ich weiß einfach nicht weiter.« Kamila seufzt. »Ich liebe ihn, und er sagt, er liebt mich, aber er küsst mich auch nur ganz selten mit Zunge. Du würdest es mir doch sagen, wenn ich Mundgeruch habe, oder?«

»Du hast keinen Mundgeruch, Kamila. Das ist nicht das Problem.« Anna würde Kamila gern sagen, dass sie wahrscheinlich einen Homosexuellen liebt, aber in Kielce sagt man nicht einfach *homosexuell*, jedenfalls nicht in ihren Kreisen.

»Na, dann vögel mal schön weiter und komm schnell wieder. Ich langweile mich hier zu Tode ohne dich. Außerdem sollten wir Justyna besuchen. Find dich damit ab.«

Anna sagt nichts. Justynas Baby hat ihr den Unterschied

zwischen ihrem amerikanischen und ihrem polnischen Leben noch einmal sehr deutlich vor Augen geführt. Sie wollte nicht darüber nachdenken. In diesem Moment lässt Kowalski einen fahren. Einen langen, mühevollen Furz wie ein Nebelhorn.

»Was war das denn?«, fragt Kamila.

»Ein Wink Gottes«, flüstert Anna und schickt einen Kuss durch den Hörer. Als sie auflegt, dreht Kowalski sich um und will, sehr zu Annas Verdruss, schon wieder, das benutzte Kondom ist noch an Ort und Stelle. Anna will nur noch raus. Raus aus dem Zimmer, raus aus Wrocław und raus aus seiner Reichweite.

»Nein, danke, ich will duschen.«

»Na gut. Aber ich muss erst noch was Ekliges loswerden«, verkündet Kowalski und steht auf.

Anna starrt die Wand an. »Weißt du, ich hab mir überlegt – wir waren ja jetzt schon im Zoo und alles, da könnten wir eigentlich heute Abend noch zurückfahren. Außerdem habe ich kein Geld mehr. Wenn wir uns beeilen, kriegen wir noch den Zug um acht.«

»Doch nicht zum Chinesen?«, ruft Kowalski aus dem Bad.

»Keinen Hunger«, sagt Anna leise und fängt an zu packen. Im Acht-Uhr-Zug lehnt Anna die Stirn an die kühle Fensterscheibe und schließt die Augen. Kowalski rülpst, und es stinkt nach gammeligen Würstchen.

»Diese *kiełbasa* heute Mittag.« Er grinst und wedelt ihr die Luft zu. »Willst du noch was davon?«

Die Hinfahrt nach Wrocław war anders gewesen. Sie hatten gekuschelt, geknutscht und sich einen *pączek* mit Himbeerfüllung geteilt. Jetzt sieht sie ihn offen angewidert an.

»Himmel, was für ein Problem hast du denn, Anna?«

»Das Problem bist du, Kowalski. Es funktioniert nicht. Ich

brauche mehr als einen schnellen Fick. Ich brauche jemanden, mit dem ich auch reden kann.«

Kowalski sieht sie an, als wäre sie verrückt. Er läuft dunkelrot an.

»Siehst du, genau das meine ich. Nicht mal jetzt sagst du was! Ich meine, du brauchst ja nicht gleich Gedichte zu rezitieren, aber ein bisschen mehr Text als ein laufender Kommentar zu deiner Verdauung wäre schon ganz nett.«

Kowalski steht auf und reißt seinen Rucksack aus dem Gepäcknetz.

»Und jetzt willst du einfach gehen? Nichts dazu sagen? Nichts? Was ist denn bloß los mit dir? Das macht mich total irre! Du bist ja wie ein Tier, du kommunizierst mit Ficken, Grunzen und Furzen. Ich brauche *Wörter*.«

Bevor er die Abteiltür aufzieht, dreht Kowalski sich noch einmal um. »Wörter willst du? Da habe ich gleich zwei für dich: *Odpierdól się*. Na, wie sind die? Du schleppst mich hier auf diese Reise, war doch deine Idee, du fickst mich, wir latschen zwischen den Affenkäfigen rum wie Scheißromeo und Julia, und dann überlegst du es dir einfach plötzlich anders, also was für Wörter willst du? Ich hab nie behauptet, ich wär gut genug für dich, Anka, aber da brauchst du mich nicht auch noch dauernd dran erinnern. Lolek hat recht gehabt.«

So viel Text hat er noch nie am Stück von sich gegeben. Dann ist er weg.

Anna kommt erst nach Mitternacht nach Hause. Babcia schläft schon fest auf der *wersalka* in ihrem kleinen Zimmer. Sie war nicht gerade begeistert gewesen, dass Anna einfach so mit Kowalski abhaute. Vielleicht hätte Anna auf sie hören und einfach dableiben sollen.

Am nächsten Morgen wacht sie um sieben Uhr auf, weil

das Telefon klingelt. Anna schlurft in den Flur und wünscht sich wieder mal, dass Babcia sie endlich ein schnurloses Telefon für die Wohnung kaufen lassen würde.

»Hallo?«

»So, Babcia ist also sauer, weil du mit irgendeinem Typen nach Wrocław abgehauen bist. Hattest du Spaß, *córko*?«

»Hatte ich. Wie geht's Tato?«

»Jetzt wechsel nicht gleich das Thema. Ich will erst von dem Spaß hören.« Anna kann das kleine Lächeln im Gesicht ihrer Mutter geradezu sehen, sie hört die Sehnsucht in ihrer Bitte.

»Aber er ist doch das Thema unseres Lebens, Mamo.«

»Dein Vater ist total durch den Wind, aber das ist ja nichts Neues. Er weigert sich, sein Prozac zu nehmen, und er hat all meine Kreditkarten durchgeschnitten.«

Im Laufe der Jahre hat Radosław echte Depressionen entwickelt. Als in Polen 1991 die ersten demokratischen Wahlen stattfanden, kam er nicht darüber hinweg, dass er nicht dort war, um mit seinen alten Freunden zu feiern. Diese Wut überwältigte ihn selbst, und sie überwältigte auch seine Frau und seine Tochter. Eines Morgens fanden sie ihn mit einem Steakmesser am Handgelenk im Bad und überredeten ihn, wieder ins Bett zu gehen, wo er in sein Kissen weinte und tagelang kein Wort sagte.

»Tut mir leid. Der Spaß, hm? Na ja, Wrocław ist echt nett, und der Typ eigentlich auch. Irgendwie.«

»Oh, Anna, ich bin so neidisch.« Anna lacht, aber sie weiß, dass Paulina keine Witze macht. Diesen tiefsitzenden Kummer, in dem Paulina lebt, möchte Anna nie erleben. Vor ihrer Abreise nach Polen hat Anna ihre Mutter auf ein paar Drinks ausgeführt, und als Paulina nach einigen Martinis anfing, Details aus ihrem grauenhaften Liebesleben zu erzählen, rief Anna »Nein!« und lachte. Sie wollte das nicht hören.

»Was wolltest du eigentlich früher mal werden?«, fragte sie stattdessen, und Paulina hatte traurig auf den Grund ihres Glases gesehen, den Finger hineingetaucht und ihn geistesabwesend kreisen lassen.

»Ich hätte gern eine *cukiernia* gehabt. Ich wollte Süßwaren herstellen.« Diese Enthüllung brach Anna das Herz.

Nachdem sie aufgelegt hat, geht Anna in die Küche, wo Babcia Piroggen macht. Als der erste Schwung fertig ist, perfekt auf den Punkt gekocht und in Zwiebeln und Butter ertränkt, isst Anna mehr davon, als gut für sie wäre, sie stopft sie sich im Ganzen in den Mund. Babcia isst so wie immer, über die Spüle gebeugt direkt aus dem Topf.

Als Anna um Viertel vor sechs hinuntergeht, stellt sie fest, dass jemand das Wort *kurwa* neben Babcias Briefkasten gesprüht hat. *Kurwa* wie Schlampe, *kurwa* wie Fotze, *kurwa* wie Hure, *kurwa* wie all das. Sie fragt sich, ob das Kowalski war.

Anna setzt sich auf das Mäuerchen vor Babcias Wohnung. Sie zieht die Knie an die Brust und ist plötzlich wieder vierzehn. Sie erinnert sich an einen Sommer, als ein Kind aus der Nachbarschaft an ihr vorbeiging und murmelte, »geh doch nach Hause, Amerykanka«. Anna war feuerrot geworden, aber sie hatte den Jungen eingeholt, ihn am Arm herumgedreht und ihn angezischt: »Ich *bin* hier zu Hause, du kleines Arschloch«, und der Junge sah sie an, als wäre sie verrückt, aber er belästigte sie nie wieder.

Dies hier ist ihre Zuflucht vor der Welt. Niemand kann ihr dieses Fleckchen sonnigen Rasens, dieses Kopfsteinpflaster, diesen *trzepak*, der so unbeugsam wie immer vor ihr steht, kaputtmachen. Niemand kann ihr Polen kaputtmachen. In diesem Moment fliegt ein Schwarm Stare über sie hinweg. »Sie fliegen zu einer Hochzeit«, sagt Babcia immer, und so hat

Anna sie sich immer vorgestellt: wie sie sich um einen weißen Pavillon herum versammeln und die ganze Nacht tanzen. Die Vögel verschwinden hinter den Dächern, sie fliegen schnell, als wären sie spät dran.

KAMILA
Kielce, Polen

Beflügelt durch Annas Erzählungen von ihrem kleinen Lustausflug, hat Kamila beschlossen, wegen Emil endlich etwas zu unternehmen.

Ihr Vater ist übers Wochenende zu irgendeinem Kunsthistorikerseminar in Lublin, und ihre Mutter besucht Kamilas Ciocia Frania in Sandomierz. Die Sterne stehen wirklich günstig. Seit gestern geht es Ciocia Frania schlechter, und Zofia ist zu ihr geeilt, in der Hoffnung, noch Einfluss auf das Testament ihrer Tante nehmen zu können.

Kamila hat Emil erzählt, sie würde eine kleine Party geben, weil ihre Eltern nicht da seien. »Ich habe nur Lidka Frenczyk und Irek eingeladen. Bring doch Wein mit, wenn du welchen willst. Wir können Pizza machen.«

Als sie die Tür öffnet, im knallroten Body und High Heels, fällt Emil fast in Ohnmacht. Er hat eine Flasche Wein im Arm, mit einem grünen Satinband um den Hals. Sie rutscht ihm aus der Hand und zerspringt, die Fußmatte und seine glänzenden schwarzen Schuhe sind klatschnass. »Ist das eine Kostümparty?«, stammelt er.

»Ich hol einen Lappen. Und komm endlich rein, die Nachbarn müssen mich ja nicht so sehen. Sonst erzählen sie meiner Mutter noch, ich würde hier in ihrer Abwesenheit ein Bordell betreiben«, murmelt Kamila. Sie saust ins Bad, um sich erst mal zu sammeln, und versucht, sich einzureden, dass es nur noch besser werden kann. Sie setzt sich auf die Toilette, die sich an ihrem nackten Po eisig anfühlt, und flüstert ein kleines Gebet. »Lieber Gott, bitte mach, dass ich heute Abend Sex habe und dass es genauso ist, wie ich mir das immer gewünscht habe.«

Vor einem Monat waren sie und Lidka mit dem Zug in Krakau in der Coco Erotik Butik. Kamila und Lidka kicherten wie die Schulmädchen über die Dildos und Vibratoren, aber Kamila war erregt von all diesen Gummischwänzen. »Vielleicht solltest du einfach einen von denen kaufen«, schlug Lidka vor. Aber Kamila schüttelte den Kopf und ging in den hinteren Teil des Ladens, wo sie genau das fand, was sie suchte – einen roten Spitzenbody mit zwei silbernen Troddeln am Bustier. Er war extravagant, teuer und – das war das Wichtigste – offen im Schritt. Das Teil lag seit Wochen unberührt unter ihrem Bett.

Kamila steht von der Toilette auf und stellt sich vor den Spiegel. Sie hat ihr frisch gefärbtes Haar zu einem imposanten Turm toupiert und mit einer Dose Haarspray fixiert. Sie hat sich die Augen mit Kajal umrandet, sich Glitter auf die Lider geschmiert und die Lippen blutrot angemalt. Sie sieht aus wie eine heruntergekommene Cleopatra. Sie schaut auf ihren kastanienbraunen Busch hinunter und überlegt, ob sie auf Justyna hätte hören und ihn abrasieren sollen. »Jungs mögen es, wenn man unten aussieht wie ein junges Mädchen, Kamila, glaub mir.«

Kamila holt tief Luft und starrt ihr Spiegelbild an. »Na gut, Kamila Marchewska. Guck dich mal an. Guck dich an! Männer sind Augenmenschen, und ich wette, Emil sitzt mit einer Riesenlatte da draußen.« Aber als sie aus dem Bad kommt, sitzt Emil im Schneidersitz auf dem Boden, er hat die Schuhe ausgezogen und einen schwarzen Socken in der Hand.

»Mach ruhig weiter.« Sie zeigt auf seinen nackten Fuß, den Arm ausgestreckt, dann wandert ihr Zeigefinger langsam nach oben, von seinen Füßen bis zum Kopf. Sie steht vor ihm wie eine Kriegerin, aber sie steht etwas wacklig auf ihren Acht-Zentimeter-Absätzen.

»Sind Lidka und Irek schon da?«

»Guck mich doch mal an, Emil! Das ist für *dich*! Und es ist mir egal, wenn du heute nicht mit mir schläfst. Es ist mir egal, wenn du keinen Sex mit mir hast. Aber du wirst mich heute *ficken*, Emil. Endlich mal.«

Emils Stimme bricht tatsächlich. »Und wenn ich nicht kann?«

»Dann sehen wir uns nie wieder.« Und damit stolziert Kamila in ihr Zimmmer, wirft sich auf die ausgeklappte *wersalka* und spreizt die Beine. Als Emil endlich auf wackligen Beinen ins Zimmer kommt, ist nichts mehr seiner Fantasie überlassen.

Kamila hat das ganze Jahr auf diesen Moment hingearbeitet. Sie hat wie verrückt Diät gehalten und endlich auch noch die letzten fünfzehn Pfund abgenommen, dank der kleinen herzförmigen Appetitzügler. Das Ergebnis ist beeindruckend – sie hat eine Taille von 66 Zentimetern, und selbst ihre Zehen sind schmaler geworden. Meine Güte, sie hat zum ersten Mal in ihrem Leben tatsächlich Fesseln! Natürlich sind ihr durch die konstante Einnahme von Dexatrim ein paar Haare ausgefallen, und manchmal hat sie so komisches Herzrasen, aber das ist es ihr wert. Sie fühlt sich wie ein Model.

Emil setzt sich auf die Kante der *wersalka* und sagt kein Wort. Sie will, dass er ihr sagt, dass sie schön ist, dass auch er seit Jahren auf diesen Augenblick wartet, aber er sitzt reglos und schweigend da, also greift Kamila nach seinen Fingern und führt sie zu ihrer Klitoris, aber dann liegt seine Hand einfach da und bewegt sich nicht. Kamila legt ihre Finger dazu und zeigt ihm, was er tun soll.

»Küss mich, Emil. Willst du mich nicht küssen?« Emil

beugt sich gehorsam vor und küsst ihre Lippen mit geschlossenem Mund. Kamila blinzelt ihre Tränen zurück, aber immerhin ist Emil nicht schreiend davongelaufen, und das sieht sie schon als Teilerfolg. Sie geht vor ihm auf die Knie, beugt sich vor und macht seinen Reißverschluss auf. Sein Penis ist ganz weich in ihrer Hand, wie ein verletztes Tier. »Hallo, Fremder«, flüstert sie. Es ist ganz normal, dass Emil ein bisschen aufgeregt ist; sie sind kurz davor, die Grenze zwischen Freundschaft und Liebe zu überschreiten. Sie arbeitet eine ganze Weile lang hart, gibt ihm kleine Klapse, saugt, lässt ihre Zunge kunstvoll um seinen Schaft kreisen, wie sie es in Videos gesehen hat. Schließlich setzt sie sich auf ihn und sagt, er soll sich vorstellen, was er möchte, einfach irgendetwas.

Emil kneift die Augen zu und verzieht vor lauter Konzentration das Gesicht. Er bringt ein paar tiefe Stöße zustande, dann rutscht er aus ihr raus. Er setzt sich auf, lässt betreten den Kopf hängen und fragt, ob bei ihr alles okay ist.

Im Bad schält Kamila sich aus dem Spitzenbody und steht da, nackt und von Kopf bis Fuß verschwitzt. Sie wischt ein bisschen Blut weg, setzt sich auf die Toilette und masturbiert schnell. Es ist vollbracht: Man verliert ja nicht jeden Tag seine Jungfräulichkeit an einen Seelenfreund.

Jetzt, denkt Kamila, muss sie nur noch darauf warten, dass er auf die Knie fällt und sie fragt, wonach sie sich schon all die Jahre sehnt. Sie sagt sich, dass der Sex jetzt zwar irgendwie seltsam war, aber dass sie und Emil das im Laufe der Jahre schon besser hinkriegen werden und dass sie irgendwann heiraten.

Am nächsten Morgen wacht Kamila auf und ist total ernüchtert. Sie braucht sich nicht umzudrehen, um zu wissen, dass Emil nicht neben ihr im Bett liegt. Plötzlich ist ihr klar, dass die letzte Nacht eine Katastrophe war. Sie hat Emil geradezu zum Sex gezwungen. Sie hat sich benommen wie ein Tier und Emil wie eines behandelt. Sie weiß nicht mal, wann er gegangen ist. Tatsächlich ist das Letzte, woran sie sich erinnert, wie sie auf dem Klo sitzt und es sich selbst besorgt.

Das Telefon klingelt, und Kamila hechtet hin, weil sie hofft, es ist Emil, der ihr verzeihen will, aber es ist Anna, die wissen will, ob sie wirklich zu Justyna fahren.

»Ich denk schon. Aber ich brauche noch ein paar Stunden. Können wir das heute Abend machen?«

»Ja, klar. Du klingst müde.«

Kamila legt auf, und sofort klingelt es wieder. Sie lässt es klingeln und der Anrufbeantworter schaltet sich ein.

»Kamila! Steh auf. Ciocia Frania ist gestorben. Jetzt geh endlich ran! Hallo? Heute Nachmittag ist die Testamentseröffnung, und dann nehme ich den Bus zurück. Geh bitte zum *masarnia* und hol anderthalb Pfund Rindfleisch und ein bisschen Gemüse, aber nur, wenn es was Frisches gibt. Lass dir von Pan Tadek nicht das Zeug von gestern andrehen, egal, ob er es uns billiger gibt. Kamila?!« Zofia seufzt verärgert. »Sie hat vor Schmerzen geschrien, als sie starb. Du hättest bei mir sein sollen.« Ihre Mutter atmet schwer. »Und, *cholera jasna*, spül das Geschirr!«

Kamila stopft das Laken mit den Blutflecken in eine Mülltüte, aber erst reißt sie ein kleines, hellrosa Stück ab und stopft es ganz hinten in ihre Wäscheschublade.

Als Kamila an der Bushaltestelle ankommt, ist Anna schon da und sieht mühelos wunderschön aus. Anna braucht keine Diätpillen, und sie muss keine Jungs ins Bett zwingen. Kamila ist heute zum ersten Mal eindeutig eifersüchtig.

Anna springt auf. »Kamila! Gott, du siehst ja total anders

aus.« Einen Augenblick lang bekommt Kamila Panik, vielleicht ist doch etwas an dem alten Aberglauben dran, dass man es einer Frau ansieht, wenn sie gerade Sex hatte.

»Ich erschrecke immer noch jedes Mal, wenn ich dich sehe. Ich vermisse den Karottenkopf.« Anna greift in Kamilas schwarzes Kraushaar.

»Ich nicht. Orange ist echt nicht schön, und das weißt du auch.«

»Bei dir sah es gut aus.«

»Nein, das sieht bei Katzen gut aus, Anna, aber nicht bei Menschen. Kannst du nicht zur Abwechslung mal ehrlich sein?«

»Wenigstens war das rote Haar echt. Das hier sieht künstlich aus. Es ist so schwarz, dass es schon fast blau aussieht. Und es steht dir nicht.« Anna lächelt. »Das war jetzt ehrlich.«

Als sie in den Bus steigen, entwertet Anna zwei Tickets, falls die *kontrola* kommt. Dann kommt sie lächelnd auf Kamila zu, die sich schon hingesetzt hat, und wedelt mit den Fahrkarten.

»Jemand hat *kurwa* neben den Briefkasten meiner Babcia gesprüht«, platzt Anna heraus. »Ich nehme an, das war Kowalski oder ein Kumpel von ihm. Vielleicht die fette Sau.«

Kamila sagt nichts. Zwischen Anna und Lolek ist offenbar irgendetwas vorgefallen, aber Kamila weiß nicht, was eigentlich und wann es passiert ist, und sie wird auch nicht danach fragen.

»Wann hast du sie zuletzt gesehen?« Anna wechselt das Thema.

»Justyna? Vor einem Monat, glaube ich. Da war Pani Teresa noch im Krankenhaus.«

Dass Justynas Mutter im Sterben liegt, ist ein zu großes Thema; sie umgehen es einfach.

»Das Baby ist süß. Klein. Überrascht mich aber nicht. Man hat ja nicht mal gesehen, dass sie schwanger ist. Sie sah einfach aus, als hätte ihr jemand einen Ball unter den Pulli gesteckt.«

»Schwein gehabt. Ich würde bestimmt aufgehen wie ein Hefeteig.«

»Ich auch.«

»Du wirst wunderschön aussehen.«

Kamila seufzt. »Warum tust du das immer?«

»Was tue ich?«

»Mir erzählen, wie hübsch ich bin, wenn wir beide genau wissen, dass es nicht wahr ist. Ich bin hässlich, schon immer gewesen, aber es war mir immer egal. Es ist mir erst nicht mehr egal, seit du mir *pausenlos* erzählst, ich würde gut aussehen.«

»Kamila!«

»Ich habe heute Nacht mit Emil geschlafen.«

Anna klappt die Kinnlade runter.

»Ich wollte heute herkommen und dir erzählen, wie toll es war. Ich wollte lügen, aber ich kann nicht. Lass uns aufhören, uns anzulügen, Anna. Diese Nacht war das Schlimmste, was mir je passiert ist. Ich war so neidisch auf dich, als du über Kowalski gemeckert hast, ich dachte, was für ein verwöhntes Stück – da ist jemand, der sie lieben will, und sie beklagt sich über zu wenig Konversation? Also habe ich mich betrunken, mich angezogen wie eine Nutte und ihn mehr oder weniger gezwungen. Ich habe ihm gesagt, ich würde ihn nie wieder sehen wollen, wenn er mich nicht fickt. Und habe ihn echt gezwungen. Und weißt du, was das Schlimmste war?«

Anna schüttelt den Kopf.

»Er hat ihn erst dann hochgekriegt – und auch nur mal gerade so, dass es irgendwie ging –, als ich ihm gesagt habe, er soll die Augen zumachen und an irgendwas anderes denken. *Tu einfach so, als wäre ich jemand anderes.*«

»Kamila …«

Anna sagt nichts weiter, und Kamila ist dankbar dafür. Sie steigen aus und gehen schweigend die Straße entlang zu Justyna. Als sie in die Witosa-Straße einbiegen, bleibt Kamila stehen und packt Anna am Arm.

»Tut mir leid. Ich hätte nicht sagen sollen, dass ich dich für ein verwöhntes Stück gehalten habe. Bist du nicht. Du bist meine beste Freundin.«

»Ach, Quatsch. Das Leben ist zu kurz, als dass einem dauernd irgendwas leidtun sollte. Beim ersten Mal ist es immer scheiße, Kamila. Glaub mir, bei mir war das auch kein Spaß. Irgendwann erzähle ich dir das mal.«

Kamila nickt erleichtert.

»Du hast die Initiative ergriffen. Das ist echt mutig, Kamila. So läuft das im Leben.«

Anna hat recht. Anna hat immer recht. Einen Moment lang hat Kamila vergangene Nacht unter Emils Gewicht aufgehört, sich Mühe zu geben. Sie hat ihren gesamten Körper gegen seinen gepresst und ihn auf die Wange geküsst. »Ich liebe dich«, flüsterte sie. Einen Moment lang lagen sie einfach so da, und dann flüsterte Emil: »Ich dich auch.« Emil wird ihr verzeihen, denn er ist Emil. Sie wird einfach auf ihn warten, denn wenn es eins gibt, was sie gut kann, dann ist es Warten.

Um Viertel nach sieben kommen sie bei Justyna an. Alle Lichter sind an, und die Fenster sind offen. Sie hören ein untröstliches Baby schreien.

JUSTYNA
Kielce, Polen

Als Anna und Kamila klingeln, hat Damian gerade seinen allabendlichen Tobsuchtsanfall. Justyna öffnet die Tür, und da stehen ihre beiden besten Freundinnen, von denen sie eine seit drei Jahren nicht gesehen hat, nebeneinander wie verschüchterte Pfadfinderinnen.

»*Dziewczyny*, das hier ist Damian Paweł Strawicz, kleiner Scheißer. Er hat gerade einen dampfenden Riesenhaufen gemacht. Folgt einfach dem Geruch von *sraczka* und fühlt euch wie zu Hause.« Kamila und Anna ziehen sich die Schuhe aus und lächeln befangen. Justyna kichert über ihr Unbehagen. Sie ist jetzt Mutter, und damit werden Kamila und Anna sich ja wohl verdammt noch mal abfinden können.

Sie folgen ihr ins Wohnzimmer, wo Justyna sich auf den Boden fallen lässt und Damian vor sich legt, der mit den Beinen strampelt wie ein kleiner Radfahrer. »Feuchttücher!«, ruft sie, und schon steht Paweł mit einer Dose Bambino-Tücher in der Tür. Er trägt ein schwarzes Unterhemd, das seine muskulösen Oberarme zur Geltung bringt, und sein langes Haar ist zum Pferdeschwanz gebunden. Er wirft Justyna die Feuchttücher zu, die sich gleich an die Arbeit macht, die Windelverschlüsse öffnet, die Scheiße wegwischt und dem Baby eine frische Windel umlegt, als hätte sie das schon ihr ganzes Leben lang getan. Kamila und Anna sehen fasziniert zu.

»Riesenspaß, was?« Sie wirft Paweł die schmutzige Windel zu, und er fängt sie mit einer Hand, hält sie sich an die Nase, atmet tief ein und stößt ein übertrieben genießerisches *aaaah* aus. Das ist ihr Spiel, und Justyna liebt es. Vor Publikum sind sie am besten. Wenn sie alleine sind und feststellen, dass Damian gewickelt werden muss, liefern sie sich erst mal ein kurzes Wortgefecht, wer dran ist. Vor Leuten arbeiten sie in schönster Harmonie zusammen.

»Wir brauchen Bier. Hier …« Justyna hält Paweł Damian hin »… mach dich mal nützlich.« Er nimmt seinen Sohn vorsichtig auf den Arm und blickt ihn liebevoll an. Justyna merkt, wie ihre Freundinnen Paweł anstarren, und sie lächelt, als sie in die Küche geht. Sie sollen es ruhig sehen. Sie sollen sehen, wie glücklich sie ist.

Sie öffnet den Kühlschrank. Aus dem Wohnzimmer hört sie Pawełs Stimme, eine Oktave zu hoch, weil er genau weiß, dass sie lauscht.

»Man weiß gar nicht, was Liebe ist, bis die eigene Frau sich vollscheißt und man das irgendwie niedlich findet. Und dann guckt da plötzlich der Kopf raus, und da hätte *ich* mir beinahe in die Hose gemacht.«

Justyna kommt aus der Küche zurück, vier Flaschen Bier in einer Hand wie ein Profi, und reicht sie herum.

Paweł nimmt sein Żywiec, packt sie um die Taille, küsst sie auf den Mund und trinkt dann einen Schluck, wie in einer einzigen Bewegung, alles mit dem Baby auf dem Arm.

»Vielleicht sollten wir noch erzählen, dass du geheult hast wie ein Mädchen, als du sein kleines Schwänzchen gesehen hast.« Paweł wird rot und küsst Damian liebevoll auf den Kopf.

»Seht ihr das? Mein Mann ist die reinste Muschi geworden«, verkündet Justyna und grinst über beide Ohren.

»Ich bin total beeindruckt, wie schnell das mit der Windel ging. Hat deine Mom dir das beigebracht?«, fragt Anna ganz fasziniert.

Justyna reibt sich die Augen und nimmt Damian auf den Arm. Er hat sich inzwischen beruhigt, und ihm fallen fast die Augen zu.

»*Dobranoc, kotku*«, flüstert sie und bedeckt sein Gesicht mit Küssen. Als sie fertig ist, reicht sie ihn Paweł.

»Gute Nacht, Mädels. Lasst *Mamuśka* nicht zu lange aufbleiben, der junge Herr hier hat für vier Uhr morgens ein Fläschchen bestellt.« Als Paweł weg ist, legt Justyna sich wieder auf den Boden, wühlt in ihrer Hosentasche und zieht ein plattgedrücktes Päckchen Zigaretten heraus.

»Meine Mutter ist seit Monaten nicht mehr aus dem Bett gekommen, Anna«, sagt sie nach dem ersten Zug. »Wir wechseln ihr jetzt auch die Windeln.«

»Das tut mir leid«, murmelt Kamila mit der Bierflasche zwischen den knochigen Schenkeln.

»Ich bringe Damian jeden Tag zu ihr hoch, und wenn er neben ihr liegt, hält sie ihn für Elwira.« Justyna runzelt die Stirn; eigentlich hat sie sich fest vorgenommen, heute Abend nicht über ihre Mutter zu reden. Wer will sich schon in die widerlichen Details von Eierstockkrebs im Endstadium vertiefen? Das hier soll ein glückliches Wiedersehen werden.

Sie reden eine Weile über dies und das, und Justyna zeigt den beiden ihr Hochzeitsalbum.

»Du siehst ja aus wie eine Prinzessin«, sagt Anna, klappt das Album zu und legt die Handflächen aufs Cover.

»Ich weiß. Wie im Märchen, oder? Baran, du siehst super aus. Deine Haare sind so lang. Wenn ich meine mal wachsen lassen will, schneide ich sie irgendwie doch immer wieder ab«, sagt Justyna und berührt ihr eigenes Haar, das sie inzwischen in einem ganz kurzen Pixie trägt, wie Mia Farrow. »Über deine sage ich besser gar nicht erst was, Kamila. Womit hast du die denn gefärbt, mit Teer?«

Kamila tätschelt sich unsicher den Kopf. »Schön zu sehen, dass das Muttersein dich ein bisschen gnädiger gemacht hat.« Die Mädchen prusten los.

»Lasst uns hier rausgehen.« Justyna steht auf. Oben hört sie Elwira, die heute mit Mutterbetreuung dran ist. Keine der Schwestern ist besonders scharf darauf, ihre Mutter zu füttern, ihr die Unterwäsche zu wechseln oder ihr die Morphiumspritzen zu geben, aber sie bekommen es hin.

Als die Ärzte ihre ganzen Ultraschalluntersuchungen und Biopsien machten, hatte der Krebs, der in den Eierstöcken ihrer Mutter angefangen hatte, sich bereits auf Eileiter und Gebärmutter ausgebreitet. Er saß im Becken und in der Leber und war in nördlicher Richtung unterwegs, zur Lunge. Vor etwa einem Monat hatte das Krankenhaus sie entlassen, weil sie sowieso nichts mehr machen konnten und noch andere Patienten ein Bett brauchten – andere, die möglicherweise noch geheilt werden konnten. Ein Hospiz konnten sie sich nicht leisten, also bekam Teresa ein Zimmer im zweiten Stock, wo sie jetzt schon seit Wochen kurz davor ist, ihren letzten Atemzug zu machen.

Von dem Geruch in Teresas Zimmer muss Justyna immer würgen. Wenn Leute über den Tod sprechen, dann immer nur darüber, wie furchtbar es für alle ist, wie traurig es sie macht, aber niemand spricht aus, dass man eigentlich am liebsten die Tür zum Sterbezimmer zumachen möchte. Aber Justyna sitzt regelmäßig auf der Bettkante, schneidet ihrer Mutter die Zehennägel und plappert Unsinn. Teresa reagiert nicht mehr, sie pendelt zwischen Schlaf und weiß Gott was.

»Sollten wir vielleicht noch bei deiner Mutter reinschauen, bevor wir gehen?«, fragt Anna verlegen.

»Sie wiegt nicht mal mehr fünfzig Kilo, Anka. Hast du schon mal wundgelegene Stellen gesehen?«

Anna schüttelt langsam den Kopf.

»Na ja, wenn du da neugierig bist, ist das deine Chance. Ansonsten …« Über den Tod zu sprechen war einfach. Ihm unmittelbar gegenüberzutreten war etwas ganz anderes.

»Okay, dann gehen wir doch«, sagte Anna.

Zehn Minuten später steht Justyna vor der Marex Bar und pfeift dreimal. Kurz darauf kommt Jacek Szuler runter. »Eine Viertelstunde, dann seid ihr draußen. Ich muss um fünf raus und für meinen Alten einkaufen.«

»Ja, ja, schon klar … und mach Musik an.« Justyna lächelt und macht einen Walzerschritt an ihm vorbei, Kamila und Anna folgen ihr. Sonntagabends sind die meisten Kneipen in Kielce geschlossen. Wer sich am Tag des Herrn betrinken will, muss den Alkohol in einer braunen Papiertüte verstecken. Aber Justyna hat ihre Kontakte.

Jacek legt den Kopf auf die Bar; nachdem er ihnen eine halbe Stunde lang Schnäpse an den Tisch gebracht hat, hat er aufgegeben. »Ich war mal mit ihm zusammen«, erzählt Justyna vertraulich. »Riesen-*chuj*, ich meine, das hat richtig *wehgetan.*«

Kamila und Anna lachen ungläubig.

»Ohne Scheiß jetzt. Jacek hat immer so mit der Zunge geschnalzt, als hätte er Tourette oder so was.«

»Du bist so bekloppt, Justyna«, schreit Kamila. Es läuft *Forever young*, und die Mädchen singen mit. »Let's dance in style, let's dance for a while, heaven can wait, we're only watching the skies …«

»Weißt du noch, wie wir dich immer genervt haben, dass du uns die Texte übersetzen sollst? Das hast du gehasst!«, erinnert sich Kamila.

»Das hat sie überhaupt nicht gehasst, sie hat es geliebt. Du fandest das super, oder?«

Anna lächelt und zuckt die Achseln.

»Hey, wisst ihr noch, wie Lolek damals das russische Motorrad geklaut hat? Wie alt waren wir da?«

»Fünfzehn«, sagt Anna und sieht in ihr leeres Glas.

»Fünfzehn. Mein Gott. Er hat uns auf dem Scheißding durch die ganze Stadt gekarrt. Weißt du noch, du hast dir am Auspuff tierisch die Wade verbrannt, Kamila, und wir haben Honig draufgemacht? Und dann saßen wir auf der Bank vor deiner *klatka*, und dann kamen plötzlich die ganzen Bienen, und sie hier« – Justyna zeigt auf Anna – »hat voll die Panik bekommen. Gott, waren wir blöd.« Justyna wird von Bildern überwältigt, sie sieht alles vor sich, als wäre es gestern gewesen, ihre ganze verplemperte Jugend.

Schließlich stellt Jacek die Musik aus.

»Du Lusche, Jacek!«, ruft Justyna, aber sie steht auf. Sie sieht, wie Anna einen Hundert-Złoty-Schein auf den Tisch legt. Draußen umfängt sie die Nachtluft, lau und sommerlich, der Himmel ist sternenklar. Der Duft von frisch gebackenem Roggenbrot zieht die Straße herauf aus Richtung der *piekarnia*, wo schon die Brote für den nächsten Morgen gebacken werden.

»Lasst uns mal gucken gehen, ob wir ein *bochenek* abstauben können. Noch warm, sodass die Butter reinschmilzt. Du hast doch bestimmt noch Wodka zu Hause. Wir können ein Mondscheinpicknick machen.« Kamila kichert.

»Justyna muss zu ihrem Baby zurück«, erinnert Anna sie.

»Nein, muss sie nicht, Anna«, fährt Justyna sie an. »Das Baby hat einen Vater, und der Vater kann auch eine Flasche warmmachen.«

»Aber es ist schon nach zehn, und ich bin gerade erst aus Wrocław zurück. Und ich will meine Babcia nicht noch mehr ärgern als sowieso schon.«

»Dann geh doch nach Hause. Was hast du überhaupt in Wrocław gemacht?«, fragt Justyna.

»Eine kleine Sexkapade mit Mariusz Kowalski.« Kamila grinst.

»Kowalski! Heilige Scheiße. Du hast Kowalski gefickt? Der ist echt ein ziemlicher Rammler, aber sein …« Justyna sieht Anna an. »Ich habe gehört, sein Schwanz ist riesig. Seine Freundin hat tierisch damit angegeben. Sie ist jetzt mit einem Mafioso aus Czarnów verheiratet.«

Dieser eine Sommer ist lange her, aber er quält Justyna immer noch. Es würde ihr nichts ausmachen, wenn die beiden sie für eine blöde Kuh halten, weil sie Anna nicht geholfen hat, aber sie will auf keinen Fall als Feigling dastehen. Denn der wahre Grund, warum sie damals nicht eingegriffen hat, ist, dass sie immer eine unerklärliche Angst vor Lolek Siwa hatte.

»Ich sollte wirklich nach Hause gehen. Das fühlt sich nicht richtig an«, sagt Anna und kickt ein paar Steine aus dem Weg.

»Es fühlt sich nicht richtig an? Was fühlt sich nicht richtig an?«

Anna geht in die Hocke und verbirgt das Gesicht in den Händen.

»Deine Mutter. Deine Mutter liegt im Sterben, und du willst dich betrinken und über Schwänze reden? Willst du nicht jede Minute bei ihr sein?«

»Nein! Nein, will ich nicht! Sie ist ja quasi schon nicht mehr da. Und ich werde trinken und fluchen und Schwänze diskutieren, wann immer sich die Gelegenheit bietet, weil, ich bin verdammt noch mal neunzehn und brauche auch mal eine Pause. Wovon brauchst du denn eine Pause, Anna? Hausaufgaben?«

»Du läufst doch nur weg.«

Justyna geht um Kamila und Anna herum und fuchtelt mit den Armen. »Weißt du, was schon immer das Nervigste an dir war, Anna?«

»Bitte, Mädels …«

»Weißt du, was das schon immer war? Du hast uns immer bemitleidet und trotzdem immer so angegeben. Tief in deinem Herzen dachtest du immer, wir würden alle am liebsten mit dir tauschen.«

»Das stimmt doch gar nicht. Wann habe ich denn angegeben?«

»Deine Klamotten, dein Geld, deine bescheuerten Ambitionen.«

»Du hast jeden Sommer meinen Schrank geplündert, Justyna Strawicz!«

»Jedenfalls. Was gibt dir denn das Recht, jetzt für mich rumzuheulen? Ich habe seit Jahren nichts von dir gehört, Baran, und dann stehst du plötzlich vor meiner Tür und hast ein paar kluge Ratschläge mitgebracht? Menschen werden geboren, Menschen werden krank, und Menschen *sterben*. Also lass mich in Ruhe.«

Kurz sagt niemand ein Wort.

»Ich habe gestern Nacht Emil gefickt.«

»Es tut mir leid, Justyna. Ich bin auch nicht perfekt«, flüstert Anna.

»Das ist es ja, Anna. Wer hat denn behauptet, das wärst du? Marchewska – du *was*? Du hast ihn ge-was?«

»*Gefickt*! Ich habe Emil GEFICKT!« Kamila hält Justyna und Anna die Handflächen hin. »Und jetzt kommt schon, *pipki*.«

Als Justyna sich ins Haus schleicht, um einen Liter Siwusia zu holen, ist es dunkel und still. Sie holt den Schnaps und eine Decke vom Sessel.

Sie gehen zum offenen Feld hinter der Witosa-Straße, wo sie früher ums Lagerfeuer saßen und zischende *kiełbasa* an Stöcken über die Flammen hielten. Die Sterne stehen hell am Himmel, und der Wodka wird großzügig herumgereicht.

»Mir dreht sich der Kopf. Die Sterne sehen echt aus wie Diskokugeln, ich schwör's«, murmelt Kamila, schließt die Augen und öffnet sie wieder. »Wäre super, wenn wir Annas alten Ghettoblaster hier hätten. Wann hast du das letzte Mal so ein Mixtape gemacht?«

»Gott, ich habe die alle noch zu Hause.«

»Ich will jedes schmutzige Detail von letzter Nacht hören, Marchewska. Nicht zu fassen, du kleine Schlampe. Tut dir die *cipa* weh? Und hast du dich rasiert, wie ich dir gesagt habe?« Justyna lallt.

»Ja, tut weh, aber nur vom Schock. Er hat nur ein paar, ihr wisst schon, Stöße zustande gebracht. Und nein, ich habe mich nicht rasiert. Es war so schlimm.«

»Du hättest dich rasieren sollen! Ist er gekommen?«

»Nein.«

»Super. Dann hast du jetzt wenigstens nicht wochenlang Panik wegen deiner Tage.«

Kamila lacht. »Ja, kann man alles positiv sehen.«

»Das erste Mal ist immer scheiße. Ich war dreizehn, mit meinem Cousin Arek, auf der Toilette vom Relaks. Ich hab euch immer erzählt, ich wäre sechzehn gewesen, aber das war gelogen.« Justyna lacht. »Das war so krass, uh, ich rieche immer noch das nasse Klopapier auf dem Boden. Wir haben es im Stehen gemacht, und mittendrin kam so ein alter Typ und wollte pissen. Aber mit jedem Mal danach und mit jedem neuen Typen wurde es immer besser. Wirst du schon sehen.«

»Ja, das sagt Anna auch.«

»Was, du hast auch meinen Cousin gevögelt?« Justyna lacht. Das wäre ihre Chance, endlich die ganze Sache zu beichten: *ich weiß es, ich weiß, was passiert ist*. Aber sie lacht nur.

»Quatsch! Mein erstes Mal war mit einem Spanier an der High School. Es hat nicht so fürchterlich wehgetan, und es hat definitiv nicht mein Leben verändert. Er hatte grässliche Akne.« Justyna starrt Anna an, ganz beeindruckt, wie mühelos sie lügt.

»Ach, am liebsten würde ich mit euch hier draußen übernachten. Hey, Leute …« Kamila hebt den Kopf und stützt sich auf die Ellbogen. »Wie die drei Musketiere, endlich wieder zusammen.«

»Wie das Sommerdreieck«, gibt Anna zurück und zeigt in den Himmel.

»Das was?«

»Das ist ein Sternbild aus drei sehr hellen Sternen, aber man sieht es nur im Juli und August.«

»Du bist echt der Knüller, Baran.« Justyna gackert. »Ich wette, den Scheiß hast du dir gerade ausgedacht. *Marzycielka*.« Anna sieht zu Boden, und für einen Augenblick hat Justyna ein schlechtes Gewissen. Sie hat Annas Verträumtheit eigentlich immer gemocht, aber eine Träumerin zu sein war ein Luxus, und das Letzte, was Justyna jetzt wollte, war, über die Scheißsterne zu reden.

»Okay, Mädels. Es ist noch ein Schluck in der Flasche. Lasst uns trinken. Auf das verdammte Sommerdreieck, und auf den nächsten Sommer.«

Justyna nimmt die Wodkaflasche als Letzte. Bevor sie sie an den Mund hebt, sieht sie kurz nach oben, sucht den Himmel ab nach etwas Leuchtendem, das nur ihr gehört.

Die Mädchen verabreden sich für Donnerstag zum Mittagessen in der Stadt. Justyna sieht ihren Freundinnen nach, wie sie einander auf dem Weg zum Taxistand weiter unten an der Straße unterhaken.

Als sie ins Haus kommt, brennt das Licht in der Küche. Paweł und Elwira sitzen am Tisch und starren in ihre Kaffeetassen. Auf der Arbeitsplatte steht eine Flasche Fertigmilch. Als die beiden sie ansehen, weiß Justyna Bescheid.

KAPITEL 7
2002

ANNA
New York, New York

Anna haucht in ihre eisigen Hände; es ist kalt und wird immer kälter. Ihre Finger streichen durch die Zweige der Weihnachtsbäume und tasten nach dem Richtigen. Und dann sieht sie ihn. Größer als die anderen, perfekt proportioniert, dunkelgrün und prächtig. Auf dem gelben Schild an einem der imposanten Zweige steht: 140 Dollar. Sie winkt dem dicken Verkäufer, und er kommt zur ihr gestolpert.

»Der ist wunderschön. Sie können ihn für 135 Dollar haben.«

»120?«

»Nee. Das ist einer der besten Bäume, die ich habe.«

»Warum ist er denn dann noch nicht verkauft? Morgen ist Weihnachten, Sir, und er steht immer noch hier herum.« Anna lächelt kokett. In diesem Moment taucht ihr Vater auf und zieht einen Baum hinter sich her, der genauso kümmerlich aussieht wie der von Charlie Brown.

»Was machst du? Komm, wir gehen. Ich hab einen.«

»Dad, das ist doch Gestrüpp. Ich finde, wir sollten den hier nehmen. Der ist total schön. An deinen da passt nicht mal die Hälfte von Moms Dekokram.«

»Hundertvierzig Dollar? Was ist, bist du bekloppt? Ist doch Räuberei. Geh ich in Wald und hole ich Baum, was ist schöner, für null Dollar.« Der Verkäufer schüttelt den Kopf und geht weg.

»Das sagst du jedes Jahr Weihnachten, seit ich acht bin. Wir sollen nach Upstate fahren und uns selbst einen Baum schlagen? Wirklich? Lass mich doch einfach den hier kaufen. Ist doch mein Geld.«

»Bin ich dein Vater und sage ich: Schluss. *Nie pieprz głupot.*« Radosław wuchtet sich seinen Baum auf die Schulter und marschiert los. Wütend läuft sie neben ihm die Columbus Avenue entlang, er raucht eine More Red und wirkt gereizt.

Erst kurz bevor sie zu Hause sind, sagt er schnell und auf Polnisch: »Stell mich ja nie wieder so bloß. Du bist gerade erst wieder bei uns eingezogen, und wenn dir meine Regeln nicht passen, dann kannst du gleich wieder in die U-Bahn steigen.« Anna hält ihm schweigend die Haustür auf.

Vor zwei Wochen, als sie unerwartet mit ihrer Reisetasche in der Wohnung ihrer Eltern in Manhattan stand und verkündete, dass es mit Ben vorbei war, zog ihre Mutter zwar die Augenbrauen hoch, tätschelte ihr aber besänftigend die Schulter. »Er hatte sowieso kein Geld«, sagte sie. Ihr Vater reagierte nicht weiter überrascht und meinte, man müsse eben die Konsequenzen tragen, wenn man in Sünde zusammenlebe, und dass sie es eigentlich verdient hätte, dass er sie auf die Straße setzt.

Als sie in die Wohnung kommen, kniet Paulina auf dem Wohnzimmerboden und sortiert die zarten, mundgeblasenen Glasanhänger, die polnischen *bombki*, die sie im Laufe der Jahre gesammelt hat. Sie hat Nikoläuse aus allen Kontinenten zusammengetragen, winzige Glaspilze, Glasvögel mit echten Federn, hölzerne Tauben und Miniatur-Cottages. Paulina ist stolz auf diesen Dekokram, und sie freut sich, wenn sie ihn zur Schau stellen kann. Die Nachbarn aus dem Wohnblock kommen jedes Jahr vorbei und verkünden, dass der Baum der Barans aussieht wie in *Gracious Homes*, während Paulina, die Frau des Hausmeisters, neben ihrem Werk steht und vor Stolz platzt.

»Ich hab es versucht.« Anna wickelt ihren Schal ab und zieht den Mantel aus.

»Was meinst du?«, fragt Paulina, ihr ist die Panik bereits anzuhören.

Radosław schafft den Baum ins Wohnzimmer und fängt an, ihn im Christbaumständer zu befestigen. Als er steht, löst er das darumgewickelte Netz mit bloßen Händen und ruckelt am Stamm. Paulina und Anna mustern den Baum und seine Mängel: Die Fichte ist blassgrün, klein, krumm, verkümmert und insgesamt ein tragischer Anblick.

»Macht ihr Witze?«, fragt Paulina Anna. »Habt ihr den richtigen Baum im Flur gelassen?«

Radosław greift nach einer schimmernden Glaskugel von der Größe einer Pampelmuse, leuchtend rot und mit perlmuttfarbenen Tauben bemalt, und schleudert sie zu Boden. Sie zerspringt in tausend Scherben. Bevor Paulina ihn daran hindern kann, hat er schon den nächsten Anhänger in der Hand, einen dänischen Nikolaus im weißen Mantel.

»Soll ich weitermachen? Ich kann noch eine ganze Weile weitermachen, und es bleibt immer noch genug übrig für den Scheißbaum. Heiden!«

Paulina fängt an zu weinen und holt einen Besen.

»Du bist so ein Geizhals, Dad.«

Radosław zuckt mit den Schultern und geht ins Schlafzimmer.

Später am Nachmittag, nachdem der Baum so schön geschmückt ist, wie es eben ging, sitzen Anna und ihre Mutter auf der Couch, trinken Tee und sehen fern. Der polnische Satellitenkanal bringt eine Folge von Paulinas Lieblingsserie, *Złotopolscy*. Anna sind die schlechtgespielten Irrungen und Wirrungen einer Fernsehfamilie der polnischen oberen Mittelschicht herzlich egal, aber ihre Mutter verfolgt gespannt die Handlung und kommentiert sie fortlaufend. Anna wartet bis zur Werbepause, dann sagt sie:

»*Mamusia*, was ist eigentlich los?«

»Also, Katarzyna hat gerade rausbekommen, das sie schwanger ist, aber sie liebt Pater Piotr, der aber dummerweise eine Affäre mit Pani Hania aus der Bäckerei hat. Ich bin gespannt, ob sie das Baby beh…«

»Mit dir, Mom. Was ist mir dir und Dad los?« Seit sie wieder bei ihnen wohnt, bemerkt Anna die Spannung zwischen den beiden, vor allem daran, dass ihr Vater Annas altes Zimmer mit Beschlag belegt hat und dort auch schläft.

Paulina starrt zunächst eine Weile in ihre Teetasse, bevor sie antwortet.

»Hast du dir schon mal deine Zukunft vorhersagen lassen?«

Anna schüttelt den Kopf.

»Ich schon. Da war ich zwanzig. Teeblätter in der Untertasse. Meine Ciocia Alusia hatte es wirklich drauf. Sie hat uns vorgewarnt, dass mein Vater jung sterben würde, an einem Emphysem. Jedenfalls, weißt du, was sie gesagt hat? Meine Zukunft? ›Dinge werden zerbrechen, und es wird immer deine Aufgabe sein, sie wieder zusammenzufügen.‹«

Anna betrachtet die Hände ihrer Mutter. Paulinas Finger schmiegen sich um die Bayreuther Porzellantasse. Sie sehen deutlich älter aus als die einer Achtundvierzigjährigen.

»Und wenn du das bist, was da zerbricht, Mamo? Ist es dann nicht deine Aufgabe, dich *selbst* wieder zu heilen? Du musst dich scheiden lassen.«

»Er würde mich umbringen.«

»Er würde schon drüber hinwegkommen.«

»Nein, *córko*, im Ernst. Er würde mich mitten in der Nacht aufsuchen und ein Messer in mich rammen. Hat er mir gesagt.«

»Er hat echt nur noch Scheiße im Kopf. Und du hast Angst zu sterben? Du stirbst hier doch eh schon!«

»Ach, hör doch auf, Anna! So einfach ist das Leben nicht.«

»Natürlich ist es das! Genauso einfach ist es. Ich habe eine Tasche gepackt, ich habe einen Zettel geschrieben, und ich habe die Tür hinter mir zugemacht. Sei nicht so ein *tchórz*, Mutter – du verschwendest doch dein Leben.«

»Ich, ein Feigling?« Paulina verzieht das Gesicht, und sie blinzelt schnell, um die Tränen zurückzudrängen.

»Was ist denn passiert, nachdem du Ben den Zettel geschrieben hast? Du bist hierher geflüchtet, um ihm nicht ins Gesicht sehen zu müssen. Du schleichst dich in deine eigene Wohnung, um deine Klamotten zu holen, wenn du genau weißt, dass er bei der Arbeit ist. Also wer ist hier feige?«

Anna antwortet nicht. Sie ist Ben in der Tat aus dem Weg gegangen, und es ist ihr ziemlich schwergefallen, sich ins Wohnzimmer ihrer Eltern zu verkriechen und seine Anrufe nicht anzunehmen; aber Anna kommt das ganz normal vor.

Um sechs Uhr taucht Radosław aus seiner Höhle auf, in Jeans und einem zerknautschten weißen Hemd. Der Tisch ist fertig. Ein Extraplatz ist für einen unerwarteten Gast oder einen Bedürftigen gedeckt – eine polnische Tradition. Wenn heute Abend jemand an die Tür klopfte, würde er eingelassen werden, wie Maria und Josef, die am Heiligen Abend nach einer Herberge suchten und schließlich Platz in einem Stall fanden.

Bevor Anna und ihre Eltern essen, wird der *opłatek* geteilt. Anna bricht ein Stück von der rechteckigen Oblate mit aufgeprägter Krippenszene ab, die sie für zwei Dollar in einem polnischen Deli gekauft hat, und wünscht ihrer Mutter Frieden und Geld, wie seit Jahren schon. Ihr Vater kaut geräuschvoll, dann nimmt er Anna in den Arm.

»Ich will nur, dass du glücklich bist, Tato.« Annas Stimme zittert.

»Oh yeh, yeh, yeh«, antwortet er, wie leichthin und unbeholfen, und zuckt mit den Achseln. »Tu ich leid. Sollst du haben Karriere und Mann, was liebt dich, wenn du willst, meine Tochter.« Früher war ihr Vater manchmal sehr poetisch gewesen. Anna hat die Briefe gelesen, die er Paulina aus dem Gefängnis geschrieben hat. *Ich träume von deinem nackten Körper, von deinen Hüften, die sich schüchtern zu mir neigen wie perlmuttschimmernde Muscheln.* Die beiden müssen sich einmal sehr geliebt haben.

Das Teilen des *opłatek* war immer Annas liebstes Weihnachtsritual gewesen. Die Worte und Wünsche waren vergänglich, aber das machte nichts; die Oblate war ein immerwährendes Symbol des Friedens. Aus dem Augenwinkel beobachtet Anna, wie ihre Eltern schweigend eine Waffenruhe eingehen, ihr Vater hat den Arm locker um Paulinas Schultern gelegt, die ihre Lippen zu einer schmalen Linie zusammenpresst. Dann essen sie, und nachdem das Geschirr abgeräumt ist, überreichen sie sich Geschenke und lächeln sich zurückhaltend, aber dankbar an. Diese eine Stunde ist ganz nett, aber schnell vorbei.

Gegen drei Uhr morgens fährt Anna von einem lauten, splitternden Schlag aus dem Schlaf. Ihre Augen gewöhnen sich langsam an die Dunkelheit, und da ist er, der Grund für den ohrenbetäubenden Lärm: der Baum ist umgekippt, zusammengebrochen unter zu viel Deko. Ihre Eltern kommen aus ihren getrennten Schlafzimmern gerannt, und einer von ihnen knipst das Licht an. Der Baum liegt quer über dem Couchtisch, nur ein paar Zentimeter von Annas Schlafplatz auf dem Sofa entfernt; alles ist voller Glasscherben, wie Regenbogensplitter. Paulina fängt an zu weinen und schlägt

Radosław ins Gesicht. Er packt sie mit geübtem Griff an den Handgelenken und schiebt sie von sich weg.

»So geht's dann nämlich, *szmato*. Sei froh, Gott hat getroffen Scheißbaum, und nicht dich. Aber wenn schlägst du mich noch einmal, dann mache ich das für ihm. Anka, hol Besen«, befiehlt er und kratzt sich am Bauch. Anna schmiegt sich unter ihre Decke und versucht, sich nicht zu bewegen, denn sie ist sicher, dass sie mit winzigen Glassplittern übersät ist, die man mit bloßem Auge gar nicht sieht. Sie dreht das Gesicht zu ihrem Vater. »Hol doch selbst einen Besen. Oder noch besser, nimm deine Medikamente.«

»Was für Medikamente?«

»Ähm, das Zeug heißt Prozac, und es macht einen Menschen aus dir.«

»Kümmer dich um eigene Scheiß und mach weg Chaos hier, *idiotko*.«

»Meinst du, ich renne jetzt in mein Zimmer und heule, weil du mich beschimpfst, wie mit zwölf? Ich habe keine Angst mehr vor dir, Tato. In ein paar Jahren hast du nichts mehr als die Erinnerungen an deinen vergangenen Ruhm, wie Bonbons in deinem kranken Kopf. Und du wirst immer noch den Amis den Bürgersteig fegen.« Annas Stimme bricht, bevor sie fortfährt. »Du warst mal mein Held, mein *bohater*, ich habe dich verdammt noch mal ehrlich angebetet.«

Ihr Vater ballt die Fäuste an den Seiten. Seine Hände laufen lila an. Mach nur, bittet Anna stumm, gib mir einen Grund zum Heulen. Aber er geht in sein Zimmer zurück und knallt die Tür hinter sich zu.

Kurz darauf tut Paulina so, als wäre nichts gewesen. Sie bemüht sich schweigend, den Müll aufzukehren. Der Baum steht schon an der Tür, und Anna erinnert sich nicht mal, wie er da hingekommen ist. Sie nimmt sich ihren Mantel und geht aus der Wohnung, in die Gasse, wo ihr Vater immer den Müll sortiert. Nach Annas Collegeabschluss sind ihre Eltern aus Brooklyn weggezogen an die Upper West Side, weil ihr Vater Glück gehabt und einen Job als Hausmeister in einem schicken Hochhaus bekommen hat. Anna steckt sich eine Zigarette an, und beim Rauchen fällt ihr wieder ein, wie Radosław Paulina gegenüber einmal behauptet hat, dass er mit Anna zu Costco fährt, und stattdessen haben sie einen Mietwagen genommen und sind nach Atlantic City in eine Automatenspielhalle gefahren. Auf dem Heimweg hat ihr Vater ihr Geschichten aus seiner Jugend erzählt. Sie waren glücklich. Sie schnipst die Zigarette in die Dunkelheit und geht wieder hinein.

»Da sind Glassplitter in den Kissen, aber ich kann ja jetzt nicht staubsaugen. Oder?« Paulina sitzt auf dem Sofa, die Kehrschaufel auf dem Schoß.

»Geh schlafen, Mamo. Wird schon gehen.«

Anna setzt sich neben ihre Mutter und überlegt kurz, ob sie ihre Hand nehmen soll.

»Mamo, ich habe ein Flugticket in der Tasche, one-way. Morgen Abend um elf fliege ich nach Polska, Business-Class. Komm mit.« Paulina sieht zu Boden.

»Du fliegst morgen? Und ich soll mit? Ich kann nicht, córko. Ich kann einfach nicht.«

Anna nickt. »Dann erzähl es mir. Erzähl mir, warum du dich in ihn verliebt hast. Erzähl mir irgendwas, damit ich verstehe, warum du noch hier bist.«

Paulina schließt die Augen. »Als er im Knast war, hat er mir Figürchen aus Brot und Wasser geknetet. Kleine Sterne und einen Bären. Ich habe sie immer noch. Er sah unglaublich gut aus, und alle haben ihn Ponderosa genannt, weil er gern Cowboy gewesen wäre.« Ihre Mutter weint, und jetzt nimmt Anna ihre Hand und hält sie fest.

Als Anna aufwacht, ist es draußen hell, und sie fühlt sich ganz ausgedörrt. Sie geht in die Küche und ist überrascht, dass dort ihr Vater am Tisch sitzt. Er spielt mit einem Streichholz. Er lässt die Flamme bis zu seinen Fingerspitzen runterbrennen, bis es nur noch zischt, ein kleines, weißes Rauchwölkchen. Als Anna klein war, hat ihr Vater *kasztany* aus Europa mitgebracht – schimmernde, weiche Kastanien, groß und wunderschön –, und sie hat kleine Männchen daraus gebastelt und Streichhölzer als Beine, Hörner und Hufe hineingesteckt. Anna stellte sie auf die Fensterbank und starrte sie morgens an, stellte sich vor, dass sie ein Eigenleben hätten, bis sie verschrumpelten und ihre Mutter sie wegwarf.

Radosław nimmt sich das nächste Streichholz und zündet sich eine Zigarette an. Er legt den Kopf in den Nacken und bläst eine blaue Rauchwolke unter die Decke. »So habe ich mir das alles nicht vorgestellt.«

»Klar«, sagt Anna und bemüht sich, nicht zu weinen.

Plötzlich erinnert sie sich, wie sie Radosław in *Braveheart* mitgenommen hat. Ihr Vater war gefesselt, er lachte glücklich, als die derben Schotten den unbarmherzigen Engländern ihre nackten Hintern zeigten, und er weinte wie ein Kind, als Mel Gibson am Ende starb, und danach marschierte Radosław jeden Tag durchs Haus und brüllte »Freeeeeeeedom!«. Er hatte es im Blut, und jetzt sitzt er da wie ein Häufchen Elend.

Ihr Vater sieht auf seine Knöchel nieder. »Ich habe deine Mutter nicht gewollt, oder überhaupt heiraten, oder dich. Ich wollte kämpfen, wie mein Vater, und wie sein Vater. Ich *habe* gekämpft. Aber dann hat sie dafür gesorgt, dass ich aufhöre. Ich habe die Hochzeit dreimal abgesagt. Aber sie hat mich nicht in Ruhe gelassen.«

»Das glaube ich nicht. Entweder du lügst, oder du hast es falsch im Kopf. Niemand kann dich zu irgendetwas zwingen.«

Ihr Vater schlägt auf die Tischplatte. »Verdammt noch mal, das *hat* sie aber!« Seine Augen sind rotgerändert, und er kneift sie zu.

»Lass mich einfach in Ruhe. *Zostaw mnie.*« Seine Stimme wirkt erschreckend bittend, und Anna gehorcht.

Um acht Uhr ist Anna fertig mit Packen, zieht den Mantel an und stellt ihre Tasche an die Tür. Paulina lässt sie nicht aus den Augen.

»Sag Babcia, dass ich Sehnsucht nach ihr habe. Sag ihr, ich komme im Sommer, diesmal wirklich. Und gib ihr ein bisschen Geld, Anna, bitte.«

»Ich verstehe nicht, wieso du in all den Jahren nicht ein einziges Mal in Polen warst, Mamo. Geld ist doch nicht das Problem. Komm einfach mit«, bittet Anna ein letztes Mal. Aber ihre Mutter schüttelt den Kopf.

»Ich habe Angst, dass ich gar nicht mehr zurückwill, wenn ich erst mal dort bin, Ania.«

Anna lächelt. Das kann sie gut verstehen. Sie drückt ihrer Mutter ein Bündel Geldscheine in die Hand. »Das ist für dich, Mommy. Geh zum Friseur. Und nicht zu Supercuts, okay?« Paulina starrt das Geld an.

Bevor sie geht, schaut Anna noch bei Radosław in ihrem alten Zimmer vorbei. Er liegt auf dem Bett, die Ellbogen aufgestützt, und schnipst die Asche von seiner Zigarette in eine Untertasse neben der polnischen Zeitung, die er wie eine Decke vor sich ausgebreitet hat.

»Ich bin weg, Ponderosa.«

Die Überraschung über seinen alten Spitznamen ist ihm anzusehen.

»Wo gehst du hin?«

»Nach Hause.«

Draußen ist es dunkel und still. Anna hält ein Taxi an und steigt schnell ein.

»JFK, bitte.«

Es ist kaum Verkehr, als sie in östlicher Richtung zur Queensboro Bridge fahren. In ihrer Tasche vibriert das Handy. In ein paar Stunden wird sie ganz weit weg sein, und das kann sie kaum erwarten. Aber sie hat nicht mit Ben gesprochen, seit sie abgehauen ist, und sie findet, dass jeder einen Abschied verdient hat.

»Anna?« Bens Stimme ist gleichzeitig fremd und vertraut. Ihr fällt ein, wie sie das erste Mal miteinander geschlafen haben, und wie gierig sie darauf gewesen war, und wie sie, als er danach erschöpft neben ihr einschlief, an die Decke gestarrt und irgendwie noch mehr gewollt hat.

»Fröhliche Weihnachten, Ben. *Wesołych Świąt*.«

»Anna. Verdammt, endlich! Du bist rangegangen! Und ich bin grade unterwegs. Ich sitze im Taxi und fliege gleich nach Omaha. Ach, Anna.«

»Ich haue auch ab. Ich bin auf dem Weg zum JFK. Und du?«

»LaGuardia.«

Unter der Brücke schimmert schwarz der East River, kleine Eisschollen treiben auf der glitzernden Oberfläche. Ben ist still, und kurz glaubt Anna, der Anruf wäre unterbrochen.

»Anna.« Ben seufzt. »Fliegst du nach Polen?«

»Ja.«

»Anna. Warum? Wir müssen doch darüber reden, über uns. Du hast nur einen beschissenen kleinen Zettel geschrieben. Nach all den Jahren, einen Zettel. Hätte nur noch gefehlt, dass du mir noch zwanzig Dollar neben das Bett legst.«

»Ich muss nach Hause.«

»Das ist doch nicht dein Zuhause, Anna. Dein Zuhause ist hier.«

»Und wenn ich dir sage, dass ich da einen Mann treffe? Geht es dir dann besser?«

Ben antwortet nicht. Er legt einfach auf.

Anna schließt die Augen und presst sich die Fingerspitzen auf die Lider. Als kleines Mädchen in Polen hat sie zur Mittagsschlafzeit immer die Augen geschlossen und das genauso gemacht, bis die strahlend weißen Lichtblitze, die sie dann sah, farbig wurden wie ein Kaleidoskop. Babcia sagte immer: »Du machst dir noch die Hornhaut kaputt.«

Im JFK ist es still. Anna hört Schritte und sieht Schatten vorbeihuschen; wie im Film. Sie geht zum Business-Class-Schalter der LOT, und die polnische Stewardess reicht Anna wortlos ihr Ticket.

Eine Stunde später steigt sie hundemüde ins Flugzeug, in dem bereits Passagiere aus Chicago sitzen. Die Kabine riecht polnisch, nach Schinkenkrakauern, billigem, blumigem Eau de Toilette und Schweiß. Sie findet ihren Platz in der dritten Reihe und lässt sich dankbar hineinfallen. In Momenten wie diesem ist Anna dem Himmel dankbar, dass die Welt ihr kleines Heimatland normalerweise komplett übersieht. Wenn man einem Amerikaner gegenüber Polen erwähnt, dann fallen ihm drei Dinge ein: *kiełbasa*, der Papst und Auschwitz, vermutlich in dieser Reihenfolge. Niemand interessiert sich wirklich für ihre Heimat. Warum sollte irgendjemand Dummheiten mit einem Flugzeug voller Polacken machen? Anna redet sich ein, dass bestimmt kein Irrer von der al-Qaida sich die Mühe machen würde, den LOT-Flug 76, Direktflug nach Warschau, zu entführen. Sie holt tief Luft und umfasst das Adler-Medaillon ihres Vaters, das sie um den Hals trägt.

Als der Pilot durchsagt, dass sie startklar seien, und die Maschine auf volle Leistung hochfährt, krallt Anna ihre Hände ineinander. Ihre Oberschenkel zittern. Ihr Nacken spannt sich an. Der Mann neben ihr grinst.

»Angst?«, fragt er auf Polnisch.

Anna nickt.

»Kein Grund, *laleczko*. Wenn was passiert, kriegen Sie das gar nicht mit.« Der Mann wirkt selbstgefällig und taxiert sie unverhohlen von Kopf bis Fuß.

»Danke«, sagt sie auf Englisch. *Thanks* mit perfektem amerikanischen Akzent, denn manchmal werden solche Großmäuler dann ganz klein.

Wundersamerweise schläft Anna ein. Sie träumt wirres Zeug, vom Wasser des *zalew*. Als das Flugzeug landet, reißt Anna die Augen auf, schiebt das Fensterrollo hoch und wird von einer gleißend hellen Schneedecke geblendet.

»Wo sind wir?«, fragt sie verblüfft.

»Tahiti«, sagt der Mann neben ihr. »Was denken Sie denn, Lady? Polska.«

Anna dreht sich wieder zum Fenster. Der Himmel ist grau und weiß, wie der Boden. Wo ist die Sonne, wo sind die grünen Felder in der Ferne? Anna ist verwirrt, und dann geht ihr auf, dass dies der polnische Winter ist, den sie seit achtzehn Jahren nicht gesehen hat und an den sie sich gar nicht erinnert. Um sie herum regen sich die anderen Passagiere und suchen ihre Sachen zusammen. Sie aber nimmt nur eins wahr: das alte Gefühl, den alten Riss in ihrem Herzen.

»Polska«, murmelt sie. »Polska.«

KAMILA
Kielce, Polen

»Wirklich, Natalia, meine Augen. Ich kann das nicht ab.« Kamila versucht, den Zigarettenrauch wegzuwedeln, der in dicken Schwaden durch den stinkigen grünen Peugeot zieht.

»Was? Das Scheißfenster ist doch offen!« Natalia lacht, zieht noch einmal und bläst den Rauch in Richtung des winzigen Fensterspalts.

»Ich versuche ja aufzuhören, aber mach dich mal locker. Außerdem kannst du gerade keine Ansprüche stellen, Kamila. Deine andere Möglichkeit wäre der 10:25er *osobowy* von Warschau nach Kielce gewesen.« Kamila verdreht die Augen und schließt sie dann. Sie konnte im Flugzeug nicht schlafen; sie hatte allerdings keine Angst vor Turbulenzen, sondern davor, heil anzukommen und Emil unter die Augen treten zu müssen. Sie war tatsächlich auf dem Weg zu ihm.

»Ich finde, du solltest dir einen Hund anschaffen.«

Kamila macht die Augen auf und blinzelt Natalia durch den Rauch an.

»Du weißt schon, wenn der Rauch sich gelegt hat. Hahaha.«

»Einen Hund?«

»Einen Welpen. Einen kleinen, blonden Welpen.«

»Einen Welpen?«

»Jaha, einen Welpen. Als mein Vater letztes Jahr gestorben ist, war meine Mutter ganz kurz davor, sich die Pulsadern aufzuschneiden. Also haben Stas und ich ihr einen kleinen Hund gekauft, einen *miniaturka*-Pudel, du weißt schon, die gar nicht wachsen. Ich schwör dir, das Ding hat ihr das Leben gerettet.«

»Tut mir leid, mein Mann ist nicht *gestorben*, da brauche ich ihn auch nicht durch einen Hund zu ersetzen.«

»*Dziewczyno*! Das heißt *dogoterapia*, und es wirkt gegen depressive Phasen. Wie zum Beispiel, wenn man sich trennt, nachdem der Mann sich geoutet hat.«

»Mir geht's gut.«

»Du bist nur noch Haut und Knochen. Ich dachte, in Amerika werden die Leute dick. Okay, vergessen wir das mit dem Welpen erst mal. Was hast du vor?«

»Ich dachte, ich bleibe erst mal ein paar Nächte bei dir und deiner Mutter und eruiere die Lage.«

»Falsch. Ich setze dich haargenau vor deiner Wohnungstür ab, und dann wirst du da reinmarschieren und dem *głupek* sagen, er soll seine Sachen packen und zusehen, dass er Land gewinnt.«

Kamila seufzt. Wie kann sie ihr erklären, dass es nicht Emils sexuelle Präferenzen sind, die sie fertigmachen, sondern sein Schweigen in all den Jahren. Er hätte es ihr doch einfach sagen können.

»Natalka, ich weiß deine Freundschaft zu schätzen und dass du mich chauffierst, aber ich kann das jetzt nicht. Ich kann einfach nicht. Wenn du mich nicht bei euch haben willst, dann gehe ich halt ins Hotel.«

Natalia hält plötzlich am Straßenrand an. Sie dreht sich zu Kamila. »Marchewska, du bist doch nicht um die halbe Welt geflogen, um dich dann in einem Hotelzimmer zu verkriechen. Da verlierst du nur den Schwung. Du hast dir doch mit Sicherheit schon tausend verschiedene Vorträge zurechtgelegt, also such dir einfach einen davon aus und hau ihm den um die Ohren.«

»Ich habe mir gar nichts zurechtgelegt.« Aber Natalia hat recht. Sie hat sich alles Mögliche zurechtgelegt, Schimpftiraden und Monologe, die sich seit Monaten angestaut haben. Es gibt auch die wortlose Variante, in der sie einfach unangekündigt ins Haus marschiert und Emil nicht mal ansieht, sondern einfach ganz nüchtern all seine Sachen vom Balkon wirft.

»Dein Leben verrinnt, eine Minute nach der anderen, und ich wäre keine Freundin, wenn ich zulassen würde, dass du dich verkriechst«, sagt Natalia. »Und ich fahre nicht weiter, bis du nicht einverstanden bist.«

»Dann gehe ich zu Fuß nach Kielce. Ich bin müde und habe Jetlag, und ich will ihn jetzt nicht sehen. Ich muss erst mal schlafen.«

»Du wirst heute noch zu ihm gehen. Aus die Maus.«

»Die Maus ist doch schon seit Monaten aus. Da ist gar keine Maus mehr.«

Diesmal sagt Natalia nichts. Sie fährt zurück auf die S 7. Kamila starrt aus dem Fenster auf die schneebedeckten Dächer der Hütten am Straßenrand. Diese Häuser brechen ihr das Herz, und sie merkt, wie groß ihr Heimweh nach Polen war.

Als Kamila die Augen aufmacht, steht der Wagen, und Natalia ist weg. Sie sieht auf ihre Armbanduhr, die immer noch die polnische Zeit anzeigt, weil sie sie nie umgestellt hat. Es fühlt sich später an als halb zwei. Natalia taucht auf, sie hat zwei Becher Kaffee und eine Papiertüte dabei. Sie bedeutet Kamila, ihr die Tür aufzumachen.

»Es sind nur noch dreißig Kilometer, aber ich brauche noch mal Power. Dornröschen auf dem Beifahrersitz hält einen auch nicht wach. Hier.« Natalia teilt ihre Beute auf, brühheißen Kaffee, Pommes und eine Schachtel Chicken McNuggets.

»McDonald's ist echt geil«, sagt Natalia, stopft sich eine Handvoll Pommes in den Mund und lässt den Motor wieder an. »Achtung, Homo, wir kommen!«, ruft sie.

»Hör auf«, sagt Kamila und schaltet das Radio ein, gerade passend zu »Jolka Jolka«. Natalia singt gleich mit.

»*Z autobusem Arabów zdradziła go, nigdy nie był już sobą, o nieeee!* Kannst du dir das vorstellen? Betrügt die arme Sau mit einer Busladung Araber! Solche Songs werden heute echt nicht mehr geschrieben, oder?«

Der Song trifft Kamila, er tut ihr weh, und es ist ihr egal, ob Natalia aus dem Augenwinkel sieht, dass sie weint.

Es ist gut, dass es Kamila in diesem Moment überkommt, statt eine Stunde später, wenn sie Emil gegenüberstehen wird. Sie fragt sich die ganze Zeit, was Anna Baran sagen würde. Sie würde Kamila in den Arm nehmen und ihr sagen, dass alles gut wird, dass sie stark ist und etwas Besseres verdient hat, all das, was sie Kamila immer wieder gesagt hat, jeden Sommer, seit sie vierzehn waren. Ob Anna sich an die Höhen und Tiefen dieser Sommer erinnerte, und wie sie sich an den Händen hielten, wenn sie die Toporowskiego hinuntergingen, um sich bei der St. Józefskirche mit Justyna zu treffen? Erinnerte sie sich an die Stunden, die sie auf der Treppe saßen, Jungs hinterherguckten und sich über alles und nichts kaputtlachten?

»Das ist gut, lass es raus, Kamila«, sagt Natalia sanft, den Blick auf der Straße.

Als sie vor ihrer Wohnung vorfahren, spürt Kamila im ganzen Körper, wie ihr Herz hämmert. Selbst ihre Zehen pulsieren. Plötzlich weiß sie, dass Natalia recht hat: jetzt oder nie.

»Hier, nimm meine Kreditkarte mit und buch mir ein Zimmer im Hotel Pod Różą. Eine Suite mit Balkon, wenn sie eine haben.«

»Für ihn?« Natalia sieht sie fassungslos an.

»Nein, Natalka, für mich. Ich werde ihm sagen, was ich zu sagen habe, und dann gehe ich ins Hotel. Hier kann ich nicht bleiben, und will ich auch nicht. Ich werde die Wohnung verkaufen, und bis dahin kannst du mit Stas da drin wohnen. Lasst deine Mutter und den Hund mal in Ruhe.« Kamila lächelt.

»*Na serio*?«

»Das ist der vernünftigste Gedanke, den ich seit Tagen hatte. Also, willst du?«

»Natürlich will ich!« Natalia fällt Kamila um den Hals. »In einer Stunde bin ich wieder hier.«

»Halbe Stunde.«

»Und wenn er nicht da ist?«

»Ist er. Guck mal.« Sie deutet auf das erleuchtete Küchenfenster.

»Kamila. *Trzymaj się*. Hinterher geht's dir garantiert besser.«

»Na ja, schlechter ginge auch kaum.«

Kamila steigt aus und sieht Natalia hinterher. Sie winkt, als sie die Wiejska-Straße hinunterfährt. Kamila tastet in ihrer Manteltasche nach dem Schlüsselbund. Er klimpert beruhigend. Das Treppenhaus ist dämmrig und voller Gerüche.

Langsam dreht sie den Schlüssel im Schloss, und die Tür springt auf. Sie schiebt sie mit dem Fuß weiter auf, tritt in den *przedpokój* ein, und da sieht sie, einfach so, Emil, seinen breiten Rücken, an der Spüle, wo er Geschirr abwäscht. Wojtek steckt den Kopf aus dem Schlafzimmer. Als er Kamila sieht, schreit er überrascht auf.

Emil lässt vor Schreck einen Teller fallen. Er dreht sich um und sieht Kamila, die schnell wegschaut. Die Wohnung ist blitzblank und warm.

»Ich bin wieder da, Schatz.« Kamila hat nicht geplant, das

zu sagen, und schon gar nicht auf Englisch, aber jetzt ist es passiert. Wojtek sucht stolpernd seine Schuhe und nimmt seinen Mantel vom Haken neben Kamila. Sie packt ihn an der Schulter. »Bleibst du nicht? Bleib doch ruhig. Ich brauche nicht lange.« Er hat Tränen in den Augen und tut Kamila geradezu leid.

»Kamila, bitte«, ist alles, was er sagt, und dann ist er weg. Kamila schließt die Tür hinter ihm.

»Zieh doch den Mantel aus.« Emils erste Worte klingen leise, aber bestimmt. Kamila gehorcht und lässt ihren Calvin-Klein-Wollmantel einfach so auf den Boden fallen.

»Tee? Ich habe gerade eine Kanne gemacht. Ich fege das nur kurz auf.« Er zeigt auf den kaputten Teller zu seinen Füßen.

»Klar.«

Kamila setzt sich. Auf dem Tisch steht ein kleiner Plastik-Weihnachtsbaum mit winzigen Plastikkugeln an den dürren Zweigen. Ihre Angriffslust schwindet. Emil bringt ihr eine Tasse mit Untertasse und setzt sich ihr gegenüber. Er hat sich einen Bart stehen lassen und ein paar Kilo zugenommen. Liebe geht durch den Magen.

»Ich weiß. Ich habe zugenommen.« Emil lächelt traurig und fängt an zu weinen.

»Warum hast du es mir nicht früher gesagt?«

»Dass ich zugenommen habe?« Sein Lachen klingt wie Schluckauf.

»Du hättest es mir einfach sagen sollen, Emil. Als wir zwölf waren, oder als wir sechzehn waren und ich dauernd versucht habe, mich an dir zu reiben, wenn ich bei dir geschlafen habe.«

Emil wischt sich über die Augen. »Ich dachte, du merkst es selbst und verlässt mich von dir aus. Und gleichzeitig habe ich gehofft, dass du das nicht tust.«

»*Dlaczego?*«

»Weil ich es selbst nicht benennen konnte, Kamila. Ich wusste doch selbst nicht, was los ist, bis vor ein paar Jahren. Ehrlich. Ich dachte, das ist nur so eine Phase. Wie Pickel, und dass das nach einer Weile vorbeigehen würde. Bitte hass mich nicht dafür.«

Kamila nippt an ihrem Tee. Sie hasst ihn nicht. Sie möchte ihm glauben. Sie möchte ihn auch zusammenstauchen, sie möchte sich über die jahrelange Zurückweisung beschweren und wie unfair das ist. Aber irgendwie führen sie hier in aller Ruhe ein erwachsenes Gespräch. Es ist überhaupt nicht so, wie sie sich diesen Moment vorgestellt hat, aber vielleicht ist es so besser.

»Ich kann dir gar nicht erklären, wie ich mich fühle, Emil. Ich hätte meine ganze Teenagerzeit mit einem guten Typen verbringen können, der mich *gewollt* hätte. Der mich benutzt hätte, oder sich nach mir verzehrt, oder einfach … wenigstens mit mir geschlafen hätte. Du hast mir die ganze Zeit etwas vorgemacht.«

»Du hast mich auch gelassen«, sagt Emil leise. Kurz würde Kamila ihm am liebsten eine scheuern, aber stattdessen trinkt sie den letzten Schluck *herbata* und steht auf.

»Du warst alles für mich, Kamila. Bist du immer noch.«

»Nein, war ich nicht. Bin ich nicht. Das ist ja wohl klar. Nichts davon war echt, und das war zum Teil wohl meine Schuld, nehme ich an.« Kamila macht eine Pause. Sie greift nach seiner Hand und hält sie kurz fest.

»Pass auf. Ich kann nicht hierbleiben, Emil. Du aber auch nicht. Du hast eine Woche Zeit, um dir eine Wohnung zu suchen. Ich will dich nicht auf die Straße setzen, aber eine Woche ist ganz schön kurz, also legst du besser gleich los. Ich möchte dich erst mal für lange Zeit nicht sehen. Ich wünsche dir alles Gute, und ich rufe dich demnächst an, damit wir die Scheidung besprechen können.«

»Scheidung?«

»Natürlich. Was denn sonst? Du musst dein Leben leben, Emil. Dafür brauchst du mich ja nicht mehr.« Kamila nimmt ihren schicken Mantel, klopft kurz den Staub ab und wirft ihn sich über die Schulter. Sie geht zur Tür hinaus, dreht sich aber noch ein letztes Mal um. Emil steht auf.

»Du siehst toll aus, Kamila«, sagt er, und sie glaubt ihm.

JUSTYNA
Kielce, Polen

Es heißt immer, man würde sein Kind sofort lieben. Angeblich passiert das ganz plötzlich, direkt nach der Geburt, wenn sie einem das Baby zum ersten Mal auf die Brust legen. Dann soll die Liebe auf einen herabstürzen wie eine Welle, die einen überspült. Und das tut sie auch.

Justyna spricht nicht über diese Liebe. Sie versteckt sie unter ihrer Tapferkeit und ihrer Angst. Sie spricht über ihren Sohn, als wäre Damian ein Streuner, den sie vor Jahren aufgenommen hat. Sie schreit ihn in der Öffentlichkeit an, er soll die Klappe halten, abhauen, sich alleine beschäftigen. Sie schlägt ihm im Supermarkt auf den Po, zieht ihn am Ohrläppchen hinter sich her, während ältere Frauen ihr missbilligende Blicke zuwerfen, als wären sie selbst nie so ungeduldig gewesen. Andere Mütter, hat Justyna festgestellt, urteilen am härtesten.

Justyna wurde kurz nach der Geburt durchaus nicht von plötzlicher Liebe zu ihrem Kind überwältigt. Kurz nach der Geburt schmachtete sie nach einer Zigarette und ließ Damian in seinem Bettchen wimmern, während sie nach unten in die Eingangshalle schlich und eine rauchte. Als Justyna zurückkam, hatte die zuständige Schwester ihren Sohn auf dem Arm und gab ihm die Flasche. »Rauchen hemmt den Milchfluss«, warnte die Schwester sie. Justyna zuckte die Achseln und legte sich wieder ins Bett. »Na, dann ist es ja doch noch zu was gut. Ich bin nur Mutter, *proszę pani*, keine Kuh.«

Auch zu Hause stellte sich die Liebe nicht ein. Damian

hatte Koliken und war übersensibel, und er war das Letzte, worum Justyna sich noch kümmern wollte, als ihre Mutter im Sterben lag. Der Moment, als ihr Herz endlich in Wallung geriet, kam, als Damian zweieinhalb Jahre alt war und mit einer schlimmen Lungenentzündung ins Krankenhaus musste. Justyna betrachtete ihn, wie er nach Luft rang, angeschlossen an Infusionen und Monitore, einen ganzen Tag lang fast leblos. Justyna hatte das Gefühl, sie würde ebenfalls um ihr Leben kämpfen. Als er die Augen aufschlug und die Hand ausstreckte, als würde er nach ihrer tasten, nahm sie ihn hoch, drückte ihn ganz fest an sich und weinte an seiner rasselnden Brust. Da passierte es. Da spürte sie es endlich.

Justyna brauchte den Hauch des Todes, um ihre Liebe zu ihrem eigenen Sohn zu spüren, und sie brauchte ein paar Jahre später den Tod selbst, um noch etwas anderes zu verstehen: Das Leben war flüchtig und bedeutungslos. Wochen nachdem Paweł ermordet wurde, sehnte Justyna sich danach, Damian beiseitezunehmen und es ihm zu sagen, damit er, wenn er hinausging in den weit aufgesperrten Rachen des Lebens, mit einem stählernen Herzen und einem klaren Kopf ausgestattet war. »Dein Vater ist tot, weil alles egal ist«, wollte sie ihm sagen. Aber obwohl Justyna überzeugt war, dass ihr Sohn ihr auf lange Sicht dankbar sein würde, wenn sie ihm die Augen öffnete, hatte sie das nagende Gefühl, ihm damit etwas wegzunehmen. Also ließ sie ihn in dem Glauben, sein Vater würde vielleicht wiederkommen.

Als Justyna und ihre Schwester an Heiligabend aufwachen, sind sie erschöpft, aber entschlossen, sich den Dingen zu stellen.

Am Nachmittag bringt Babcia Kazia einen kleinen Tannenbaum mit, und als sie durch die Tür kommt und die *choinka* an einem Seil hinter sich herzieht, hängen die Kinder an ihren

Beinen, rufen *dziękuję* und bedecken ihre Knie mit feuchten Küssen, als wäre ihre Großmutter *Święty Mikołaj* persönlich. Justyna geht auf den Dachboden, findet den kleinen Karton mit der Aufschrift *bombki* und nimmt ihn mit nach unten.

Celina und Damian schmücken den Christbaum, und Justyna und Elwira sitzen auf dem Sofa, sehen ihnen zu und rauchen. Babcia Kazia ist in der Küche damit beschäftigt, Piroggen, roten *barszcz* und *bigos* aufzutauen und den Tisch für das Weihnachtsessen zu decken. Um drei Uhr setzt Justyna sich an den Tisch, immer noch in rosa Jogginghose und T-Shirt. Babcia teilt den *opłatek*, den sie mitgebracht hat, mit den Kindern und Elwira, aber Justyna weigert sich, etwas davon zu nehmen, und diesmal diskutiert Babcia ausnahmsweise nicht. Justyna isst von allem ein bisschen, kommentiert das Essen aber nicht. Als Babcia Kazia anfängt, den Tisch abzuräumen, sagt Justyna. »Lass doch. Lass sie einfach ihre Geschenke auspacken.«

Celina bekommt zwei Barbies – die Stewardess und die Besitzerin der Zoohandlung – und ein rosa Tutu, das viel zu teuer ist, aber das Glück in Celas Gesicht, als sie das Geschenkpapier aufreißt, ist es wert. Damian bekommt ein paar Hot-Wheels-Autos und einen gelben Bagger. Elwira überreicht Justyna eine CD von den Spice Girls und ein billiges Parfüm. »Tut mir leid«, sagt Justyna zu ihrer Schwester, denn sie hat nichts für sie.

Als Justyna Damian später ins Bett bringt, fragt er, ob *Święty Mikołaj* deswegen nichts für Ciocia Elwira hatte, »weil ihr Freund irgendwas Böses getan hat«. Justyna sucht eine Ausflucht.

»Weißt du was? Wir können morgen ins Puchatek gehen, und du suchst dir noch etwas für dich aus. Was Mikołaj dir gebracht hat, ist auch schön, aber ich finde eigentlich, du bist schon ein bisschen zu groß für diesen Plastikbagger. Was hat er sich denn bloß dabei gedacht?«

Damian runzelt die Stirn. »Hat er Tata was Schlimmes getan?«, fragt er noch einmal.

Justyna antwortet schnell und bestimmt. »Hör mal, *synu*. Mikołaj hat Ciocia deswegen nichts gebracht, weil die dumme Ciocia keinen Wunschzettel geschrieben hat. Bescheuert, oder? Er kann ja keine Gedanken lesen!« Justyna kichert.

Damian starrt seine Mutter an, mit seinen großen, blauen Augen, und als er endlich etwas sagt, ist es nur ein Wort, seufzend ausgestoßen: »Oh.«

Am nächsten Morgen wartet Justyna in der Küche darauf, dass Elwira herunterkommt. Ihre Schwester neigt morgens um sechs zu Schinkenbutterbrotgelüsten, und wie auf Bestellung schlurft sie tatsächlich in einem schmuddeligen Bademantel in die Küche. Als sie Justyna sieht, schnappt sie nach Luft und fasst sich ans Herz. »Heilige Scheiße! Jesus, willst du, dass ich einen Herzinfarkt kriege?« Sie geht zur Arbeitsfläche und nimmt sich das Roggenbrot.

»Hast du Celina erzählt, was Filip getan hat?«, fragt Justyna, schnell und unverblümt.

»Nein. Natürlich nicht! Was denkst du denn, dass ich bekloppt bin?«

»Woher weiß mein Sohn dann, dass etwas nicht stimmt? Wieso denkt mein Sohn, dass das Arschloch seinem Vater ›etwas Schlimmes‹ getan hat?«

»Das weiß ich doch nicht! Was redest du da eigentlich?«

Justyna geht zu Elwira, reißt ihr das Brot aus der Hand und wirft es auf den Boden. »Hast du es ihr gesagt?« Justyna packt Elwira mit beiden Händen am Kinn, und sie drückt, bis Elwira anfängt zu weinen.

»Ich schwör, Justyna, ich würde einem Kind das nie erzählen, schon gar nicht meinem eigenen. Aber Celina schläft ja bei mir im Zimmer, und manchmal rufe ich nachts Freunde an, wenn ich nicht schlafen kann. Ich meine, ich bin echt leise, und ich gucke immer, ob sie wirklich schläft, aber wer weiß. Ach, Scheiße, womöglich hat sie irgendwas mitgehört, womöglich ...« Elwiras Stimme bricht, und sie flüstert. »Ehrlich, Justyna, ich kann das nicht so wie du. Ich muss reden, weißt du, um das zu verarbeiten.«

»Verarbeiten? Was gibt's denn da zu verarbeiten? Filip hat meinen Mann ermordet. Was willst du denn da verarbeiten? Und er ist immer noch da draußen. Das sind jetzt neunundzwanzig verdammte Scheißtage und ...« Justyna unterbricht sich, flitzt zum Telefon und wählt schnell eine Nummer.

»*Tak, halo*, kann ich bitte mit Herrn Kurka sprechen? Sagen Sie ihm, die Witwe Strawicz ist dran. Ja, ich warte, ich warte, verdammt.«

Sie starrt Elwira an, die am Kühlschrank kauert.

»Ja? Mir ist klar, dass heute *Boże Narodzenie* ist, ja, ja. Wie war Ihr Weihnachtsfest, *proszę pani*? Wollen Sie wissen, wie meins war? Ganz schön beschissen, mit so einem toten Mann. Das ist Ihnen da drüben natürlich scheißeg... Ja, ich bleibe dran, aber ich weiß, dass er da ist, und ich habe auch seine Handynummer, also könnte ich auch eigentlich gleich ...« In diesem Moment bemerkt Justyna etwas im Durchgang zum Wohnzimmer, es sieht aus wie die Ecke einer großen Plastiktüte, die im Wohnzimmer liegen muss. Sie lässt den Hörer auf den Tisch fallen. Leise ist daraus ein *Halo? Halo?* zu hören, als Justyna auf die Tüte zugeht.

»Was? Was ist denn?«, flüstert Elwira.

Justyna bleibt bei der Plastiktüte stehen und zwingt sich, ins Wohnzimmer zu sehen. Warum hat sie das nicht früher bemerkt? Ihr Hund Rambo liegt reglos da, einen blutigen

Schnürsenkel um den Hals, mit dem die Plastiktüte über seinem Kopf befestigt ist. Zitternd beugt sie sich über ihn. Sie möchte die Plastiktüte losbinden, bringt es aber nicht über sich.

»Was zum Teufel ist das denn?« Elwira geht auf Justyna zu, die abwehrend den Arm ausstreckt.

»Nicht!«, platzt Justyna raus, und Elwira zieht sich sofort zurück.

Die Fenster des Hauses haben keine Schlösser. Die Balkontüren im ersten Stock schließen nicht richtig, und niemand hat sich je darum gekümmert.

»Lauf nach oben und sieh nach den Kindern. Sofort.«

Elwira stolpert weinend nach oben. Justyna streichelt still Rambos Körper, ihre Hände halten seine Pfoten. Sie weiß, dass sie den Kadaver nicht anfassen sollte, weil sie sonst vielleicht Spuren verwischt, aber sie kann nicht anders, denn Rambo war der Hund ihrer Mutter, und jetzt ist er tot, so tot wie Teresa, so tot wie Paweł. Einer nach dem anderen, wie die Fliegen.

Ganz benommen geht sie zurück in die Küche und nimmt das Telefon wieder auf. Die Verbindung steht nicht mehr, also drückt sie die Wahlwiederholung. »Ja, *halo*. Sagen Sie Ihrem Kollegen Kurka bitte, dass der Mörder meines Mannes heute Nacht hier war, als wir alle geschlafen haben – inklusive zwei Kindern, Fräulein. Er hat unseren Hund erdrosselt und ihm eine Plastiktüte über den Kopf gebunden. Sagen Sie Kurka, dass ich persönlich mit meiner gesamten Familie zu ihm nach Hause fahre, jetzt sofort, und dass wir uns da einnisten, auf seiner beschissenen *wersalka*, bis die Polizei endlich aufhört, sich die Eier zu kraulen, und stattdessen ihre verdammte Arbeit macht. Haben Sie mich verstanden? Haben Sie das notiert? Das will ich hoffen.«

Als Justyna fertig ist, kommt Elwira in die Küche gestürzt. »Alles in Ordnung oben. *O Boże*, Justyna. Was ist das?«

Elwira schluchzt, wahnsinnige Angst im Blick. Justyna zündet sich eine Zigarette an und deutet auf den Hund.

»Er war hier. Und er hat uns ein Geschenk gemacht.«

Elwira schließt die Augen und schüttelt den Kopf. »Lass uns Tata suchen. Bitte. Wir sagen ihm, dass er wieder hier einziehen muss. Ich kann hier nicht mehr allein sein, ich habe Angst.«

»Jetzt heul nicht rum, Elwira, das ist ja peinlich.« Justyna starrt auf den Kadaver. Jemand wird ihn wegräumen und begraben müssen. Das wäre normalerweise ein Job für Paweł gewesen, er konnte so was gut, sich um Dinge kümmern, die sonst niemand machen wollte, wie Glühbirnen wechseln oder den Müll rausbringen.

»Ich möchte, dass du nach oben gehst und Taschen für Cela und Damian packst. Ich rufe ein Taxi, und dann fährst du mit ihnen zu Babcia, und da bleibst du so lange, bis ich dir Bescheid gebe. Sag Babcia nicht, was passiert ist, sag ihr, wir haben uns gestritten.«

»Und du?«, fragt Elwira.

»Ich bleibe hier.«

»Nein! Justyna, bitte, *proszę cię*! Oh, Gott, warum ist er denn bloß zurückgekommen! Meinst du, er weiß, dass ich es der Polizei gesagt habe?«

»Der hat sie nicht mehr alle. Das ist alles.«

»Aber man kehrt doch nur dann an den Ort des Verbrechens zurück, wenn man geschnappt werden will, oder?«

»Was weiß denn ich, Elwira! Vielleicht fühlt er sich in die Ecke gedrängt, oder es ist scheißkalt da draußen, oder er konnte einfach nicht anders, also ist er hergekommen. Ich bin doch auch keine Kriminalpsychologin! Jedenfalls war er hier.«

»Und heißt das, dass er noch mal kommt?«

»Weiß ich doch nicht. Aber beim nächsten Mal bin ich gerüstet.«

»Hör bloß auf. Für wen hältst du dich, Kojak? Er hat sich hier mitten in der Nacht reingeschlichen und *hat deinen Hund umgebracht*. Du kommst mit uns. Wir rufen die Polizei, und dann können die sich hier reinsetzen und auf ihn warten.«

»Und was dann? Dann legen sie ihm Handschellen an und transportieren ihn in ihrem Bulli ab, und wir leben glücklich bis an unser Lebensende? Der Polizei ist es doch scheißegal, was mit Paweł passiert ist, und was mit dem Hund ist, und was mit dir und mir passiert. Du hast Angst; verstehe ich auch. Verstehe ich wirklich, aber ich habe keine Angst.«

»Hast du wohl. Lüg mich nicht an.«

»*Hab ich nicht*. Filip hat mir schon alles genommen. In mir ist nichts mehr, nicht mal mehr genug, um mich richtig um meinen Sohn zu kümmern. Verstehst du?« Justyna setzt sich an den Tisch und greift nach ihren Zigaretten. Sie bietet Elwira eine an.

»Und? Willst du hierbleiben, auf ihn warten und es ihm heimzahlen?« Elwira raucht die L&M, sie pafft schnell und in kurzen Zügen.

»Wenn ich die Nächste bin, dann ist das eben so. Aber ich will dem Psycho ins Gesicht sehen, ich will ...«

»Du bist doch krank. Du verdrängst die Tatsachen. Du warst gerade noch stocksauer, weil du dachtest, dass Damian weiß, was mit seinem Vater ist, also erzähl mir nicht, dir wäre alles egal. Bitte, Justyna, ich flehe dich auf meinen Scheißknien an, komm mit uns!«

Justyna sieht auf den Küchentisch. Früher saß ihre Mutter jeden Morgen schon am Kopfende, wenn Justyna herunterkam, feilte sich die Nägel und rauchte eine Marlboro. *Eier oder Eier, ptaszyno?* Jeden Morgen dasselbe, sie nannte Justyna »Spatz« und briet Rührei aus sechs *jajka* in reichlich Butter und legte es auf Roggenbrot. Jeden verdammten Morgen. *Eier oder Eier*?

»Weißt du noch, wie wir im Sommer alle zusammen in Kroatien waren und dieser Sturm kam? Die Wellen waren total hoch. Mama hat uns gefragt, wer sich ins Wasser traut. Und du hast am Strand gestanden und geheult. Du wolltest reinspringen, aber du konntest nicht.«

Elwira spricht sanft. »Ich weiß noch, wie du eingetaucht und untergegangen bist. Du hast literweise Wasser geschluckt, und wir dachten schon, du wärst tot, und dann hat Mama gesagt, dass das dumm war, dass du wirklich gesprungen bist, und sie nur einen Witz gemacht hat.«

»Ich glaube allerdings nicht, dass das ein Witz war. Ich glaube immer noch, dass sie wollte, dass ich reinspringe. Und jetzt springe ich auch, Elwira. Ich erwarte nicht, dass du dabeibleibst. Will ich gar nicht. Aber ich muss es tun.«

Elwira geht die Treppe hinauf. Ein paar Minuten später hört Justyna, wie die Kinder aufstehen und Elwira ihre Sachen zusammensucht. Die kommen schon klar, denkt sie und ruft ein Taxi.

KAPITEL 8
1998

ANNA
Kielce, Polen

Nachdem sie noch einmal drei Jahre lang nicht dort gewesen ist, kommt Anna ohne großes Trara in Polen an. Ihr Vetter Hubert und ihre Cousine Renata leben inzwischen in Dublin und Neapel, und ihre Tanten schauen nur noch gelegentlich bei ihrer Babcia vorbei. Die freut sich, Anna wiederzusehen. »Du siehst aus wie eine Frau, Anna«, sagt sie und wischt sich die Tränen aus den Augen. Sie trägt offensichtlich ihr Gebiss nicht mehr, und der Anblick ihres zahnlosen Munds haut Anna um. »Warum machst du das, Babciu?«, fragt Anna, und Babcia grinst nur noch breiter. »Oh, *córciu*! Das Gebiss klackert und klappert und fühlt sich so fremd an. Außerdem finde ich das Altsein nicht so schlimm.« Zum allerersten Mal wirkt Babcia Helenkas Wohnung groß und leer.

Außer Babcia scheint es niemanden zu interessieren, dass Anna hier ist. Seit sie vor einer Woche hier ankam, hat noch niemand angerufen. Kamila ist mit Emil in Warschau, in irgendeiner alten Villa. »Wir versuchen, zurück zu sein, bevor du wieder fährst, Aniusia. Wir haben uns ja ewig nicht gesehen, oder, Süße?« Kamila klang am Telefon so kosmopolitisch und erwachsen. Als Anna Justyna anrief, sagte sie, sie sei mit Kinderkacke beschäftigt. »Der kackt mir überall ins Haus, auf den Teppich, auf den Balkon, sogar in den Scheißkaktustopf, nur nicht in die verdammte Toilette!« Sie versprach aber, Anna zu treffen, bevor der Sommer vorbei war.

»Ich bin diesmal nur für zwei Wochen hier, Justynka.« Das ganze Gespräch entmutigte Anna.

Szydłówek ist eine Geisterstadt. Morgens steht Anna spät auf, isst eine *parówka* mit reichlich Senf zum Frühstück und joggt dann um den *zalew*. Nachmittags sitzt sie auf dem Mäuerchen an der Kirche und schaut den vorbeifahrenden Autos hinterher. Einmal hat sie Kowalski gesehen, aus ein paar Blocks Entfernung. Sie hat ihn an dem Seidenhemd erkannt, das er schon 1995 immer trug. Anna musste sich beherrschen, nicht laut seinen Namen zu rufen. Sie wollte sich für ihre letzte Begegnung entschuldigen und dafür, wie sie im Zug mit ihm geredet hat. Aber stattdessen sah sie weg und hoffte, dass er sie nicht bemerkt.

Wenn es regnet – und es regnet eigentlich die ganze Woche –, verbringt Anna die Tage bei ihrer Großmutter auf dem Balkon, starrt am Turm von St. Józef vorbei und hofft, dass irgendwer sie dort sitzen sieht und die Nachricht verbreitet, dass sie wieder da ist. Aber das tut niemand. Anna geht spazieren und zieht den Nachbarn den neuesten Tratsch aus der Nase. Als sie vor ein paar Tagen beim *trzepak* Pani Nowacka sah, rief Anna ihr zu: »Pani Nowacka! Wo sind denn eigentlich alle?«

»Ach, weißt du, die sind wahrscheinlich im *skwerek* und saufen. Deine alten Freunde sind jetzt alle kriminell, die klauen am helllichten Tag. Sag deiner Babcia besser, sie soll die amerikanischen Dollars verstecken. Mehr sage ich dazu nicht.« Aber dann sagte Pani Nowacka doch noch mehr und erzählte ihr schadenfroh, dass Lolek gerade aus dem Gefängnis entlassen worden war, wo er wegen schwerer Körperverletzung saß. »Jedenfalls behauptet sein Vater das, aber die Gerüchteküche sagt was anderes …« Anna verabschiedete sich schnell von Pani Nowacka und hüpfte auf die Teppichstange. Mehr wollte sie nicht hören.

Anna hat Lolek ein paarmal gesehen. Er lungerte im Viertel herum, rauchte und trank Malzbier mit derselben Clique junger Männer, die sie noch von früher kennt. Sie sind jetzt genau die Typen, mit denen sie sich in den USA niemals abgeben würde – Typen, die keine Bücher lesen, sich nicht für das interessieren, was in der Welt passiert, Typen mit kaputten Zähnen und schwarzen Rändern unter den Fingernägeln. Jahrelang war sie mit diesen Typen befreundet, und jetzt windet sie sich, wenn sie an ihnen vorbeimuss, und wird ganz traurig. Als sie vierzehn war und die anderen mit Kleidern und Süßigkeiten beschenkte, fühlte sich das magisch und stark an. Als sie sechzehn war und ihren Freundinnen zuredete, ihre Träume zu verwirklichen, war sie ihre Verbündete und, was noch wichtiger war, eine von ihnen. »*My Polaki*«, sagte sie immer. Sie war eine von ihnen. Aber sie war auch etwas Besseres, und bis zu diesem Sommer hatte sie nie das Gefühl gehabt, dass daran irgendetwas verkehrt gewesen wäre.

In diesem Jahr fing Anna an, Dinge zu bemerken, die ihr Bild von Polen ins Wanken brachten. Die Säufer des Viertels, die den ganzen Tag an Laternenpfählen herumlungerten und Selbstgebrannten herumreichten, gingen ihr auf die Nerven. Die verzweifelten Ehefrauen und Mütter, die im Gebüsch nach ihren besoffenen Männern und Söhnen suchen mussten, gingen ihr auf die Nerven. Die Leute, die sich in der Schlange beim *warzywniak* vordrängelten, gingen ihr auf die Nerven. Alle schienen bedrückt, in Eile und verkatert zu sein. War Anna dafür bisher blind gewesen? Sie fühlte sich total fremd, als wäre Kielce ein Ort, den sie einfach nicht mehr verstand.

Das Aufregendste, was sie heute getan hat, war, mit Babcia die Anrichte zu verschieben. Um vier Uhr klingelt das Telefon, und Anna schreckt von ihrer eselsohrigen Ausgabe von T. C. Boyles *Wassermusik* auf.

»*Dzień dobry*. Ist Anna da?«, fragt eine tiefe Baritonstimme, und Anna packt sofort die Neugier.

»Ich bin am Apparat. Wer ist denn da?«

»Rat mal.«

»Keine Ahnung.« Anna lacht und versucht herauszuhören, wessen Stimme das ist.

»Schade. Aber ist schon in Ordnung. Ist ja auch über zehn Jahre her.«

Anna klappt die Kinnlade runter. »Sebastian?«

»*Ja, hier ist Sebastian*«, sagt die Stimme auf Deutsch.

»Ich … ich dachte, du lebst in Deutschland«, stammelt Anna.

»Ich bin vor zwei Jahren wieder hierhergezogen.«

Anna schweigt einen Moment, überrascht und aufgeregt.

»Kann ich dich auf einen Drink einladen?«, fragt er.

»*Tak*.«

Sebastian sagt, er kommt sie in einer Stunde abholen, und Anna legt dümmlich grinsend auf.

Zwei Stunden später hört sie einen Wagen hupen und linst durchs Küchenfenster. Da steht ein verbeulter Truck – so ein Star 200 aus den Achtzigern – vor dem Haus ihrer Großmutter. Als sie aus dem Treppenhaus tritt, lehnt Sebastian Tefilski an der Fahrertür und raucht eine Zigarette.

»Hat hier jemand ein Taxi bestellt?«, witzelt er.

»Du siehst ja aus wie aus der Adidas-Werbung«, sagt Anna. Er ist groß und trägt eine Basecap von Adidas, ein Adidas-Polohemd und schwarze Adidas-Turnschuhe. Er sieht besser aus, als Anna ihn sich vorgestellt hat. Sebastian lacht und zeigt seine weißen Zähne, was sie umhaut, denn weiße Zähne sind in Polen definitiv nicht typisch. Er mustert sie von oben bis unten.

»Respekt. Die Amerykanka ist erwachsen geworden.« Er schnipst seine Zigarette weg und lächelt. »Steig ein.«

Auf dem Weg in die Stadt fahren sie am Staszica-Park vorbei und am See, auf dem lauter Enten und Schwäne schwimmen. An einer roten Ampel dreht Sebastian sich zu ihr. »Wusstest du, dass Schwäne ihr ganzes Leben lang mit einem Partner zusammenbleiben?«

Ja, sagt sie, natürlich weiß sie das.

»Aber wusstest du auch, dass männliche Schwäne die einzigen Vögel sind, die einen Penis haben?«

Anna lacht. Die Worte *ihr ganzes Leben* hallen ihr noch im Kopf nach, und sie kommt sich blöd vor, jetzt schon Dinge zu interpretieren.

In einer Straßenkneipe auf der Sienkiewiczka unterhalten sie sich entspannt bei ein paar Bier, als Sebastian plötzlich sagt: »Und dann musstest du mit diesem Scheißbrief alles kaputtmachen. Mann, Baran, du könntest jetzt schon meine Frau sein, stattdessen hast du mich nach Berlin getrieben, wo ich mich mit Currywurst vollgefressen habe, um dich zu vergessen.«

Sie lacht laut. »Was für ein Scheißbrief?«

Sebastian zwinkert ihr zu und geht noch zwei Zywiec holen. Anna kann sich an keinen Brief erinnern. Sie weiß noch, dass sie Sebastian bei ihrer Abreise 1989 einen Zettel mit ihrer Adresse in die Hand gedrückt hat, und er hat ihr versprochen, ihr zu schreiben, aber das hat er nie getan. Das war's. Vielleicht hat er sie mit irgendeinem anderen Mädchen verwechselt. Als er mit zwei *kufly* zurückkommt, trinkt Anna einen kräftigen Schluck und wischt sich den Schaum von der Oberlippe.

»Ich habe dir eine ganze Menge Briefe geschrieben, Sebastian. Aber nie einen abgeschickt. Ich habe keine Ahnung, was du meinst.«

»Schon gut, Anna.« Sebastian zwinkert ihr noch einmal zu und grinst.

Vom Alkohol ermutigt, küsst Anna ihn leicht auf den

Mund, als er sie wieder in Szydłówek absetzt. Er küsst sie nicht zurück, aber er entzieht sich auch nicht. »Ich ruf dich morgen früh an. Vielleicht können wir einen Ausflug nach Krakau machen oder so.«

Am nächsten Morgen wacht Anna mit einem Kratzen im Hals und mit Schmetterlingen im Bauch auf. Gegen elf sitzt sie auf dem Balkon und wartet auf seinen Truck. Um fünf ist sie kurz davor aufzugeben, aber als Babcia die Vorhänge für die Nacht zuzieht, weigert sich Anna, ihren Schlafanzug anzuziehen. Um zehn Uhr hört sie es: ein einzelnes Hupen. Sie stürzt die Treppe hinunter wie eine Irre und ruft Babcia zu: »Wird nicht spät, aber warte nicht auf mich!«

Auf dem Hügel, wo Sebastian den Truck geparkt hat, füllt er Annas Glas nach. Der Wein ist süß und billig. »Genau wie die Gesellschaft«, witzelt Anna schon beim ersten Schluck. Sie sind fünfzehn Kilometer außerhalb von Kielce, hinter dem kleinen Dorf Masłow in den Bergen von Świętokrzyskie, und sitzen auf der offenen Ladefläche. Die Nacht ist feucht und kühl. Das Kratzen in ihrem Hals macht Anna schon den ganzen Tag Sorgen, und jeder Schluck Wein schmerzt.

Sebastian und Anna reden nicht viel, prosten sich nur ab und an zu und betrachten die Sterne. Man kann da oben alles sehen, sämtliche Sternbilder, vom Großen Bären bis zum Orion. Als sie in seinen Truck gestiegen ist, hat er ihr den schönsten Blick auf die Stadt versprochen, und das war nicht übertrieben. In der Ferne schimmert Kielce, es sieht aus wie tausende winzige Taschenlampen.

»Schön, oder?«

Sebastian nickt und lächelt. »Allerdings.« Anna kann immer noch nicht glauben, dass sie mit ihm hier ist, auf einem Date, auf das sie seit zehn Jahren wartet.

»Ich habe heute Nacht von dir geträumt«, sagt Anna.

»Oh, echt?« Sebastians Ton ist unverbindlich.

»Ja. Du hast mich mit dem Truck bei Babcia abgeholt und gesagt, du fährst mich nach Amerika. Du hattest einen weißen Hut auf. Und als wir eingestiegen sind, habe ich gesagt: ›Moment, irgendwann nach Paris kommt noch ein Ozean. Wie willst du denn da rüberfahren?‹ Und du hast gesagt: ›Keine Sorge, das schaffen wir schon.‹« Anna bereut es sofort, ihm das erzählt zu haben.

Sebastian nimmt einen Schluck aus der Flasche und schließt die Augen. »War das alles?«

»Nein, Schlaumeier, dann habe ich dir gesagt, dass ich dich liebe, und wir haben bis Frankreich durchgeknutscht.«

Er lacht laut. »Das klingt ja schon besser.«

Anna läuft knallrot an, denn das *war* verdammt noch mal der Traum. *Kocham cię*, hat sie dreimal hintereinander geflüstert, als sie die Toporowskiego hinunterfuhren, und er wandte sich ihr zu und fing an zu weinen.

»Und was machst du morgen, Baran?«

»Kommt drauf an. Vielleicht fahren wir ja wieder nach Krakau.« Anna verdreht die Augen.

»Haha.« Er öffnet ein Auge, trinkt den letzten Schluck Wein und wirft die Flasche über die Seitenwand. »Also, zur Sache, Baran: Hast du einen Freund zu Hause?«

Anna schüttelt den Kopf. Es klingt irgendwie gar nicht so, als würde es ihn wirklich interessieren. Er möchte nur den neusten Tratsch hören.

»Ich will erst mal Karriere machen, bevor ich über einen Kerl nachdenke.«

»Ihr Amis macht auch alles andersrum, hm? Guck dir mal deine besten Freundinnen an. Die sind dir meilenweit voraus in dem Spiel.«

»Welches Spiel? Und welche besten Freundinnen?«

»Marchewska, Strawicz. Kamila ist so gut wie verheiratet, Justyna hat schon ein Kind.«

»Meinst du, das weiß ich nicht?«

»Was weiß ich denn, was du weißt. Kann ja sein, dass du viel zu viel in Hollywood zu tun hast, um dich für die Neuigkeiten von hier zu interessieren.«

»Ich verstehe immer noch nicht, worauf du hinauswillst.« Anna setzt sich irritiert auf. So hatte sie sich den Abend nicht vorgestellt.

»Worauf ich hinauswill? Love is in the air, Baran, für jeden zu haben. Aber du willst wohl hoch hinaus, nehme ich an.«

»Hoch hinaus? Ich will jetzt noch nicht heiraten und Kinder kriegen, aber was ist denn daran hoch hinaus? In Amerika sagt man ›whatever floats your boat‹, also dass man das macht, wonach man sich fühlt. Es ist mein Boot, und ich brauche niemanden, der mir sagt, wie es am besten schwimmt.«

»Bis es sinkt, oder?« Sebastian lacht.

Anna fummelt an den Aufschlägen ihrer Jeans herum. »Das würde dir gefallen, was? Würde mir eine Lehre sein? Dass ich mich besser für die Mittelmäßigkeit entschieden hätte? ›Hoch hinaus‹. Du sagst das, als wäre das was Schlechtes. Warum denn? Wenn man versucht, mehr als der Rest zu erreichen, was ist man dann? Ein Angeber, oder dumm, oder hat man nur Glück gehabt? Alles – nur bewundernswert ist es für dich wohl nicht. Das erklär mir mal. Vielleicht ist dieses Land deswegen so am Ende. Weil ihr lieber auf eurem Arsch sitzt und über andere urteilt und über das Leben klagt, als die Dinge in Angriff zu nehmen.«

Sebastian sieht sie mit hochgezogenen Augenbrauen an. »Wow, wenn das mit der Schauspielerei nicht klappt, dann kannst du immer noch als Bürgermeisterin kandidieren.«

»Bist du glücklich? Bist du glücklich, mit einundzwanzig immer noch Lkw-Fahrer zu sein? Mach doch einfach so einem rehäugigen Mädchen ein Kind, die stehen doch bestimmt Schlange bei dir, und dann ist gut.«

»Nur zu Besuch herzukommen ist einfach, Anna. Versuch mal, hier zu leben, und dann reden wir weiter.«

Sebastian beugt sich zu ihr und berührt das kleine Adler-Medaillon an der Kette um ihren Hals. »*Patriotka*«, murmelt er, und dann küssen sie sich plötzlich. Es ist nicht so, wie sie es sich vorgestellt hat, aber sie ergreift den Moment und lässt ihn für eine ganze Weile nicht los. Sie küssen sich gierig, und ihre Münder schmecken immer noch nach Cabernet.

Und dann hört Sebastian genauso plötzlich wieder damit auf, steht auf, springt vom Truck und klopft sich den Staub von der Jeans.

»Es gibt da eine Frau«, sagt Sebastian leise. Und Anna weiß, dass es vorbei ist. Alles.

Sie fahren schweigend zurück, der klapprige Truck rast den Hügel hinab, und elf Minuten später biegen sie in die Toporowskiego ein, wo Anna aus dem Wagen springt, noch bevor Sebastian richtig angehalten hat.

»Wir sollten wirklich nach Krakau fahren!«, ruft er ihr hinterher, und sie dreht sich um und sieht ihn an, um sich sein Gesicht einzuprägen, seinen schuldbewussten Ausdruck und das schiefe Lächeln, die schwarzen Locken, die ihm an der Stirn kleben. Sie weiß, dass sie sich nie wieder so nah sein werden.

»Du hast meine Tasche getragen«, flüstert sie. »Du warst dreizehn, und du hast dir vor allen anderen meine Reisetasche über die Schulter geworfen.«

Sebastian steckt den Kopf aus dem Fenster. »Was? Ich kann dich nicht hören, Anna. Komm noch mal kurz her.« Aber

Anna dreht sich um und rennt ins Haus, rennt die drei Treppenabsätze hinauf und wirft dabei fast Pani Nowacka um, die gerade zur Arbeit geht.

Am Nachmittag erwacht Anna auf dem Sofa, und Babcia sitzt neben ihr. Sie hat ein nasses Geschirrtuch in der Hand, das sie Anna sanft auf die Stirn legt. Das Tuch jagt Anna eisig heiße Schauer über den Rücken, und sie dreht schwach den Kopf zur Seite, um das Tuch abzuschütteln.

»Du hast Fieber, *córeczko*, und zwar nicht zu knapp«, sagt Babcia. Anna öffnet den Mund und jammert vor Schmerz; ihre Lippen sind ganz trocken und rissig. »Mein Hals«, krächzt sie auf Englisch, in der Hoffnung, dass Babcia schon richtig raten wird, denn wenn sie die offenen polnischen Vokale in *moje gardło* aussprechen müsste, würde ihr Hals wahrscheinlich anfangen zu bluten. Ihre Großmutter schüttelt den Kopf und legt Anna die Hand auf die Brust. »Dein Herz.«

Anna schaut in das liebevolle Gesicht ihrer Großmutter, in ihre titangrauen Augen. »Ach, Quatsch, Babcia« bringt sie heraus.

»Ich habe doch gesehen, wie du gestern Abend die Treppe runtergesaust bist. *Córeczko*, hast du mit ihm geschlafen?«

Anna schüttelt den Kopf, überrascht von der Frage. Wenn Anna sprechen könnte, und wenn sie mit Babcia über solche Dinge sprechen könnte, dann würde sie ihr beichten, dass sie in der vergangenen Nacht diejenige gewesen war, die mit Sebastian schlafen wollte, und dass sie es gewesen war, die nicht aufhören wollte zu knutschen.

»Konntest du ihm alles sagen, was du sagen wolltest?« Wieder schüttelt Anna den Kopf. Sie hat Tränen in den Augen, ist ganz verwirrt und kommt sich blöd vor. Sie wünscht sich, Sebastian hätte sie gar nicht erst angerufen.

»Kein Wunder hast du Halsschmerzen.«

»Ich hab mich nur erkältet, Babcia. Es war eiskalt gestern Nacht.« Anna versucht, sich aufzusetzen.

Eigentlich möchte Anna sich das alles einfach wegschlafen, aber Babcia fährt fort. »Habe ich dir je erzählt, was mir passiert ist, nachdem ich deinem Großvater zum ersten Mal begegnet bin?« Babcia wischt sich die Hände an der Schürze ab und faltet sie auf ihrem Schoß. »Ich war siebzehn. Es war Sommer, und ich war auf dem Rückweg aus der Stadt. Ich hatte beide Hände voller Einkaufstüten, ich war müde, es war heiß, und ich habe nicht so richtig aufgepasst, wo ich hintrete. Ich bin über die Straße gegangen und über den Bordstein gestolpert und habe mir das Knie aufgeschlagen. Ich hätte Strümpfe tragen sollen, aber es war einfach zu heiß an dem Tag. Meine Mutter hatte schon geschimpft, aber das war mir doch egal.« Babcia lächelt bei dieser Erinnerung.

»Jedenfalls, meine Einkäufe sind natürlich in alle Richtungen geflogen, und plötzlich war da ein Schatten über mir. Ich sah hoch, und da stand er, dein Großvater. Oh, Aniusia, er sah damals so schick aus. Er kniete sich hin, leckte ohne ein Wort seinen Finger an und tupfte mir das Blut vom Knie. Dann stand er wieder auf, tippte sich an den Hut, sagte ›Stefan Chmielinski, stets zu Diensten‹, und dann schlenderte er davon und ließ mich auf dem Bürgersteig mit dem ganzen Chaos allein. Das war dann auch in unserer Ehe sein Modus Operandi, aber was wusste ich denn damals schon.« Babcia hat sich vor Ewigkeiten von *dziadek* Stefan scheiden lassen, lange bevor Anna geboren wurde.

»Na ja, am nächsten Tag bin ich aufgewacht und hatte am ganzen Körper Ausschlag, juckende rote Pickel von Kopf bis Fuß. Die Ärzte kamen und untersuchten mich, und keiner von ihnen konnte sich erklären, was das war. Aber meine Großmutter, deine *pra-pra-babcia* Walentyna wusste es. ›Dieser Stefan, der ist dir unter die Haut gegangen, Helenka, und solange du ihn nicht wiedersiehst, wird auch der Ausschlag nicht weggehen.‹ Und sie hatte recht.«

In Annas Ohren klingt das nach einer ganz netten Geschichte, aber mehr auch nicht. Sie hat keinen Liebeskummer, sondern hat eine Halsentzündung, die sich schon seit Tagen angekündigt hat, das ist alles. Aber mit Babcia lässt sich über solche Dinge nicht diskutieren. Diese Frau schwört Stein und Bein, dass Krebs tatsächlich eine Art Krabbe sei, die im menschlichen Körper schlummert, und wenn sie »aufwacht«, frisst sie ihren Wirt von innen auf. Anna würde am liebsten laut lachen, aber dann müsste sie mit Babcia über ihre Geschichte diskutieren, und dazu ist sie viel zu müde. Also schließt sie die Augen.

Als Anna fünf Tage später im Flugzeug sitzt, auf dem Weg zurück nach JFK, hat sie immer noch Halsschmerzen. Beim Start wischt sie sich die Tränen aus den Augen; es wird ihr nie leichtfallen, Polen zu verlassen. Trotzdem lässt Anna die nächsten neun Stunden lang ihren Aufenthalt noch einmal Revue passieren und fragt sich, ob die Sommer in Kielce den Aufwand noch lohnen. Irgendwie hat ihre Heimatstadt ihren Glanz verloren. Als der Zollbeamte Anna diesmal ihren amerikanischen Pass zurückgibt und »Willkommen zu Hause« sagt, verdreht sie nicht die Augen.

KAMILA
Warschau, Polen

»Und nachdem ich dem Thema ungefähr mein ganzes Leben lang aus dem Weg gegangen bin, bin ich schließlich niedergekniet, mitten auf dem Zamkowy-Platz, und habe Kamila gefragt, ob sie meine Frau werden will. Und Gott sei Dank hat sie ja gesagt. Ich hatte das gar nicht wirklich geplant, auch wenn ich schon seit Jahren drüber nachdenke.«

»Seit *Jahren*«, stimmt Kamila ein, sie kann einfach nicht anders.

»Okay, okay, *koteczku.*« Emil wird rot, spricht aber weiter: »Aber ich habe nicht gedacht, dass es gestern passieren würde! Als wir gepackt haben, dachte ich, nimm einfach mal den Ring mit, falls du plötzlich in der Stimmung bist. Und das war ich dann total. Und wie. Touristen haben Fotos von uns gemacht und so.« Emil legt demonstrativ den Arm um Kamila und drückt sie schnell an sich, als hätte sie für sein Fußballteam ein Tor geschossen. »Wir müssen den Ring noch mal ändern lassen, deswegen trägt sie ihn im Moment nicht – es ist der von meiner Urgroßmutter, die hatte wirklich winzige Finger. Kamila hat eher Pranken, nicht wahr, *kochanie*?«

»Das ist das Romantischste, was ich je gehört habe!«, quietscht Jola und stößt Norbert mit dem Ellbogen an.

Kamila trinkt einen Schluck Daiquiri und schiebt den Drink im Mund herum, bevor sie die Augen verdreht. »›Kamila hat Pranken‹ ist das Romantischste, was du je gehört hast?« Alle lachen.

Norbert zündet seiner Freundin die dritte Vogue in Folge an. Kamila versucht den ganzen Abend, nicht auf seine frisch transplantierten Haare zu gucken, aber das misslingt ihr gründlich. Es sieht aus, als würden kleine, schwarze Rüben in Reihen auf seinem Kopf wachsen.

»Lasst uns eine Party im Landhaus machen, bevor ihr am Montag fahrt. Eine Verlobungsparty. Wir hatten schon ewig keine Party mehr in der *chatka*, oder was meinst du, Jolusia?« Norbert zwinkert ihr zu.

Jola dreht die dünne Zigarette zwischen ihren Fingern, ihre French Nails glitzern, und sie nickt begeistert. »*Za długo*!«, ruft sie. Kamila ist fasziniert von ihrer Cousine Jola, von ihren fünf Zentimeter langen Nägeln (»Acryl! Asiatischer Salon. Kamila, ehrlich, diese Asiaten haben es echt drauf.«); davon, wie sie auf ihren acht Zentimeter hohen Absätzen in einen Raum stolziert und wie sie ihren zweiundvierzig Jahre alten Chef vögelt, einen gutgläubigen polnischen Millionär, der eine Praxis für plastische Chirurgie hat und außerdem eine Frau und zwei Kinder.

»Aber morgen bin ich doch dran«, erinnert Kamila sie.

»Dann verschieben wir das eben auf Montag. Jola, das kriegst du doch organisiert, oder, *kotku*?« Er lacht laut, denn natürlich kriegt Jola das hin. Wenn sie könnte, würde sie hier und jetzt den Praxiskalender hervorziehen. Sie würde alles für Norbert tun, schließlich hat ihr Job bei ihm jede Menge Vorzüge, beispielsweise die Wochenendausflüge in seine *chatka* in Suruck, außerhalb der Stadt. *Chatka*, du meine Güte, denkt Kamila. Das ist keine Hütte, nicht mal annähernd. Das Ferienhaus, in dem sie und Emil die letzten zwei Wochen verbracht haben, ist eher eine Art Schloss, mit Türmchen und Balkonen und Ställen auf den umliegenden Feldern.

Norbert winkt eine Kellnerin herbei, und Kamila entschuldigt sich. Jola springt auf und folgt ihr. »Man meint echt, die bräuchten jemanden, der ihnen den Hintern abwischt oder so«, hört Kamila Norbert zu Emil sagen. Kamila zuckt zusammen, als Emil anfängt zu kichern.

Die Toiletten sind blitzblank, die Handtücher perfekt gefaltet. Weiße Rexona-Deos und Elnett-Dosen stehen in ordentlichen Reihen neben den Waschbecken. Man kommt sich vor wie in einem Fünf-Sterne-Spa, nicht wie auf der Toilette; selbst beim Scheißen ist die Gegend um Warschau so viel sauberer, moderner und schicker als Kielce. Plötzlich ist Kamila ganz überwältigt. Sie steht vor den riesigen Spiegeln und betrachtet ihren gnadenlos kurzgeschnittenen Pony und ihre großen Pranken.

»Ich fasse es nicht, dass du heiratest, Machewska. Ich wollte das da drinnen nicht so sagen, aber es wird echt Zeit.« Jola kichert und zieht ihren knallrosa Lippenstift nach.

»Jolus, nenn mich doch nicht beim Nachnamen, bitte. ›Marchewska‹ trägt ein Kopftuch und bringt sonntags ein Glas Rote Bete mit zum Kirchenbasar, okay?«

»Du bist so witzig, Marchewska – ich meine, Frau Ludek!« Jola lacht.

»Nein. Ich bin scheißnervös«, flüstert Kamila, und die Toilettenfrau tut so, als wäre sie beschäftigt.

»Es wird *supersko, kochanie*. Du musst wieder hierherkommen, um das Kleid zu kaufen, logisch. In Kielce kriegt man ja keine Couture. Wer wird denn deine Trauzeugin, hm?« Jola reißt theatralisch die Augen auf. »Okay, das brauchst du nicht zu beantworten, aber denk dran, dass ich den knallermäßigen Junggesellinnenabschied schmeißen würde. Letztes Jahr hat hier so ein Laden aufgemacht, der heißt Fantom. So eine Art schwuler Nachtclub, wo man zugucken kann, wie die Männer es miteinander treiben. Es gibt kein Schild oder so was, man muss einfach klingeln. Und ein paar von den Jungs haben

Glitzer am Sack!« Jola packt ihre Brüste und rückt sie zurecht. Kamila weiß nicht, was sie zu alldem sagen soll.

»Ich bin nervös wegen *morgen*«, korrigiert sie ihre Cousine.

»Ach Gott, Kamila, Norbert ist der Beste für so was. Deine neue Nase wird super! Mal ehrlich«, kichert Jola, »diese *nochal* wird dir doch nicht gerecht. Weg mit der alten, Schatz, und her mit der neuen! Du bist jetzt in Warschau.«

»Meine Gurke. Klar.« Sie fragt sich, was ihr Vater wohl denken wird, wenn er sie das nächste Mal sieht. Sie lässt sich *seine* Nase wegmachen, seinen genetischen Fingerabdruck. Ihr ganzes Leben lang hat Kamila von einer Veränderung geträumt, einem anderen Körper, denn Schönheit zeigt sich ja nicht nur an der Haut, sondern liegt auch in Gewebe und Muskeln verborgen. Ihren Charakter findet Kamila ganz in Ordnung, sie hält sich für vernünftig und unternehmungslustig; aber seit Maciek Toboszycki ihr gesagt hat, sie sei hässlich, seitdem er sie vor der gesamten vierten Klasse *brzydula* genannt hat, will Kamila ihr Gesicht wegradieren und noch mal von vorn anfangen. Und jetzt wird sie genau das tun. Sie denkt an das Bild, das sie schon seit Wochen in ihrem Portmonnaie hat – eine Nahaufnahme von Michelle Pfeiffers winziger Knopfnase. Als sie es Norbert letzte Woche nervös gezeigt hat, hat er gelächelt. »Nun ja, ich kann auch keine Wunder vollbringen, Kamila, aber ich kann es versuchen.«

Jola richtet sich auf und betrachtet sich ein letztes Mal im Spiegel. »Wir sollten mal wieder reingehen, die denken ja sonst, wir sind ins Klo gefallen.«

»Würdest du Norbert heiraten, wenn du könntest?«, fragt Kamila. Jola starrt sie eine Minute lang an, dann prustet sie los.

»Spinnst du, *dziewczyno*? Der ist ungefähr hundert Jahre

alt.« In diesem Moment merkt Kamila, dass sie ihre Cousine unterschätzt hat. Jolas Affäre mit Norbert mag schmutzig und falsch sein, und sie wird vermutlich nicht mehr lange dauern, aber genau deswegen ist sie so gut. Kamila versucht kurz, sich ein Leben vorzustellen, in dem nichts wichtig ist, außer Spaß zu haben.

Als Norbert und Jola sie an der Villa absetzen, ist Emil einigermaßen betrunken, fällt im Auto auf Kamilas Schoß und grapscht nach ihr. Das ist alles nur Show, und genau das hat Emil ziemlich gut drauf. Aber wann immer sie hinter verschlossenen Türen sind, rollt Emil sich auf dem Sofa zusammen und klagt über Kopf- oder Bauchschmerzen. Das kennt Kamila inzwischen, und dennoch ist sie jedes Mal aufs Neue enttäuscht.

»Wir gehen heute Nacht ins Hotel, *kochanie*. Dann habt ihr das Haus für euch.« Jola zwinkert Kamila zu.

»Lass uns das morgen nicht verschieben, Norbert. Die Idee mit der Party ist echt verlockend, aber ich will das erst hinter mich bringen, okay?«, fragt Kamila und tippt sich leicht an die Nase, bevor sie aussteigt. Norbert willigt hastig ein, seine Hand ist bereits irgendwo unter Jolas Kleid, und dann fahren die beiden in die Nacht.

Die Villa ist dunkel, aber Kamila macht kein Licht an. Plötzlich fühlt sie sich einsam und unsicher und würde sich am liebsten zu Hause auf ihr eigenes Bett werfen.

»Ich dusche noch schnell. Ich stinke so nach Rauch«, sagt Emil und macht sich auf den Weg ins Bad.

Kamila nimmt sich einen Whiskey aus der Bar und geht auf die Terrasse hinaus. Die Nacht ist sternenklar. Sie lauscht den Zikaden und dem oben laufenden Wasser, und irgendwo unter all den Geräuschen hört sie ihr eigenes Herz klopfen.

Am Vorabend dessen, wovon sie seit Jahren geträumt hat, am Abend, nachdem Emil ihr einen Heiratsantrag gemacht hat und bevor sie eine neue Nase bekommt, fühlt sie sich plötzlich verunsichert.

In der Stille der Nacht hört sie Annas und Justynas Stimmen, sie sieht ihre sechzehnjährigen Gesichter vor sich, sieht die beiden an der Schwelle zum richtigen Leben stehen, die sie aber noch nicht überschritten haben. Sie hat Justyna zuletzt vor ein paar Monaten gesehen, sie sind sich zufällig auf der Sienkiewicza-Straße über den Weg gelaufen. Justyna hatte Damian dabei, aber sie ging spontan ein Bier mit Kamila trinken. *Pamiętasz, pamiętasz?*, lachten sie und nippten an ihrem *piwo*. Sie sprachen nicht über Justynas Mutter oder Kamilas Probleme mit Emil. Sie sprachen über das Einzige, was sie noch gemeinsam hatten: die Vergangenheit. Es war nett, aber am Ende sagte keine von beiden, dass sie das unbedingt wiederholen müssten. Kamila kippt den Rest des Whiskeys über die Balkonbrüstung und geht wieder hinein. Emil ist im Schlafzimmer und liest ein Buch. Kamila zieht sich schweigend aus und schlüpft unter die Bettdecke, nackt und zitternd. Sie kann sich nicht mal erinnern, wann sie zuletzt miteinander geschlafen haben. Es ist Monate her, womöglich Jahre.

Sie findet Emils Penis mit der linken Hand, und mit der rechten stimuliert sie sich selbst. Emil blättert eine Seite um.

»Du *musst*. *Wir* müssen. Was sollen wir denn unseren Kindern über unsere Verlobungsnacht erzählen?«, bittet Kamila.

»Kinder? Über so was reden wir nicht mit unseren Kindern«, flüstert Emil.

»Dann wäre es nur meine persönliche Demütigung, mein Bräutigam, wenn du mich in unserer Verlobungsnacht schmachten lässt. Du willst mich ja wohl nicht durch dieses

Schloss schicken, mir eine Banane suchen.« Kamila lacht, um die Stimmung etwas aufzulockern.

»Echt, Kamila.« Emil tut enttäuscht.

»Angeblich hat man ja keinen Sex mehr, sobald man verheiratet ist«, und dann bekommt sie einen Lachanfall. Emil seufzt und legt das Buch auf seinen Nachttisch.

»Kamila, Kamila«, flüstert Emil und zeichnet mit den Fingerspitzen die Konturen ihrer Nase mit ihren Höhen und Tiefen nach. Als er ihre Lippen teilt und seinen Finger in ihrem Mund lässt, hört sie auf zu lachen.

»Kamila, du bist meine Seelenverwandte. Das ist so viel wert! Du bist in der zweiten Klasse für mich eingestanden, und da wusste ich, dass wir für einander gemacht sind. Ich habe damals keinen Blow Job zum Beweis gebraucht, und ich brauche auch jetzt keinen. Tiere ficken zur Arterhaltung. Aber wir sind keine Tiere. Wir sind mehr als nur Fleisch. Und wenn dir das nicht genügt, dann weiß ich auch nicht.«

Kamila hämmert das Herz in der Brust. Sie denkt an seinen Auftritt auf dem Platz an diesem Tag. Emil hat gegrinst wie ein Trottel, und der Schweiß rann ihm in Strömen übers Gesicht, als er mit großer Geste ausrief: »Heirate mich!« Kamila hatte sich immer vorgestellt, dass er sie in einem intimen Moment fragen würde, denn Emil war am aufrichtigsten und am meisten er selbst, wenn sie allein waren. Sie hatte sich vorgestellt, dass er ruhig und konzentriert sein würde, verletzlich in seinem Wunsch, sie zu seiner Frau zu machen. Sie stellte sich Freudentränen und einen innigen Kuss vor. Sie hat sich niemals eine Schar saudischer Touristen vorgestellt, die sie fotografierten, als er sich auf ein Knie niederließ.

Am liebsten würde sie ihn geradeheraus fragen, ob sie sich zum Zölibat verpflichten muss. Meint er das? Dass sie nie wieder Sex haben werden? Aber Kamila traut sich nicht zu fragen, sie hat Angst vor der Gewissheit. Emil streichelt ihr die Stirn.

»Ohne dich bin ich nichts, ich möchte dich immer bei mir haben, und ich kann mir nicht vorstellen, dass du nicht meine Frau bist. Und es tut mir leid, dass ich deine Hände vorhin Pranken genannt habe. Das klang viel härter, als es gemeint war. Deine Hände, Kamila …« Er greift unter die Bettdecke, holt sie hervor und legt sein Gesicht hinein. »Deine Hände sind mein Schutzschild, mein Trost, mein Alles. Und sie sind zu etwas Besserem gemacht als so was«, und er lächelt.

»Okay, *kochanie*. Noch so eine Nacht.« Sie seufzt und schließt die Augen.

Als Kamila am nächsten Morgen aufwacht, riecht es nach Kaffee und Würstchen. Emil steht fix und fertig angezogen in der Küche.

»Schatz, ich muss doch nüchtern zur OP. Aber danke.« Emil nimmt sich selbst eine ordentliche Portion und kaut schweigend. Sie merkt, dass er auch angespannt ist.

»Ich glaube, ich kann vor der OP auch nichts essen. Aber einen Drink könnte ich gebrauchen.« Er lacht sein helles, kicheriges Lachen.

»Kamila, ich sage das jetzt *einmal*, und ich sage es hier, weil ich mir in der Klinik viel zu viel Sorgen machen werde, aber hör mir zu: Ich liebe dich so, wie du bist. Ich liebe dein Gesicht. Und ich weiß, dass du das nicht für mich tust, dass du das für dich selbst willst, aber ich wollte noch mal gesagt haben, dass ich dich hinterher nicht attraktiver finden werde als jetzt, und deswegen …« Und da bricht er ab und lässt Dinge unausgesprochen, aber sie hört ihn, laut und deutlich. Eine bessere Nase wird nicht für besseren Sex sorgen. Und für einen Augenblick will Kamila einfach nur nach Hause.

Auf der Taxifahrt in die Klinik ruft Emil ihren Freund Wojtek an, der Kamilas Wohnung hütet, solange sie unterwegs sind, die Blumen gießt und so weiter. Emil erzählt ihm, wie cool die Hauptstadt ist, wie abgefahren die Nachtclubs und wie schick die Restaurants. Er plant bereits einen Kurztrip zu dritt, vielleicht im Oktober.

»*Mówię ci, superosko*! Und vielleicht lässt Norbi uns wieder in der Villa wohnen! *Brachol*, und wenn ich Villa sage, dann meine ich ein Schloss … *tak*! Mit Türmchen und allen Schikanen! … Jetzt? Jetzt fahren wir los und gucken mal nach einer neuen Nase für mein Mädchen hier.« Emil dreht sich zu Kamila und zwinkert ihr übertrieben zu.

»Für meine Verlobte, meinst du.« Kamila korrigiert ihn, und Emil legt schnell die Hand über die Muschel, schüttelt den Kopf und bewegt den Mund zu einem *Nicht jetzt*. »Wojtuś, ich muss Schluss machen, wir sind fast da. Ich melde mich, nachdem … Sage ich ihr. *Buziaki*.« Er legt auf und lehnt sich zurück. Kamila starrt ihn an.

»Das ist komisch, dass du einfach so *buziaki* sagst. *Buziaki* für ihn von wem? Von mir? Küsse von uns? Verstehe ich nicht. Das klingt … *komisch*.«

Emil sieht Kamila aus dem Augenwinkel an.

»Wojtek soll mein Trauzeuge sein. Deswegen wollte ich es ihm nicht erzählen, ich will es ihm persönlich sagen. Ich weiß doch genau, dass du deshalb sauer bist und nicht wegen der *buziaki*.«

»Dir entgeht auch nichts.«

Sie bekommt sofort ein schlechtes Gewissen.

»Tut mir leid. Meine Nerven. Ich bin total durch den Wind, *kochanie*. Am besten sage ich gar nichts mehr.« Und das tut sie dann auch nicht, bis sie an der Rezeption stehen, wo Jola sie mit einem breiten Grinsen begrüßt.

»Norbert nimmt mich mit nach Ibiza!«, flüstert sie und

fährt dann mit normaler Stimme fort: »Dann machen wir erst mal den Papierkram, das nervt fürchterlich, muss aber sein. Dann nimmt Kinga dich mit nach hinten und bereitet dich vor. Du hast nichts gegessen oder getrunken, ja?«

Kamila nickt, und Emil trommelt auf den Tresen. Sie wünschte, er wäre robuster, aber er ist nervöser als sie. Sie legt ihre Hand auf seine, um ihn zu beruhigen, aber er zuckt zusammen.

»*Chłopię, du* musst doch nicht unters Messer. Mach dich mal locker!«, befiehlt Jola und wendet sich wieder Kamila zu. »Nichts, ja? Nicht mal ein bisschen flüssiges Protein?« Jola zwinkert Kamila zu, die sofort rot wird.

»Nichts.«

Jola lacht und reicht Kamila ein Klemmbrett und einen Stift. Sie setzt sich ins leere Wartezimmer, und Emil lässt sich neben sie plumpsen und sieht ihr über die Schulter. Kamila versucht ein paar Minuten lang, sich zu konzentrieren, bis sie das Gefühl hat, ihn wegwedeln zu wollen wie eine Fliege, die ihr vor dem Gesicht herumsummt, und plötzlich springt Emil auf, als hätte sie genau das getan.

»Hey, ich hole mir eine *herbata* aus dem Laden nebenan. Willst du auch was?«

Kamila sieht ungläubig von den Papieren auf. »*Ich darf nichts essen oder trinken.*«

»Klar. Sorry. Klar.« Und damit küsst er sie flüchtig auf die Wange und sprintet davon, zeigt ihr aber vorher noch ganz albern die Daumen nach oben, dann verschwindet er.

»Ibiza, Kamila! In einem FKK-Strandhotel!« Kamila lächelt, während sie die Papiere ausfüllt: Name, Alter, Geburtsdatum, Allergien, Unterschrift, Unterschrift, verkaufen Sie hier Ihr Leben auf der gepunkteten Linie, bitte in Druckbuchstaben. Ihr dreht sich der Kopf.

Jola lächelt und drückt den Knopf der Sprechanlage. »Kinga, Pani Marchewska wäre dann so weit.«

Eine Viertelstunde später liegt sie in einem Papierkittel und mit Haarnetz auf einer Metallplatte und wartet. Sie wäre am liebsten schon unter Narkose. Sie will die Augen schließen und es hinter sich bringen.

Norbert kommt herein, in voller Montur, und fummelt mit einem Paar hautfarbener Latexhandschuhe herum.

»Kamila! Auf dem Rücken und zu allem bereit! Wie deine Cousine!« Norbert lacht schallend. »*Gotowa*?«

Kamila nickt schwach. »Ich bin bereit.«

»Okay, Doktor Gniadzo ist gleich hier, um die Narkose zu machen. Wenn wir dich abgeschossen haben, sollte die ganze Sache ungefähr eine Dreiviertelstunde dauern, je nachdem, wie gefügig dein Knorpel ist.« Norbert lächelt.

»So, und jetzt erzähle ich dir das Kleingedruckte, denn hinterher bist du voller Drogen und verstehst eh nichts. Jola gibt dir ein Nachsorge-Paket. Du musst dir dreimal täglich mit Wasserstoffperoxid die Nase reinigen, mit Q-Tips. Und immer schön Vaseline auftragen, weil alles trocken und wund sein wird. Ich gebe dir Kochsalzspray mit; kannst du reichlich benutzen. Du solltest ungefähr einen Monat lang auf dem Rücken und mit hochgelagertem Kopf schlafen. Und in den ersten Wochen – sorry an Emil – allein schlafen, falls er dich mit dem Ellbogen erwischt oder so was.« Norbert lässt die Latexhandschuhe schnalzen. »Und kein Sex. Egal welcher Art. Entschuldigung an den Herrn. Nicht vornüberbeugen, nichts heben. Nicht die Augenbrauen zupfen, kein Lippenstift. Nicht übermäßig grinsen.« Norbert grinst und fährt fort. »Nicht niesen. Kein Alkohol, kein Koffein, keine Zigaretten. Du wirst blaue Flecken und Schwellungen und Nasenbluten haben. Wenn du stark blutest, ruf mich an. In einer Woche sollte die Schiene abgenommen werden, aber das kannst du in Kielce machen lassen. Normalerweise müsstest du das Ergebnis schon in zwei Wochen sehen können, aber es kann bis zu einem Jahr dauern, bis man das Endergebnis wirklich beurteilen kann. Oh, und du könntest Depressionen bekommen, aber weiß Gott warum, denn du wirst hinterher deutlich besser aussehen als jetzt.« Norbert grinst Kamila noch einmal ekelhaft an. »Alles mitbekommen, Pfeiffer?«

»Nicht niesen?« Kamila ist verdattert. Kamila hat ihr ganzes Leben auf das hier gewartet, und jetzt geht es ihr alles zu schnell.

»Nicht niesen? Kein *Sex*, Kamila! Das sollte deine Hauptsorge sein. Vier Wochen ohne sind verdammt lang.« Kamila bringt ein Lächeln zustande. Vier Wochen sind ein Klacks für sie. Der Anästhesist kommt herein, nickt höflich und fängt an, an irgendwelchen Rädchen zu drehen. Er gibt Kamila eine Spritze, und sofort drehen sich ihre Augen nach innen. Sie merkt, wie ihr Atem langsamer wird, und es fühlt sich sehr gut an; dieser Moment, in dem man merkt, dass man unterwegs ist in die absolute Dunkelheit.

JUSTYNA
Kielce, Polen

»Du bist dran«, grummelt Justyna.

»Aber ich hab schon gestern«, grollt Paweł zurück.

»Ja, aber ich bin heute Nacht zweimal aufgestanden.«

»Was meinst du?«

»Was ich meine? Ich meine: zweimal, heute Nacht.«

»Wann denn zweimal?«

»Um halb zwei und dann noch mal um vier. Er wollte Wasser. Also bist du dran.«

Paweł murmelt »*Kurwa mać*« und hievt sich hoch. Er hält kurz auf der Bettkante inne und schiebt das Unvermeidliche vor sich her. Er dreht den Kopf in alle Richtungen, lässt seine Wirbelsäule knacken und schüttelt den Kopf, als hätte er Wasser in den Ohren.

»Paweł!«, ruft Justyna und versucht, ihm in den Hintern zu treten. Er zieht seine Jogginghose an und schnappt sich seinen Sohn aus der Mitte des Bettes.

»Ach, Scheiße, die Windel hat schon wieder nicht gehalten.«

Justyna zeigt schweigend zur Tür und dreht sich um. Sie hört, wie Paweł die schmutzige Windel abreißt und Damian sich windet.

»Du musst dein Pipi bis morgens bei dir behalten, *synku*! Du bist doch schon ein großer Junge, oder?« Seine Stimme wird strenger, und er stupst Justyna mit dem Fuß an. »Keine Pampers mehr in der Nacht, Justyna! Er lernt es sonst nie.«

»Mama! Maaamaaa! *Wstawaj*!«, kreischt Damian und versucht, sich Paweł zu entwinden.

»Er will zu dir.«

»Und ich will einen Lamborghini und eine Bindegewebsmassage. Aber das heißt verdammt noch mal nicht, dass ich das auch kriege.«

»Wenn er das nächste Mal mitten in der Nacht in unser Bett kriecht, dann bringen wir ihn zurück in sein Zimmer. Er ist drei, verdammt. Er muss in seinem eigenen Bett schlafen. Weil, ich kann nicht mehr. Ich muss in einer Stunde arbeiten, *kurwa mać*.«

»Ich muss auch in einer Stunde arbeiten. Man nennt das Mutterschaft, *cwaniaku*, und es wird nicht mal bezahlt.«

Kopfschüttelnd greift Paweł nach frischen Klamotten für Damian, geht aus dem Schlafzimmer und schließt leise die Tür hinter sich. Justyna versteht, warum er sauer auf sie ist. Sie sollte Damian nicht immer in ihr Bett lassen; aber um drei Uhr morgens ist es einfacher, als wenn er einen Tobsuchtsanfall bekäme.

Justyna vergewissert sich, dass Paweł und Damian wirklich draußen sind, bevor sie die Augen ganz aufmacht. Sie wird sowieso nicht wieder einschlafen, aber sie wird auf jeden Fall hier liegen bleiben bis fünf vor sieben, bis fünf Minuten, bevor Paweł gehen muss. Manchmal, an Tagen, an denen Justyna kurz davor ist, Damian zu erwürgen, setzt sie ihn in dieses Zimmer, gibt ihm einen Babybecher und einen *smoczek* zum Nuckeln und macht die Tür hinter sich zu. Ihr Sohn heult dann eine Stunde lang, aber wenn Justyna unten ist und den Fernseher laut genug dreht, dann kann sie sein Gejammer ausblenden, und das tut sie auch.

Bevor Damian zur Welt kam, hat Justyna manchmal bis mittags geschlafen, wenn sie Lust dazu hatte. Jetzt lebt sie nur auf die Freitage hin, an denen sie ein paar Sachen für Damian in einen Rucksack wirft und sie den Bus zu Babcia Kazias

Wohnung in Szydłówek nehmen, wo Damian das Wochenende verbringt. Sie kostet ihre Freiheit bis zum letzten Tropfen aus, bis sonntagnachmittags um drei, wenn sie wieder den Bus nehmen und das rotznasige, aufgedrehte Kleinkind abholen muss, das ihr seine speckigen Ärmchen um den Hals wirft, als wäre sie wochen- und monatelang weggewesen und nicht bloß einundsiebzigeinhalb herrliche Stunden. Zum Glück ist heute Freitag.

Am letzten Wochenende haben Paweł und sie und ein paar Freunde sich in einen Van gequetscht, sind nach Krakau gefahren und haben bis Sonntagmorgen durchgefeiert. Justyna und Paweł konnten auf der Heimfahrt die Hände nicht voneinander lassen, und als sie nach Kielce hineinfuhren, flüsterte Justyna Paweł ins Ohr: »Wünschst du dir nicht auch, wir könnten zurück?«

»Wir fahren einfach nächstes Wochenende wieder, *myszko*.«

Justyna schüttelte den Kopf. *Nein, nein*, wollte sie sagen. *Nicht zurück nach Krakau. Zurück in der Zeit, zurück in das Jahr, in dem wir sechzehn waren.*

Nicht, dass sie es bereuen würde, Damian bekommen zu haben. Damian ist passiert, als er passieren sollte, er ist aus Liebe passiert. Sie bereut es nicht, aber sie bedauert es. Das ist ein winziger Unterschied, aber Justyna legt großen Wert auf diesen Unterschied.

Es ist einfach so, dass Damian dauernd im Weg ist. Wie letzte Woche, als sie ihn zum Kinderarzt schleppen musste, weil er Husten hatte. Seit dieser Lungenentzündung vor einem halben Jahr bekommt Justyna beim kleinsten Anzeichen einer Erkältung Panik. Der Tod ihrer Mutter hat sie schwer getroffen, aber da konnte sie ihre Trauer bewältigen und weitermachen. Aber der Gedanke daran, dass ihr Sohn sterben könnte, bringt sie nahezu um, also schleppt sie ihn bei jedem kleinsten Schniefen zum Arzt.

Die *poczekalnia* der Klinik war voll, und Damian war total überdreht, er weinte, lachte, verschüttete Wasser und warf seine Schuhe durch die Gegend. Justyna versuchte es erst mit Anschreien, dann packte sie ihn am Arm und hielt ihn fest, aber schließlich zog sie sich auf die Taktik zurück, die sie in letzter Zeit meistens anwandte: Sie gab auf und nahm sich eine Zeitschrift. Eine andere Mutter, deren Tochter stumm zu ihren Füßen saß, beugte sich zu Justyna, räusperte sich und sagte: »Wenn Sie ihn nicht im Griff haben, hätten Sie ihn vielleicht gar nicht erst kriegen sollen.«

Justyna blinzelte. »Wie bitte?«

Die Frau senkte verschwörerisch die Stimme. »Tut mir leid, aber ich sehe doch, dass Sie überfordert sind.«

»Sie sehen, dass ich überfordert bin«, wiederholte Justyna langsam. Die anderen Frauen im Wartezimmer wandten die Blicke ab.

»Ja, das tue ich. Sehen Sie ihn doch mal an. Sehen Sie *sich* mal an. Ich sehe das immer wieder, wissen Sie. Und es wird immer schlimmer. Bald ist er ein richtiger Junge, und dann ein Teenager, und dann ein Mann, und Ihnen steht es immer noch bis hier. Mir tut es halt total leid für den Kleinen.«

Justyna stand auf und ballte die Faust. Sie hatte schon lange niemanden mehr geschlagen.

»Sie sehen, dass ich überfordert bin, *kurwo*? Sie sehen gar nichts. Sie sehen nur eine Statistik. Wenn mein Sohn nicht hier wäre, würde ich Sie dermaßen zusammenschlagen, mit Ihren beschissenen manikürten Fingerchen. Damian, *idziemy*!« Als Damian die Worte »Wir gehen« hörte, kam er aus seinem Versteck und rief »*Hura! Hura!*« Justyna nahm seine Sandalen und seine Hand.

»Und eins noch, *pizdo*. Weißt du, wer noch als Teenager ein Baby bekommen hat? Die heilige Maria, verfickte Mutter Gottes! Und aus dem Scheißer ist auch noch was geworden, der Scheißer hat die Welt gerettet, oder nicht?«

Aber die Worte der Frau lassen Justyna keine Ruhe. Sie hat noch nie darüber nachgedacht, ob sie überfordert ist, aber die Schlampe hat ja recht.

Um zehn vor sieben rollt Justyna sich aus dem Bett und betrachtet sich selbst im großen Spiegel an der Tür. Ihre Brüste stehen keck in die Luft; dadurch, dass sie nicht gestillt hat, hat sie sie immerhin vor dem Verderben gerettet.

Sie lebt für diese Freitage, an denen sie ausgehen. Kielce mag nicht Warschau oder Danzig sein, aber es ist *ihre* Stadt. Der Busbahnhof mit der grünen Kuppel, die verwilderten Parks, die einheimischen Jungs; Justyna liebt das alles. Aber wofür sie wirklich lebt, das sind die Nachtclubs. Pod Krechą, Vspak und Disco Park sind ihr das Allerheiligste. Es ist die reine Magie, Schubladen zu öffnen und nach dem passenden *stringi* zu kramen, ein enges, weißes Outfit zusammenzustellen, weil Weiß im Schwarzlicht so toll fluoresziert; und dann die Vordertreppe hinunterzustolzieren, die Beine schimmernd vom Babyöl, und der Duft des Sommers mischt sich mit dem Duft von Giorgio Beverly Hills. Dann ist Justyna plötzlich wieder sechzehn. Sie ist sechzehn, und sie grölt *Wannabe* in den Himmel, die High Heels in der Hand, sie ist ein Spice Girl, sie ist frei und angetrunken und nichts kann sie aufhalten.

Die Leute waren immer ganz entzückt von kleinen Kindern, aber in Wahrheit waren das doch die reinsten Tiere, die ausschließlich für ihre eigenen Wünsche und Bedürfnisse lebten, und manchmal drang nichts anderes als ein Klaps auf den Kopf zu ihnen durch. Ja, Damian beglückte sie mit kleinen Dingen, von denen sie wusste, dass sie sie eines Tages vermissen würde, wie seine feuchten Küsse oder seine Grübchen, wenn er lächelte. Aber Damian schränkte sie auch ein, und sein respektloses Verhalten in der letzten Zeit war unerträglich. Vor der Lugenentzündung hat Justyna das alles an sich vorbeirauschen lassen, sie wartete einfach auf die Zeit, wenn er sich sein Essen selbst machen und sich den Arsch selbst abwischen können würde. Aber seit der Krankheit verstand sie, wie tief ihre erbärmliche Liebe zu ihm war. Immer öfter packte sie ihn zu hart am Arm, schlug ihm auf den Kopf oder schob ihn zu heftig von sich weg. Diese Impulse erschreckten sie, aber sie kam nicht dagegen an.

»Justynaaa!«, ruft Paweł aus der Küche. Sie wird mal wieder keine Zeit haben zu duschen, bevor er aus dem Haus muss. Sie wirft sich schnell in ein Reebok-Top und schwarze Denim-Shorts – das, was sie gestern auch anhatte – und poltert die Treppe hinunter.

Die Küche ist ein einziges Chaos. Damian hockt mitten auf dem Boden und versucht, mit Töpfen und Pfannen sein architektonisches Talent auszuleben.

»Ich bin zu spät. Scheiße, bin ich spät dran.«

Justyna haucht Paweł einen Kuss auf den Mund, und er ist zur Tür hinaus. Justyna steht da und wünscht sich, sie könnte mit ihm gehen.

»Damian, willst du fernsehen?«

Aber Damian ist viel zu beschäftigt damit, etwas zu stapeln, was sich nicht stapeln lässt, er beißt sich konzentriert auf die Unterlippe, denn für ihn ist alles eine Frage auf Leben und Tod, auch der Versuch, die Bratpfanne auf den Schneebesen zu stellen.

Also lässt Justyna ihn werkeln, schenkt sich eine Tasse Jacobs Instant ein und zündet sich die erste Zigarette des Tages an. Das Nikotin wirkt sofort, und sie entspannt sich. Irgendwie werden sie die Zeit bis drei Uhr schon rumkriegen.

Als sie zufrieden raucht und aus dem Augenwinkel Damian beobachtet, kommt Filip in die Küche, mit nichts weiter als einer Unterhose bekleidet. Der ehemals enge, weiße Baumwollslip ist nicht mehr weiß und auch nicht mehr eng, er schlabbert ihm lose im Schritt. Er setzt sich ihr gegenüber und nimmt sich eine ihrer Zigaretten.

Weiß Gott, wo Elwira diesen Filip Bednarczyk aufgegabelt hat. Er ist Ende zwanzig und scheint an nichts und niemanden gebunden zu sein. Die beiden Schwestern hatten schon immer einen unterschiedlichen Männergeschmack, und dieser Typ ist schlimmer als alle anderen zusammen.

»Himmel. Zieh dir wenigstens eine Hose an!«

Filip lacht und schnippt Asche in den Aschenbecher.

»Gefällt dir nicht, was du siehst? Dann guck halt nicht hin, Strawicz.«

»*Kochanie*, da wäre ja nicht mal mit einem Fernglas was zu erkennen.«

Filip lacht schrill.

»*Oj, dziecko*, wo ist mein Frühstück?«

»Wird wahrscheinlich zu Hause bei deiner *mamuśka* kalt. Geh doch einfach zu ihr zurück.« Justyna steht auf und sagt zu Damian: »*Chodź synu*, wir gehen raus, ja?«

Damian sieht nicht mal in ihre Richtung, rappelt sich aber hoch und rennt in den Flur.

»Übrigens, tu uns allen doch bitte den Gefallen und schieß meine Schwester ab, bevor du sie schwängerst, ja?«

Filip zieht ausgiebig an seiner Zigarette.

»Sie liebt mich. Sie ist wie er.« Filip zeigt Richtung Flur, zu Rambo, dem Hund ihrer Mutter. »Die kann man treten, und dann kommen sie wieder an und wollen mehr.«

Justyna würde ihm gern die selbstgefällige Fresse polieren. Aber das tut sie nicht, denn der Typ würde zurückschlagen. Man sieht diesem Filip schon an, dass er überhaupt kein Problem damit hätte, eine Frau zu schlagen. Da ist Justyna sich ganz sicher.

»Musst du nicht los, dich in irgendeine Arbeitslosenschlange stellen, *kretynie*? Verpiss dich aus meinem Haus.« Sie hört sein Lachen, als sie hinausgeht und sich auf die Stufen vorm Haus setzt, wo Damian bereits Pyramiden aus Steinen baut.

»Damian, spuck den Stein aus, sofort, *jasna cholera*! Da hat doch bestimmt Rambo draufgepisst. Willst du Hundepipi essen?«

Damian spuckt den Stein aus und lacht. »Hundepipi!« Und dann springt er auf und verlangt kampflustig: »*Do parku!*« Er rennt zum Lattenzaun und rüttelt mit beeindruckender Kraft daran, wie ein Affe im Zoo.

Justyna seufzt. Schon wieder *do parku*. Im Park sitzen und ihn achthundertmal hintereinander die rostige Rutsche runterrutschen zu sehen klingt nicht gerade verlockend. »Nein, danke«, murmelt Justyna. Sie schließt die Augen und genießt die Sonne auf der Haut, die ihr das Gesicht wärmt. »Lass uns einfach hier in der Sonne braten, bis wir zwei braune Brote sind, ja? Weil, *mamuśka* hat gerade überhaupt keine Lust, irgendeinen Scheiß zu machen.«

Damian grinst, weil sie ein Schimpfwort benutzt hat. »Ich bin das Brot, und du musst mich essen!«

»Klar, ich schneide dich in Scheiben und schmiere Butter auf dich und esse dich auf, ja? Gute Idee, ich habe sowieso nur noch eine Tomate zum Mittagessen. Dann gibt es also Damiansandwich mit *pomidory*.« Damian lacht und streicht mit seinen kleinen Fingern durch den Rasen, reißt büschelweise

Gras aus und wirft es in die Luft, sodass es ihm ins Gesicht fällt wie Konfetti.

»*Mama jest śmieszna.*« Mama ist lustig. Sie hat noch alle Zeit der Welt, sagt sie sich, eines Tages wird Damian fünfzehn sein, und dann kann sie wieder ihr eigenes Leben leben.

Nachdem sie Damian bei Babcia Kazia abgesetzt hat, fährt Justyna wieder nach Hause, und da wartet Paweł schon. »Ich dachte, ich mache mal blau.« Justyna klatscht erfreut in die Hände und stürzt sich auf ihn. Der Sex ist schnell und erfrischend, wie eine kalte Dusche. Am Abend nehmen sie ein Taxi ins Desperados. Paweł sitzt auf einer Bank, nippt an einem Bier und betrachtet seine Frau mit Feuer in den Augen. Justyna wirbelt herum und tobt sich zur Musik aus. Als das Lied zu Ende ist, zeigt sie in Richtung der Toiletten und lockt ihn mit dem Zeigefinger. Früher haben sie andauernd auf Toiletten gevögelt. Paweł zieht die Augenbrauen hoch und nickt, und Justyna weiß, dass er ihr in ein paar Minuten folgen wird.

Auf der Toilette betrachtet Justyna sich im Spiegel. Ihr Eyeliner ist verschmiert, ihr Haar ist klatschnass, und ihr Top klebt ihr am Körper wie eine Mullbinde. Sie trägt keinen BH. In diesem Moment taucht ein Gesicht neben ihr im Spiegel auf. Schwarzer Bob, hervorstehende Schlüsselbeine, kleine graue Augen mit weißem Lidschatten.

»Heilige Scheiße! *Marchewska*?«

Es ist Kamila. Oder? Irgendwie sieht sie anders aus – wann haben sie sich eigentlich zuletzt gesehen? Vor Monaten oder vor Jahren? Justyna weiß es nicht mehr. Sie dreht sich zu ihr um, und dann merkt sie es.

»Scheiße, du hast dir die Nase machen lassen!«

»Hab ich. Die Scheißnase«, sagt Kamila und schaut zum Fußboden. »Hi. Wie geht's dir?«

»Scheiße, mir geht's gut! Mein Kind ist übers Wochenende

weg, ich kann morgen ausschlafen. Und jetzt gleich werde ich hier in einer Kabine Paweł ficken. Aber danach komm doch an unseren Tisch! Wir müssen unbedingt reden, du siehst super aus! Bist du mit Emil hier?« Justyna meint nicht mal die Hälfte von dem ernst, was sie da sagt. Der Anblick ihrer alten Freundin bringt sie kurz aus der Fassung, er spült tausend Erinnerungen hoch, die sie aus irgendeinem Grund gerade nicht will. Als Justyna Damian bekam und ihre Mutter starb, hat Kamila sie fallenlassen, als hätten Geburt und Tod Justyna so sehr verändert, dass sie nicht mehr dieselbe war. Das hat Justyna ihr nie so richtig verziehen. Nicht so sehr deswegen, weil Kamila sich zurückzog, sondern weil sie sie offenbar plötzlich für ein trauriges, kaputtes Etwas hielt.

»Nein, ich bin mit Freundinnen hier. Emil hat mir einen Antrag gemacht«, sagt Kamila.

»Scheiße, endlich!« Justyna lacht. »Herzlichen Glückwunsch!«

»Danke. Meine Nase, das ist nur eine kleine Veränderung, nicht wahr? Es ist noch geschwollen und so. Ich, na ja, ich hab das halt machen lassen. Der Arzt sagt, es dauert ein Jahr, bis sie ihre endgültige Form hat.« Kamila trägt teure Klamotten; nichts, was sie in Kielce gekauft haben könnte.

»Nur eine kleine Veränderung? Was hast du denn genommen? Ich meine, steht dir gut, *dziewczyno*, aber man erkennt dich ja kaum wieder.« Justyna sagt das, als wäre es kein Kompliment, und das ist es auch nicht. Kamila wird knallrot.

»Hast du Anna Baran gesehen, als sie in Kielce war?«

»Nee. Wir wollten uns eigentlich treffen, aber ich hatte viel zu tun. Wir heulen echt noch diesen Sommern hinterher und planen ein Wiedersehen, aber dann ist das doch alles ein Haufen Bockmist, oder?«

»Nein, ist es nicht«, gibt Kamila halbherzig zurück.

»Wirklich, Kamila?« Justyna lächelt nicht mehr. Kamila geht ohne ein weiteres Wort.

Eine Minute später kommt Paweł zu Justyna in die letzte Kabine, wo sie es im Stehen an der Wand treiben, aber irgendwie ist Justyna nicht richtig bei der Sache. Als sie und Paweł später den Club verlassen, guckt Justyna sich nicht mal um, ob Kamila noch da ist. Ein paar Tage nach dieser komischen Begegnung holt Justyna ihr Adressbuch heraus und blättert darin, bis sie den alten Eintrag findet. *Kamila Marchewska 33-97-18*. Sie starrt die Seite an, dann reißt sie sie aus und zerknüllt sie.

KAPITEL 9
2002

ANNA
Kielce, Polen

Anna kann sich nicht daran gewöhnen. Sie kann sich nicht daran gewöhnen, dass um vier Uhr nachmittags die Sonne untergeht, nicht an die verschneiten Wege oder die verdammte Kälte.

Sie ist vorgestern mit dem Zug aus Warschau in Kielce angekommen, der an jeder Milchkanne anhielt. Sie nickte immer wieder ein, und wenn sie wach war, schaute sie aus dem Fenster. Die grünen Felder, an denen sie auf dem Weg nach Kielce immer vorbeikam, waren jetzt weiß, und das irritierte sie.

Als ihr Taxi in die Jesionowa-Straße einbog und ihr altes Viertel zu sehen war, rutschte Anna das Herz in die Hose. Szydłówek war schneebedeckt und wie ausgestorben, und der Gedanke an Babcia in ihrer dunklen Wohnung war Anna unerträglich.

»Ich hab's mir anders überlegt«, sagte sie zum Taxifahrer, als er in die Toporowskiego einbog.

»Was denn?« Der Taxifahrer schnaufte.

»Ich möchte lieber in ein Hotel.« Falls ihre Mutter Babcia erzählt hatte, dass Anna nach Polen geflogen war, würde sie sich halt gedulden müssen.

»In welches denn, Lady?«

»Ich weiß nicht, *proszę pana*.« Sie lächelte schüchtern. »Das schönste.«

Er machte auf der Stelle mit rutschenden Reifen kehrt. Zehn Minuten später hielt das Taxi am Moniuszkiplatz 7, unter dem kupfernen Vordach des Hotels Zur goldenen Rose.

Zwei geschmückte Weihnachtsbäume flankierten den Eingang. Ein paar Schritte weiter konnte Anna die Türme der *katedra* ausmachen und etwas weiter unten den Anfang der Sienkiewicza-Straße.

»Perfekt, danke«, sagte sie und gab ihm ein großzügiges Trinkgeld. Er raste ohne ein Dankeschön davon, und Anna lächelte, weil ihr doch noch etwas in Polen vertraut war.

Vom Haupteingang aus ging sie ein paar Stufen hoch, folgte den Schildern zur *recepcja* und drückte die Klingel auf dem schmalen Tresen. Eine Minute später tauchte ein hübsches Mädchen auf. Auf ihrem Namensschild stand Wiola.

»*Słucham Panią*?«

»Ja, hallo, Why-ola. Ob Sie wohl noch ein Zimmer freihätten?« Anna war selbst überrascht, dass sie Englisch sprach. Sie wusste nicht, warum, aber es fühlte sich richtig an. Das Mädchen an der Rezeption starrte sie überrascht an.

»Haben Sie gemacht Reservierung?« Ihr Satzbau war fehlerhaft, und sie hatte einen leicht britischen Akzent.

»Nein, tut mir leid, ich habe nicht reserviert. Ich brauche nur ein Zimmer für ein paar Nächte, irgendein Zimmer.«

»Ja, haben wir Zimmer. Rauche?«

»Ja, gerne, Raucher bitte.«

»Brauche ich Papiere, bitte.«

Anna zückte ihren amerikanischen Pass und schob ihn über die Marmorplatte.

»Sind Sie erste Mal in Kielce?«, fragte Wiola, während sie etwas in einen Computer tippte und Anna das Anmeldeformular hinschob.

»Ja.« Anna lächelte.

Der Schlüssel zu Zimmer 217 war aus Kupfer und hing an einem Holzanhänger, wie in einem Kinderbuch. Sie trat in einen kleinen Aufzug, der nur drei Knöpfe hatte. Ihr Zimmer war klein und sauber, roch nur ein bisschen muffig nach dem Rauch, der sich in den Samtvorhängen festgesetzt hatte. Es roch wie bei Tante Ula, wie im Zimmer ihres Vaters und wie in ihrer eigenen Wohnung in der Lorimer Street. Die Wände waren terracottafarben, und es gab einen kleinen Fernseher, der riskant auf der Fensterbank balancierte. Das Bad war winzig, aber tadellos, und überall standen Aschenbecher, selbst hinter der Toilette. Anna ließ sich auf das Doppelbett fallen, barg das Gesicht in beiden Händen und fühlte sich plötzlich total erleichtert.

Am Abend fiel noch mehr Schnee. Sie sah ihm zu, wie er auf den kahlen Zweigen vor ihrem Fenster liegenblieb, während sie ihre Mutter anrief, um ihr zu sagen, dass sie gesund, wenn auch nicht gerade munter angekommen war.

»Ich fasse es nicht, du bist im Hotel? Wenn Babcia das herausbekommt, ist sie am Boden zerstört! Anna, du musst sie wenigstens anrufen und ihr sagen, dass du in Kielce bist«, verlangte ihre Mutter. Anna versprach ihr, anzurufen und dass sie nur ein paar Nächte im Hotel bleiben wolle, bis sie den Jetlag überwunden hatte.

»Wie ist Polen im Winter, Anna? Ist es so wie früher? Liegt Schnee? Gott, ich weiß noch, wie schön es im *zima* immer war.«

»Ist es immer noch, Mamo.«

In der Nacht wälzte Anna sich im Bett herum und kämpfte gegen den Jetlag. Gegen vier Uhr morgens gab sie auf und duschte. Um sechs war sie zur Tür hinaus.

Anna ging den ganzen Tag die Sienkiewicza-Straße auf und ab. Es war so eigenartig, Leute mit Hüten und Pelzmänteln zu sehen. Zwischendurch ging sie in Kneipen und holte sich Pommes und Glühbier. Sie kaufte Bücher in der *księgarnia* und sah sich teure Pelzmäntel in schicken neuen Boutiquen an. Und dann stand sie ziemlich lange vor dem Teatr Żeromskiego. Genauso wie jeden Sommer, hatte das Theater auch über die Feiertage Spielpause. Früher hatte sie immer davon geträumt, eines Tages hier auf der Bühne zu stehen, in den Fußstapfen der großen Kielcer Schauspielerin Violetta Arlak. Aber jetzt kam ihr das naiv vor. Später saß sie auf einer Bank gegenüber dem Einkaufszentrum Puchatek und starrte die Leute an, diese so eindeutig polnischen Gesichter – mondförmig mit gerunzelter Stirn und voller Falten. Sie kam sich vor wie eine Außenseiterin, aber ihr schwoll das Herz an, und sie fühlte fast so etwas wie Stolz: Das waren *ihre* Leute. Im *hotelik* hängte sie das Bitte-nicht-stören-Schild an die Tür und ging früh zu Bett.

Anna wacht auf, als es draußen noch dunkel ist. Heute will sie bei Justyna klingeln, einfach so. »Ich bin hergeflogen, oh Mann, mir tun vielleicht die Arme weh!« Es ist immer gut, mit einem Witz einzusteigen, denn Justyna lacht immer über so was. Außerdem ist es spannend, überraschend aufzutauchen, und Anna hat das Bedürfnis nach etwas Aufregung.

Als die Sonne aufgeht, bestellt Anna sich eine Tasse Kaffee aufs Zimmer und ruft endlich ihre Großmutter an.

»Babciu? *To ja*, Ania.«

»*Słońce moje*! Wie geht's dir, *córeczko*?«

»Gut, Babciu. Ich bin in Polen.«

»Oh, Jesus Maria! Ania! *Naprawde*?«

»Ja, Babciu, wirklich. Ich bin ein paar Tage in Warschau, und dann komme ich nach Kielce.«

»Ein paar Tage? Das reicht nicht! Oh, *mój Boże*, ich muss kochen und putzen. Ich muss Ula anrufen, damit sie …«

»Babcia, ganz ruhig, Babcia.« Anna lächelt und hat ein schlechtes Gewissen, weil sie gelogen hat.

»Wie soll ich ruhig sein, *córeczko*? Ich kriege hier gerade einen Herzinfarkt!«

Anna legt auf und duscht. Das Wasser ist kalt und riecht nach Schwefel. Eine Stunde später schließt sie ihr Hotelzimmer hinter sich ab.

»Ist Taxi schon da, Miss«, informiert sie ein Hotelmitarbeiter auf dem Weg nach unten. »Brauchen Sie Wegbeschreibung irgendwohin?«

»Nein, danke, ich kenne mich aus.« Anna lächelt.

Wird Justyna ihr die Tür vor der Nase zuschlagen? Ob sie überhaupt noch in dem Haus wohnt? Im Radio läuft »Lulajże Jezuniu«, und Anna summt mit. Es ist ein Schlaflied für den neugeborenen Jesus und eins von Annas Lieblingsliedern. Als sie klein war, hat Paulina es an Weihnachten den ganzen Tag gespielt, und es hat Anna immer beruhigt und sie daran erinnert, dass Maria auch nur eine Mutter war, die ihr Kind in den Schlaf sang. Anna weiß, dass es Babys geben wird, wunderschöne, gesunde Babys in ihrer Zukunft, die polnisch sprechen werden, und die wissen werden, wo ein Teil von ihnen herkommt. Eines Tages wird sie die Abtreibung vergessen. Sie wird Ben vergessen. *Lulajże, lulajże*. Selbst Jesus war mal ein ängstliches, kleines Baby. Ein beruhigender Gedanke.

Als das Taxi Richtung Sieje fährt, klopft Annas Herz erwartungsvoll. Sie hat Justyna zum letzten Mal in der Nacht gesehen, in der Teresa starb, als Kamila, Justyna und Anna betrunken und glücklich mitten auf einem Feld saßen. Anna erinnert sich an den klaren Himmel und wie romantisch es gewesen war. Sie erinnert sich an die Sterne und dass das Sommerdreieck zu sehen war, das nur sie kannte. Es fühlt sich an, als wären seitdem Äonen vergangen, und gleichzeitig war es wie gestern.

KAMILA
Kielce, Polen

»Guten Morgen. Sie wollten geweckt werden.«

»*Tak, dziękuję*«, sagt Kamila schnell. Sie legt sich wieder auf das Bettsofa und schließt die Augen. Sie weiß auch ohne nachzusehen, dass es wieder geschneit hat. Die Sonne steht hoch, und ihre Strahlen werden so vom Schnee reflektiert, dass Kamila ganz geblendet ist.

Gestern, nach ihrer Begegnung mit Emil, war Kamila ganz euphorisch gewesen. Unten klatschte Natalia sie ab, fragte aber nicht nach Details. »Dein Gesicht sagt mir genug. Jetzt was Hochprozentiges, und dann ab ins Bett mit dir.« Und genau so hat Kamila es gemacht. Im Hotel Pod Złota Różą, wo Natalia ihr ein Zimmer gebucht hat, bat sie um ihren Schlüssel und bestellte sich einen Martini on the rocks mit Olive. Kamila schlief in voller Montur ein und deckte sich mit ihrem Mantel zu. Einmal wachte sie in der Nacht auf. Sie hatte im Schlaf geweint, ihre Wangen waren nass und verquollen, aber sie konnte sich an keinen Traum erinnern.

Der Wecker auf der Kommode zeigt 13:01. Kamila ist die Uhrzeit egal. Sie tastet nach ihrem Handy und findet es unter ihrem Rücken. Die Batterie ist fast am Ende und das Ladegerät in ihrem Koffer, und sie hat keine Lust, danach zu suchen. Der Gedanke, ihre Wäsche auszupacken und in die Hotelschubladen zu räumen, macht sie traurig. Stattdessen greift sie nach dem Hoteltelefon und bestellt den Zimmerservice: Rührei und Blutwurst, dazu Brötchen und ein bisschen Nutella. Kamila hat einen Bärenhunger, und als das Essen zwanzig Minuten später an ihre Tür gebracht wird, läuft ihr schon das Wasser im Mund zusammen. Sie isst langsam, aber sie isst alles auf. Es ist mir jetzt egal, denkt Kamila. Sie kaut die teigigen *bułeczka* und stellt sich dabei sich selbst in ein paar Jahren vor, weich und geschmeidig, mit einem Bauch, der beim Gehen wippt, und irgendwo ist ein Mann, der jede einzelne Kurve ihres Körpers liebt. Als sie alles aufgegessen hat, leckt Kamila sich die Finger ab.

Sie macht das Fenster auf und atmet die frische Luft ein. Dann ruft sie vom Hoteltelefon aus Justyna an, die beim dritten Klingeln abnimmt.

»*Halo? Kto tam?*«

»Hier ist Kamila Ludek. Marchewska …«

»Hey, was geht?«, sagt Justyna lässig, als hätten sie erst gestern miteinander gesprochen, als wäre es nichts Besonderes, nach all den Jahren die Stimme ihrer alten Freundin zu hören.

»Nicht viel, ich war in den Staaten und hab meine Eltern besucht.«

»Echt? Ich hab gehört, du bist deinem Mann weggelaufen, weil er dich betrogen hat oder so.« Kamila windet sich. Justyna würde es ihr nicht leichtmachen. Sie hat es ihr auch bei ihrer letzten Begegnung nicht leichtgemacht, in der Toilette des Desperados, als sie sich ganz unverhohlen über Kamilas neue Nase lustig gemacht und sie damit verletzt hat.

»Aha. Na gut, stimmt. Er hat mich betrogen. Mit unserem besten Freund, einem Mann namens Wojtek Marszalek. Sie sind schon seit drei Jahren zusammen. Ich habe es im November rausbekommen, und dann bin ich nach Amerika geflüchtet. Aber jetzt bin ich wieder da, und ich würde dich wirklich gerne sehen.«

Auf der anderen Seite herrscht Schweigen. Sie hört Justyna atmen. Ihre Freundin ist sprachlos, aber das ist Kamila egal.

Jetzt ist es raus, und es hat sich gut angefühlt, als sie es aussprach, wie eine Beichte, nicht wie eine Entschuldigung.

»Heilige Scheiße«, bringt Justyna schließlich heraus und fängt an zu lachen. »Heilige Scheiße!«, wiederholt sie noch einmal lauter.

»Kann ich heute vorbeikommen? Ich habe gehört, was dir passiert ist, und ich würde dir gern persönlich sagen, wie leid mir das tut.«

»*Mir* ist ja nichts passiert. Und warum tut es dir leid? Warst du seine Komplizin?« Justyna hört langsam auf zu lachen und spricht gleich weiter, sie lässt Kamila keine Chance, auf ihren Scherz zu reagieren. »Ja, Marchewska, komm vorbei. Ich bin ganz allein zu Hause. Und bring *winko* mit.«

Kamila legt auf, zufrieden und verwirrt zugleich. Sonst druckst sie immer eher herum. Wie seltsam, einfach den Mund aufzumachen und zu sagen, was man denkt! Das ist das, was Kamila an Justyna immer am meisten bewundert hat – noch mehr als ihren perfekten Körper und ihre süße, kleine Nase –, dass Justyna nie jemanden verschonte, schon gar nicht sich selbst.

Unter der Dusche seift Kamila ihren Körper ein, und zum ersten Mal zuckt sie zusammen, als sie merkt, wie kantig er ist, wie sehr überall die Knochen herausstehen nach all den Jahren des Hungerns. Kamila riecht irgendwie immer noch nach dem Amerikaner. Sie wird Justyna alles über ihn erzählen, über seinen dicken Bauch und seine komischen Hände und wie schön sie sich gefühlt hat. Ab sofort wird sie allen alles erzählen. Denn heute fühlt Kamila sich wie ein neuer Mensch. Diese Kamila wird essen, wann sie will, sie wird Männer gleich am ersten Abend bitten, sie nach Hause zu begleiten, und sie wird ihr Leben nicht mehr verplempern wie bisher. Sie zieht einen lila Pullover von Anne Klein und ihre Lieblingsjeans an. Dann ruft sie Natalia an, um ihr zu sagen, dass sie die Nacht überlebt hat und dass es ihr schon lange nicht mehr so gutging.

»Gib mir ein paar Tage Zeit, um meine Sachen aus der Wohnung zu holen. Die Möbel lasse ich dir und Stas drin. Den Fernseher auch.«

»Aber der hat vierzig Zoll! Bist du sicher?«

»Ja, klar.«

»*Dzięki*, Kamila. Dann kann ich dir ja jetzt auch endlich erzählen, dass du ein Geschenk des Himmels bist, Kamila Marchewska, denn ich bin schwanger. Im vierten Monat.« Kamila überschüttet Natalia mit Glückwünschen. Nachdem sie aufgelegt hat, sitzt sie am Fenster, und ihr fällt ein, wie vor zweieinhalb Jahren einmal ihre Periode überfällig war. Kamila spürte, wie ihr Herz anfing zu brennen, sie betete, und sie wusste, tief innen drin, dass ein Baby die Rettung für sie und Emil sein würde. Eine Woche später pinkelte sie auf ein Stäbchen, und sie und Emil warteten. Als die zwei Minuten um waren, schnappte er sich den Schwangerschaftstest aus der Spüle und versteckte ihn hinter seinem Rücken.

»Kamila! Kamila!«, rief er verzweifelt. »Wir sind noch nicht so weit! Du kannst doch auch gar nicht schwanger sein, du bist viel zu dünn, *kotku*. Deswegen sind deine Tage zu spät. Okay? Okay, Kamila?« Kamila lachte und versuchte, den Schwangerschaftstest wiederzubekommen. Emil wand sich, bis es nicht mehr witzig war. Dann öffnete er die Hand, sie starrten auf das Ergebnis, und Emil lachte und umarmte Kamila.

»Siehst du? Wir sind noch nicht so weit.« Kamila ging an ihm vorbei, rollte sich auf dem Bett zusammen und weinte sich in den Schlaf. Im Rückblick ist Kamila klar, dass Emil um diese Zeit seine Affäre mit Wojtek begonnen haben muss. Sie fragt sich, ob der Gedanke an ein Baby Emil so erschreckt hat, dass es ihn in Wojteks Arme trieb.

In der Lobby bittet Kamila die Mädchen an der Rezeption, ihr ein Taxi zu rufen.

»Oh, ein Taxi ist gerade weg, proszę pani. Unsere Pani Amerykanka ist damit weggefahren.«

»Macht nichts, dann warte ich auf das nächste.« Kamila sagt das in einem gleichgültigen Ton, aber dann regt sich etwas in ihr. *Amerykanka*. Bei dem Wort fällt Kamila nur eine Person ein, aber die Amerykanka der Goldenen Rose ist sicher eine andere als *ihre* Amerykanka. Sie setzt sich auf einen der beiden Stühle an der Rezeption und zupft gelangweilt an ihren Nagelhäutchen.

»Eine Amerykanka? In Kielce? Woher kommt sie denn, wissen Sie das? Ich habe Familie in den Staaten.«

Die, auf deren Namensschild Danuta steht, antwortet: »New York. Sie sagt, sie ist zum ersten Mal in Kielce, aber ich habe sie nicht gefragt, warum sie hier ist und nicht in Warschau oder Krakau. Mein Englisch ist auch total eingerostet, aber es macht Spaß, mal wieder zu üben. Jedenfalls ist sie ganz nett.«

»Wenn Sie mich fragen«, ergänzt die Blonde mit dem beeindruckenden Dekolleté und dem Schmollmund, »ich wette, sie hat eine Affäre mit einem Polen. Sie sieht doch echt so aus, oder? Sieht so nach Kummer aus.«

»Dich fragt aber niemand, Wiola«, antwortet Danuta mit einem professionellen Lächeln.

Kamila gähnt demonstrativ. Ihre Beine zittern, und sie weiß nicht recht, was sie dagegen tun kann.

»Müde«, erklärt Kamila und überprüft ihre Lederstiefel auf Flecken. »Sie haben doch ein Taxi gerufen, oder?«

»Ja, ja«, verspricht Wiola, und dann beugt sie sich über den

Tresen. »Es muss ein Mann sein. Wenn sie geschäftlich hier wäre, dann wäre sie in Warschau, wie alle anderen Amerikaner auch.«

»Es reicht jetzt, Wiola!«, zischt Danuta. »Frau Ludek, brauchen Sie noch irgendetwas, bevor Sie fahren?«

»Haben Sie vielleicht ein bisschen Wasser?«, fragt Kamila leise. »Mir ist nicht so gut«, murmelt sie, als Wiola ihr eine Flasche Nałęczowianka reicht.

»Danke. Muss der Jetlag sein. Ich komme auch gerade aus Amerika.«

»Oh, wie aufregend!«, ruft Wiola.

»Lustig, oder? Dass zwei Gäste aus den Staaten im selben Hotel einchecken … Sagen Sie, sind Sie sicher, dass sie Amerikanerin ist?«, fragt Kamila und trinkt einen großen Schluck Wasser.

»Ja, natürlich. Ich habe ihren Pass gesehen. Sie spricht kein Polnisch. Und sie sieht auch total amerikanisch aus«, sagt Wiola. »Und als ich ihr gesagt habe, dass ihr Nachname auf Polnisch *Widder* heißt, fand sie das lustig. Oh, da ist Ihr Taxi!«

»*Baran*?« Kamila flüstert den Namen.

»*Baran*! Außer, dass es auf Englisch klingt wie Berrin oder so. Wie gesagt, mein Akzent ist furchtbar.« Wiola lacht.

Das Taxi hupt. Kamila steht auf und geht zur Tür, unendlich langsam. »Witosa-Straße 36, drüben in Sieje.« Der Fahrer nickt und lässt den Motor aufheulen. Kamila kurbelt das Fenster hinunter und atmet die eisige Luft ein, aber sie beruhigt sie nicht wirklich.

JUSTYNA

Kielce, Polen

Justyna hört das Klopfen kaum. Sie ist oben im Schlafzimmer, sie liegt auf dem Bett und starrt auf die aufgequollene Stelle an der Decke neben dem Wasserrohr. Paweł wollte das Rohr reparieren, sobald es draußen wärmer war, denn es fing schon an zu schimmeln. Das Licht ist aus. Bald kommt die Stromabrechnung, und Justynas Konto ist leer. Sie hat nur noch den alten Kissenbezug mit ein paar Scheinen drin. Und dann ist da Damians *skarbonka*, in dem die *złotówki* klimpern, und die sie bald aufbrechen muss, wenn die Lage sich nicht schnell bessert. Sie hat bereits beschlossen, Kamila zu bitten, ihr Geld zu leihen. Kamila muss es ja ganz gutgehen, wenn sie sich ein Flugticket in die USA leisten kann. Außerdem ist Kamila ihr noch was schuldig, und das weiß sie auch.

Seit zwei Tagen hält Justyna hier die Stellung. Elwira und die Kinder sind bei Babcia Kazia, und sowohl bei Kazia als auch hier bei ihr stehen Polizeiwagen vor der Tür, von Sonnenuntergang bis Sonnenaufgang. Mehr konnte Kurka nicht für sie tun, sagte er. »Die Feiertage, Frau Strawicz.« Deswegen, so hatte Kurka erklärt, könnten sie ihr Haus nicht rund um die Uhr überwachen. »Außerdem gehe ich davon aus, dass das mit dem Hund sein letzter Streich war.«

Justyna fragt sich, ob sie je wieder aufhören wird zu warten. Nicht nur auf Filip, sondern auch darauf, dass Paweł zurückkommt.

Als das Klopfen an der Tür zu einem Hämmern wird,

setzt Justyna sich ruckartig auf. Sie rennt nach unten, und im Flur schreit sie: »Herrgott, bist du hierher geflogen? Das ging …« – sie macht die Tür auf – »… schnell.«

»Ich bin tatsächlich hergeflogen. Aber das war vorgestern.«

Die Frau, die vor Justyna steht, sieht aus wie ihre alte Freundin Anna, nur besser.

»Ich wollte schon fast wieder gehen.«

»Hi. Ich war oben, hab geschlafen … Hi.«

Und dann zieht Justyna Anna an sich und drückt sie, stürmisch und fest.

Die Arme immer noch um Annas Hals geschlungen, lacht Justyna. »Was zum Henker ist das denn für ein Parfüm? Du riechst wie eine Oma, Baran.«

»Patchouli«, sagt Anna und windet sich los. »Lass dich mal angucken, Strawicz. Aber erst lass mich rein, das ist scheißkalt da draußen.« Justyna hält Anna die Tür auf und schließt hinter ihr gleich wieder ab. Sie schiebt Anna schnell in die Küche und setzt den Kessel auf. »Tee? Heilige Scheiße, ich habe nicht damit gerechnet, heute noch Besuch von einem Filmstar zu kriegen. Dann hätte ich doch ein bisschen klar Schiff gemacht.« Sie bezieht sich sowohl auf die Küche als auch auf sich selbst.

»*Dobra, dobra*. Filmstars wiegen keine vierundsechzig Kilo.«

»Steht dir aber. Miststück.« Wieder lacht Justyna, und Anna lächelt. »Na ja, das Gewicht kann man ja wieder loswerden. Das Gesicht nicht.«

»Ist das was Gutes?«

»Baran, du bist *śliczna*, und das weißt du auch. Scheiß auf den Tee, willst du einen Schnaps?«

»Ja, bitte.«

Justyna schaut zu, wie Anna ihre Lederjacke auszieht,

schaut zu, wie sie sich den Seidenschal vom Hals wickelt, bis er ihr in Kaskaden vom Unterarm hängt wie ein Wasserfall.

»Toller Schal.«

»Ralf Lauren.«

»*Rafloren*? Was ist das?«

Anna antwortet nicht. Sie sieht Justyna an, von oben bis unten. Es gibt nicht viel zu sehen, aber Anna lässt sich Zeit, und Justyna hält es aus, in ihrem verknautschten Nike-Jogginganzug, ihren schmutzigen Tennissocken und mit dem ungewaschenen Haar, das ihr büschelweise vom Kopf absteht. Sie weiß genau, dass sie beschissen aussieht, aber dafür hat sie ja auch Grund genug.

»Hast du die Schulterpolster in den Pulli genäht?«

»Ja.«

»Immer noch? Du machst dir immer noch Schulterpolster rein?« Anna lächelt traurig.

»Immer.« Justyna nimmt sich eine Zigarette aus der Packung auf dem Küchentisch. »So, das reicht. Du bist das ja vielleicht gewohnt, dass die Leute dich anstarren, aber ich nicht.« Justyna weiß genau, dass Anna nicht nur ihre Oberfläche in Augenschein nimmt; sie versucht, auch das darunter zu sehen.

»Spinnst du? Wer lag denn immer auf den Bänken im Tęcza, eine Hand in die Luft gestreckt, und hat geradezu darum *gebettelt*, dass jemand vorbeiging und pfiff?«

»Betteln hatte ich gar nicht nötig.« Justyna grinst. Und dann schwindet das Grinsen, aber nur ein bisschen. »Egal, *dziewczyno*, das ist doch ewig her. Jetzt sehe ich scheiße aus.«

»Na ja, kein Wunder.« Annas Stimme wird leiser, sie sieht sich in der Küche um und vermeidet Blickkonakt. »Was war jetzt mit Schnaps?«

»Wir warten noch auf jemanden.« Justyna zwinkert ihr zu.

»Auf wen denn?«, fragt Anna vorsichtig.

»Na, auf wen schon?«

Anna klappt die Kinnlade runter. Justyna sitzt am Tisch und zündet sich mit dem Stummel der ersten die nächste Zigarette an. »Komisch, oder? Wann waren wir das letzte Mal zu dritt zusammen?«

»Vor sieben Jahren«, sagt Anna leise.

»Stimmt. Ich erinnere mich an eine Flasche Wodka. Und das ist ungefähr alles, woran ich mich erinnere.« Justyna grinst.

»Und deine Mutter. Deine Mutter ist in der Nacht gestorben.«

»Oh, ja. Stiiimmt.« Justyna lächelt und steht auf. Anna hat damals kein einziges Wort über den Tod ihrer Mutter verloren, und jetzt braucht Justyna das auch nicht mehr. Sie geht ins Wohnzimmer.

»Bring die Schnapsgläser mit, ja? Und ich glaube, da ist noch Pepsi auf der Theke. Und Eis!«

Angeblich ändert sich der Lauf der Welt alle sieben Jahre. Sieben Jahre, verfickte Scheiße. Justyna wird heute auf die nächsten sieben trinken.

Als Anna hereinkommt, beide Hände voll mit Gläsern und Flaschen, sitzt Justyna auf der *wersalka* und raucht.

»Was für welche sind das?«

»*Papierosy*«, sagt Justyna gedehnt. »Ich glaube, du hast sie immer Krebsstängel genannt.«

»Die Zeiten ändern sich. Kann ich eine schnorren?«

»*Ja pierdolę*! Oder wie es bei euch heißt: ›Fak meeee!‹ Anna Baran raucht!«

»Anna Baran tut alles Mögliche, was sie nicht tun sollte.«

»Nimm dir ne Schachtel, ich habe einen ganzen Karton im *barek*.« Anna stellt die Gläser auf den Couchtisch. »Und hol eine Flasche *bimber*, und die Flasche Luksusowa Wodka. Den *bimber* hat mein Onkel in seiner Badewanne gebrannt, der macht dich fertig.«

Als es an der Tür klopft, zucken sie beide zusammen. Justyna sieht Anna an.

»Willst du aufmachen?«

»Damit sie einen Herzinfarkt kriegt?«

»Warum nicht?

Anna lacht leise, zieht ihre Jeans zurecht und geht zur Tür. Justyna legt den Kopf schief und lächelt vor sich hin. Manchmal ist es so einfach, so zu tun als ob.

Kurz darauf hört sie es kreischen, und Anna kommt mit der hyperventilierenden Kamila herein. Sie ist dünn – erschreckend dünn –, noch dünner als vor vier Jahren auf der Toilette im Desperados. Scheißkamila, total aus dem Häuschen.

»Ich war noch an der Tanke. Wein und so.« Sie holt tief Luft, und dann: »Ich wusste es! Ich hab's echt gewusst! Die blöden Mädels im Hotel haben von einer Amerykanka geredet! Ich hab's echt gewusst! Gott! *Mój Boże*! *Dziewczyny*! Nicht zu fassen! Echt, *kurwa mać*!« Und dann stürzt Kamila zu Justyna, die immer noch breit grinsend auf dem Sofa sitzt, und Kamila kniet sich vor ihr auf den Boden und ergreift Justynas Hände.

»*Jezus Maria*, Justyna. Ich weiß gar nicht, was ich sagen soll. Warte! Ich bin noch gar nicht drüber weg, dass Anna hier ist und so sensationell aussieht wie immer. *Jezus!*« Und dann schwindet Kamilas Lächeln. »Justyna, es tut mir so leid. Es tut mir so leid.« Kamila fängt an zu weinen, ihre Finger fliegen in ihr Gesicht, um die Tränen wegzuwischen, aber sie kommt gar nicht hinterher. Eine Weile lang sagt niemand etwas. Anna lehnt in der Tür, und Justyna sieht sie an.

»Scheiße, Kamila. Wir waren gut drauf, bis du aufgetaucht

bist«, sagt Justyna. Und als Kamila den Kopf aus ihrem Schoß hebt, weint Justyna Strawicz. Niemand hat sie je so verletzlich gesehen, oder wie sie sich entschuldigt, einknickt oder um Gnade bittet. Selbst nach Teresas Tod hat sie sich das Heulen für nachts aufgehoben, wenn sie sicher war, dass alle anderen schliefen. Jetzt bedeckt Justyna schnell ihr Gesicht. Sie holt tief Luft.

»Okay. Dann fängt der Abend eben memmenhaft an. Aber er wird nicht so enden. *Zgoda*?« Sie streckt den anderen den kleinen Finger hin.

Sie haken ein und antworten unisono, laut und klar.

»*Zgoda.*«

Justyna schenkt die erste Runde Schnaps ein. Sie sitzen auf dem Boden, erzählen sich, was sie voneinander verpasst haben, und vergessen alles um sich herum.

Als der *bimber* alle ist, machen sie den Wein auf, den Kamila mitgebracht hat. Sie reden reihum, jede setzt immer noch einen drauf, sie sind gut gelaunt und machen einander nichts vor.

»Mein Mann ist schwul!«

»Mein Mann ist tot!«

»Ich hatte überhaupt noch nie einen Mann!«

Sie lassen nicht nach, und das wollen sie auch nicht. Es ist eigentlich noch zu früh, um Witze darüber zu machen, aber genau das braucht Justyna, denn wenn sie von Pawełs Tod so spricht, als wäre das alles ein einziger großer Scherz, wird alles surreal und gleichzeitig realer denn je. Sie sind aufgedreht und betrunken von Onkel Mareks Schnaps.

»Wollt ihr wissen, warum ich allein hier bin?«, fragt Justyna, als es Mitternacht schlägt.

»Ja, wo ist Damian? Der arme Damian, ich will ihn sehen!«, lallt Anna.

»Er ist bei meiner Babcia. Mit Elwira und ihrer Tochter. Weil der Arsch sich neulich nachts ins Haus geschlichen hat. Er hat meinen Hund stranguliert und ihn als Geschenk verpackt«, sagt Justyna leise, und ihre Freundinnen verstummen.

»Rambo?«

»Nein«, schreit Kamila, »das ist doch nicht dein Ernst?«

»Oh, doch. Das ist so was von mein Ernst. Guck mal, wie ernst!« Justyna reißt in gespielter Angst die Augen auf, schlägt die Hände um die Wangen und klappert mit den Zähnen. Dann wird sie still.

»Rambo hat deiner Mutter gehört«, sagt Anna leise.

»Ja. Das Letzte, was ich noch von ihr hatte.« Justyna hat denselben nüchternen Ton wie immer.

»Steht deswegen die Polizei vor der Tür?«, fragt Kamila, und Justyna hört ihre Angst.

»Genau. Aber ich bin hier ja nicht die Einzige mit Bodyguard, was, *gwiazdo*?« Justyna dreht sich zu Anna und zwinkert ihr zu.

»Warte mal.« Kamila lächelt nicht. »Er ist nicht im Gefängnis?«

»Nein.« Justyna wird still und wünscht sich, sie hätte den bescheuerten Hund gar nicht erst zur Sprache gebracht.

»Vermisst du Paweł?«, fragt Anna. Klar, dass es Anna sein würde, die so etwas fragt. Die Frage hängt in der Luft.

»Werde ich bestimmt. Wenn ich erst mal aufhöre zu glauben, dass er zurückkommt.« Und damit kippt Justyna den letzten Schluck Luksusowa und starrt in ihr Glas. »Kamilka, geh doch mal hoch in mein Zimmer. Weißt du noch, welches das ist? Erster Stock. Da ist noch eine Flasche *bimber* unter meiner *wersalka*.« Kamila erhebt sich mit einer gewissen Anstrengung. Sie sieht verängstigt aus.

»Ist da oben Licht an?«

»Kamila!«, herrscht Justyna sie an, und Kamila huscht aus dem Zimmer. Justyna rückt näher an Anna heran und legt den Kopf auf die Sofalehne. Sie spürt, dass Anna sie ansieht.

»Es ist okay, Anna. Schon okay.«

Anna nickt, schließt die Augen und legt Justyna den Kopf auf die Schulter. Justyna lächelt. Auf eine solche Nacht hat sie gehofft. Vielleicht werden sie es morgen ein bisschen bereuen, so viel getrunken zu haben und so respektlos gewesen zu sein, gegenüber den Lebenden und den Toten. Oder vielleicht machen sie einfach auf die einzige Art weiter, die sie kennen: indem sie ihren Schmerz gleichzeitig überspielten und miteinander teilten, in schonungslos offenen Ausbrüchen, aber immer mit einem schiefen Lächeln und einem Augenzwinkern.

Morgen werden sie Pläne für *sylwestra* machen, denn den Abend werden sie jetzt natürlich zusammen verbringen. Kamila und Anna haben bereits beschlossen, Justyna nicht von der Seite zu weichen, und Justyna ist dankbar dafür. Sie wollen ihr helfen, das Haus auf Vordermann zu bringen, und sie werden auf Damian aufpassen, während sie auf Jobsuche geht, und bis dahin leihen sie ihr ein bisschen Geld. Sie werden dafür sorgen, dass Anna sich ans Telefon klemmt und verdammt noch mal Tefilski anruft. Sie werden Kamila helfen, die alte Wohnung auszumisten. Das ist alles schon beschlossen.

Als sie im Flur Schritte hört, macht Justyna ein Auge auf. Anna ist eingeschlafen, und Justyna hat keine Ahnung, wie viel Zeit inzwischen vergangen ist und warum Kamila so lange braucht, um die Scheißflasche zu finden.

Justyna hört seine Stimme, bevor sie ihn sieht.

»Schhh. Weck sie nicht auf. Sie sieht so süß aus.«

Er steht in der Tür. Rasierter Kopf, dicker Bart, schmutzige

Jeans und schmutzige Hände, kein Mantel. Einen Augenblick lang hält Justyna ihn für eine Erscheinung, so unerwartet ist er aufgetaucht, nur dass Erscheinungen nicht reden. Und sie haben auch keinen frischen Schnee an den Stiefeln.

»Kleine Party? Ts ts ts. Sieht so eine trauernde Witwe aus?« Justyna ist wie gelähmt, bis auf ihre Hände, die anfangen zu zittern.

»Ich nehme an, deine hübsche kleine Freundin hat vergessen, die Tür hinter sich abzuschließen. Hast du es ihr nicht erzählt? Vom Schwarzen Mann?« Anna regt sich neben ihr, und Justyna schaudert. Sie weiß, dass Anna in der Sekunde, in der sie die Augen aufmacht, einen Schrei ausstoßen wird, der Filip zum Ausflippen bringen könnte.

»Die Polizei steht vor der Tür«, sagt Justyna leise.

»Ich weiß. Ich hätte ja Hallo gesagt, aber ich wollte sie nicht wecken.« Filip lächelt und sieht sich um, dann schaut er zur Decke hoch. »Wo ist Elwira?«

Justyna hat ihr ganzes Leben damit verbracht, sich aus beschissenen Situationen herauszureden. Sie kennt die Menschen; sie versteht, wie sie ticken. Sie hat sich kaum mal vor einer Konfrontation oder vor dem Sterben gefürchtet. Aber jetzt, wo es um Leben und Tod geht, ist das Einzige, was sie sagen möchte, *jeszcze nie, jeszcze nie. Noch nicht.* Aber sie bekommt verdammt noch mal den Mund nicht auf.

Es passiert im Bruchteil einer Sekunde. Kamila knallt Filip die Flasche auf den Kopf. Die Flasche geht nicht zu Bruch, aber es genügt, damit er zu Boden stürzt. Justyna springt auf und übernimmt; noch fünf Schläge mit der Flasche, einen nach dem anderen, während Anna ohrenbetäubend kreischt. Dem Himmel sei Dank für Annas Stimmbänder, für ihre Power, denn sie schreit so laut, dass der Polizist im Auto aufwacht und mit gezückter Waffe hereinstürmt.

Eine Stunde später sitzt Justyna auf der Vordertreppe und raucht eine Zigarette. Es ist kalt, aber sie spürt nichts. Sie sieht Anna und Kamila hinterher, die in einem Taxi die Witosa-Straße hinunterfahren, auf dem Weg nach Szydłówek. Sie haben sie wieder und wieder gebeten, mit ihnen zu fahren und das verfluchte Haus zu verlassen.

»Ich komme später, versprochen«, sagte sie. »Ich muss sowieso erst Damian abholen.«

»Sicher?«, fragte Anna, als die drei auf der Veranda standen und den Polizeiwagen mit Filip auf dem Rücksitz abfahren sahen, der in *bimber* getränkt war, weil die Flasche beim sechsten und letzten Schlag dann doch noch kaputtgegangen war, gerade als der Polizist sie Justyna aus der Hand nehmen wollte.

»Sicher.«

Justyna starrt ihre Zigarette an. Hat sie eigentlich wirklich damit gerechnet, dass Filip wiederkommen würde? Justyna beginnt leise zu sprechen, sie stellt sich vor, Paweł säße auf den Stufen neben ihr.

»Ich glaube, ich verkaufe das Haus, Paweł. Es war ja sowieso nie unseres. Und jetzt hält mich hier nichts mehr. Wer soll denn auch die Scheißdecke reparieren?« Sie atmet aus und fühlt sich idiotisch, redet aber weiter.

»Es ist wohl vorbei. Ich meine, es wird natürlich eine Verhandlung geben, aber es ist vorbei, *misiaku*. Und ich hoffe, dass sie ihn da täglich in den Arsch ficken. Und dass sie ihn da nie wieder rauslassen. So. Das war's. Das wollte ich noch sagen, einfach so, falls noch jemand zuhört.« Justyna schließt die Augen. Es ist unglaublich still und ruhig. Diese Winterstille, die Schnee verspricht.

»Ich vermisse dich. Jeden Tag. Ich vermisse dich nicht, weil du nicht hier bist. Ich vermisse dich, weil ich immer noch darauf warte, dass du wiederkommst. Wie bescheuert ist das denn?« Justyna schweigt kurz und holt tief Luft, denn sie weiß, dass sie einfach immer weitermachen könnte. Aber darum geht es ja wohl, das ist es, was er von ihr möchte. Dass sie einfach immer weitermacht.

EPILOG

»Das war's«, sagt Kamila, nachdem sie den letzten Karton zugeklebt hat, und setzt sich darauf. Anna und Justyna sitzen am Küchentisch und blicken auf die getane Arbeit. Sie haben drei Stunden gebraucht, um Kamilas Leben in sechs Kisten und zwei Koffer zu packen. Jetzt zeigt die Uhr über dem Tisch 23:37 Uhr.

»Sind wir jetzt ernsthaft um Mitternacht hier?«, fragt Anna und raucht ihre Zigarette zu Ende. Sie drückt sie in einer Untertasse aus; Kamila besitzt gar keine Aschenbecher.

»Tut mir leid, Mädels. Ich bin total fertig. Am liebsten würde ich mich einfach hinlegen und nächstes Jahr wieder aufwachen«, sagt Kamila.

»Ich auch«, sagt Justyna gähnend.

Gestern Abend, als die drei in Kamilas Wohnung kamen, haben sie *parówki* gekocht und Rührei gebraten und beschlossen, am nächsten Tag früh aufzustehen, die Sachen zu packen und den Silvesterabend in einem Club zu verbringen. Vielleicht im Desperados. Irgendwo, wo Musik war und Leute, wo sie tanzen und sich gehenlassen konnten, wie früher.

Erst wollte Justyna gar nicht ausgehen. Die letzten beiden Tage hatten sie erschöpft. In der Nacht, als die Polizei Filip mitnahm, saß sie noch eine Weile auf der Vordertreppe. Sie fuhr nicht nach Szydłówek, um Damian abzuholen, sie rief niemanden an und sprach mit niemandem. Justyna brauchte eine Nacht allein in ihrem Haus, eine letzte Nacht. Sie ging hinauf ins Bad, setzte sich auf den Boden und weinte lange.

Am nächsten Morgen rief sie endlich Babcia Kazia an und erzählte ihr, was passiert war: Die Polizei, behauptete Justyna, habe sie darüber informiert, dass sie Filip dreißig Kilometer vor Kielce an einer Bushaltestelle aufgegriffen hatten. Justyna hörte Elwira im Hintergund weinen, als Babcia ihr die Neuigkeit überbrachte.

»Ich mache den Saustall hier ein bisschen sauber«, sagte Justyna, »und hole Damian morgen ab. Okay, Babciu? Ich brauche noch einen Tag.« Kazia protestierte nicht.

Später, wenn genügend Zeit vergangen war, würde Justyna ihrer Schwester und ihrer Oma die Wahrheit sagen. Sie würde allen erzählen, wie Filip ins Haus zurückgekehrt war. Aber im Moment ging das niemanden etwas an, und es war ihr lieber so.

Anna steht auf und geht zum Kühlschrank. Sie öffnet ihn und holt eine Flasche Afrodite heraus; das ist das einzige halbwegs Champagnerähnliche, was Kamila dahat.

»Aber es muss wenigstens jemand einen Toast ausbringen, bevor wir ins Bett fallen.«

Als Anna und Kamila vorgestern Nacht Justyna auf ihrer Vordertreppe zurückgelassen haben, waren sie beide hin- und hergerissen. Sie waren vor allem erleichtert, aber Anna war auch ganz kribbelig. Etwas Großes war geschehen. Nicht nur, dass die drei einen Psychopathen überwältigt hatten. Nicht nur, dass Filip für sein entsetzliches Verbrechen endlich hinter Schloss und Riegel kam. Es war mehr. Es fühlte sich an wie ein Schlussstrich unter der Vergangenheit.

Anna spürte, dass es nur einen einzigen Ort gab, an den sie jetzt wollte. Zu Babcia. Sie wollte die Nacht nicht in irgendeinem Hotelzimmer verbringen, und Kamila wollte das auch nicht. Babcia Helenka fiel fast in Ohnmacht, als sie die Tür öffnete und Anna und Kamila vor ihr standen.

»*Jezus kochany*! Was ist denn hier los? Anna! Und wer ist das?« Offenbar erkannte sie Kamila gar nicht.

Anna trat in die Wohnung und zog Kamila an der Hand hinter sich her.

»Babciu, das ist Kamila Marchewska. Erinnerst du dich? Meine alte Freundin?«

»Kamilka!«, rief Babcia. »Ich hätte dich in einer Million Jahre nicht erkannt.«

Es war nicht schwer, Babcia anzulügen, warum Anna einfach so bei ihr auftauchte, um zwei Uhr morgens und ohne Gepäck, dafür mit Kamila im Schlepptau. Babcia schien das egal zu sein. Sie war einfach froh, ihre Enkelin zurückzuhaben. Anna schlief auf dem Boden neben der *wersalka*, die sie Kamila überließ. Sie lagen beide lange wach, sprachen aber kein einziges Wort.

»Na gut«, sagt Justyna in Kamilas Küche, »dann bringen wir einen gottverdammten Toast aus.« Sie lächelt. »Aber erst muss ich kurz nach Damian sehen.«

Babcia Kazia hat Damian an diesem Abend bei Kamila abgesetzt. Justyna ertrug plötzlich den Gedanken nicht mehr, auch nur eine weitere Nacht von ihm getrennt zu sein. Als er in die Wohnung kam und seinen Rucksack hinter sich herschleifte, kniete Justyna sich hin, hielt ihn ganz lange fest und atmete den Duft seiner Haare ein.

»Ich will nicht mehr bei Babcia schlafen«, grummelte er, und sie sagte, er solle sich darum keine Sorgen machen.

»Und ich will Miki nicht mehr. Ich hab ihn Celina gegeben.«

»Wer ist Miki?«, fragte Justyna und hatte plötzlich ein schlechtes Gewissen.

»Der Scheißhamster. Ich will lieber eine Schildkröte, aber nur, wenn ich sie an der Leine führen kann.«

»*Jezus*, du hast vielleicht Ideen.« Justyna tätschelte ihm die Wange, blinzelte Tränen zurück und führte ihn ins Schlafzimmer. Sie wollte ihm helfen, seinen Schlafanzug anzuziehen, aber er streckte abwehrend die Hand aus.

»Kann alleine.«

Jetzt öffnet sie die Schlafzimmertür einen Spaltbreit. Sie sieht sein Gesicht im Mondlicht, das durchs Fenster hereinfällt. Zum ersten Mal überhaupt ist sie froh, dass Damian mit seinen hellblauen Augen und dem blonden Haar überhaupt nicht aussieht wie Paweł. Das wird es einfacher machen.

Kamila sieht zu Justyna hinüber, die mit dem Rücken zu ihnen in der Tür steht.

»Sie ist eine gute Mutter, oder?« Anna nickt und entkorkt den Schaumwein.

Eines Tages wird Kamila auch eine gute Mutter sein, da ist sie sich sicher. Sie wird sich wieder verlieben. Sie wird zunehmen und einen neuen Job finden. Heute Morgen hat ihr Chef aus der Apotheke ihr eine Nachricht hinterlassen: »Ihr Urlaub war schon vor Wochen vorbei, Frau Ludek. Wir bedauern, Ihnen mitteilen zu müssen, dass Ihre Stelle anderweitig besetzt wurde.« Es macht ihr nichts aus. Irgendwie wird das Leben weitergehen. Sie freut sich nicht gerade darauf, sich eine neue Wohnung zu suchen und sich mit Emil bei einem Anwalt zu treffen. Sie freut sich auf alles Mögliche nicht besonders. Aber es gibt nichts Leichteres auf der Welt, als sich ein Kind machen zu lassen, und zum ersten Mal in ihrem Leben würde sie Spaß daran haben, es zu versuchen. Als Justyna zu ihnen an den Tisch kommt, hat Anna bereits drei Gläser eingeschenkt. Sie nehmen jede eins und halten inne.

»Okay, *dziewczyny*. Es ist 23:51 Uhr. Eine von uns sollte jetzt besser ganz schnell irgendwas richtig Kluges sagen.« Justyna lächelt. Sie wird nicht diejenige sein. Kamila und Anna sehen einander an, und dann seufzt Kamila. »Anna. Du musst das machen. Du bist hier die zuständige Rednerin.«

»Nein«, wehrt Anna ab. »Ich kann das nur, wenn man mir den Text gibt, nicht wenn ich mir selbst einen ausdenken soll.«

»Heilige Scheiße, Anna!« Justyna zeigt auf die Uhr.

»Na gut, na gut. *Dobra.*« Anna holt Luft und erhebt ihr Glas.

»Ich möchte einen Toast ausbringen, nicht auf das, was passiert ist, sondern auf das, was passieren wird. Auf unsere Zukunft. Möge sie strahlend und glücklich sein. Auf dass wir nie wieder jemandem eine Flasche über die Rübe ziehen müssen.« Kamila und Justyna lächeln und warten darauf, dass Anna fortfährt. »Ich möchte, dass wir einen Platz finden, an den wir gehören. Ich wünsche mir, dass wir drei eines Tages unseren Kindern dabei zusehen, wie sie am *trzepak* vor dem Haus meiner Babcia *fikołki* üben.« Anna unterbricht sich und schaut schnell zu Boden.

Justyna beendet Annas Rede. »*Na zdrowie*! Nicht schlecht, Baran. Ein bisschen kitschig vielleicht, aber nicht schlecht.«

»Hast du was Besseres parat?« Anna lacht.

Justyna denkt kurz darüber nach. Morgen wird sie aufwachen, und Paweł wird immer noch weg sein. Das ist das Einzige, worauf sie sich verlassen kann, also schüttelt sie den Kopf und hebt das Glas an die Lippen.

»Noch nicht«, sagt Kamila und zeigt auf die Uhr, und die drei drehen den Kopf. »*Jeszcze nie*. Wir haben noch ein bisschen Zeit.«

Nachbemerkung der Autorin zu den polnischen Namen

Polnische Namen sind deswegen etwas speziell, weil es so viele Abwandlungen davon gibt. Der Geburtsname wird als eher förmlich empfunden, und zu beinahe jedem Namen gibt es Koseformen. Und dann gibt es noch die *ksywy* – Spitznamen, die sich auf die Persönlichkeit oder körperliche Besonderheiten beziehen. Die meisten jungen Polen haben *ksywy*. Und alle Namen werden der polnischen Grammatik entsprechend konjugiert. Für den Namen Jan ergeben sich daraus folgende Varianten: *Jasiek, Jas, Jasiu, Janek*. Das mag verwirrend sein, aber ich bin dieser Tradition dennoch gefolgt, denn sie ist ein wichtiger Teil der polnischen Kultur.

Danksagung

Ich danke dem gesamten Team bei Spiegel & Grau und allen bei Random House, vor allem der akribischen Loren Noveck, die ein paar dicke Klöpse erwischt hat, und Greg Mollica, der für das hübsche polnische Mädchen auf dem amerikanischen Cover gesorgt hat.

Meinen Lektorinnen Julie Grau, Hana Landes und Laura Van der Veer, der ultimativen Intelligenz-Troika – ihr habt mir geholfen, den Text zu gestalten, zu kürzen und zu polieren, ohne dabei meine Vorstellungen über den Haufen zu werfen, und dafür werde ich euch ewig dankbar sein.

Ich danke Laura Nolan, meiner wundervollen Agentin, die es sofort verstanden hat und die mich zum Lunch ausführte, bei dem wir *kiełbasa* schlemmten und uns verliebten.

Einen riesigen und unendlichen Dank an die umwerfende Adriana Trigiani, die einen unfertigen Entwurf las, mir sagte: »Du bist Schriftstellerin«, und mir eine Deadline setzte. Ohne deine Ermutigungen und dein Verständnis hätte ich mich nicht hingesetzt, die Sache zu Ende gebracht und sie in die Welt geschickt.

Danke an Mary K. und John Wilson, die mich Adriana vorstellten und die mich immer geliebt und an mich geglaubt haben, obwohl ich nie zurückrufe.

An die fabulösen Bill Butler und Chris Highland, die mich erst gehen ließen, damit ich Mutter sein konnte, und dann noch einmal, damit ich einen Roman schreiben konnte.

An Kasia Płachta, die auf meine Jungs aufpasste, damit ich schreiben konnte.

An Christine Onorati, meine treue Unterstützerin, für ihre Worte und ihr WORD – Bücher haben uns zusammengebracht, und so viel anderes hält uns zusammen …

An Adrian Karatnycky, der meine Familie in die USA geführt hat.

Danke an meine zahllosen Lehrer, die in dem Immigrantenkind etwas erkannten und ihm sagten, es solle weiterschreiben – allen voran an Mrs. Conti, Ms. Carroll, Mr. Feigelson und Mr. Levitsky.

An Judy Blume, Ann M. Martin, Lois Lowry und V. C. Andrews; an Eva Hoffman und Lorrie Moore; an Barbara Trapido, Toni Morrison und Dostojewski; an T. C. Boyle und Miłosz und Szymborska; an Frank McCourt und Francine Prose; an Márquez und Bukowski – meine ersten Lieben, meine großen Lieben, meine vielen Lieben, zu viele, um sie alle aufzuzählen.

An alle, die dauernd neue Fassungen lasen, darunter Krista, TJ, Anya, Shanny und Christian – danke, dass ihr euch die Zeit genommen habt.

An all die polnischen Jungs, die mir das Herz gebrochen haben. Und umgekehrt.

Und an all die polnischen Mädchen, mit denen ich die Sommer meiner Jugend verbrachte und deren Träume und Geschichten die meinen inspiriert haben, vor allem Karina, Iga, Aneta und Augustyna – das Leben geht weiter, aber uns bleiben immer unsere *wakacje.*

An meine Foleys in Kalifornien – Scott, Malina und Keller –, nicht mal Klapperschlangen können mich von euch fernhalten.

An meine Familie in Polen: *zobaczymy się za rok … zawsze tak bylo i zawsze tak będzie …*

An *babcia* Krysia, die sich im Sommer immer um mich gekümmert hat – ich hoffe, *dieses* Buch liest du auch immer und immer wieder.

Ein Dank geht auch an meine Mutter Aleksandra, die so tapfer ihr Zuhause verlassen hat, um ein neues Leben anzufangen, und an meinen Vater Mirek, der sich immer noch nach seinem alten sehnt – ihr habt mich Verzicht gelehrt, ihr habt geknickert und gespart, um mir jeden Sommer Polen zu ermöglichen, und ohne das gäbe es dieses Buch hier nicht.

An meine Schwester Marika, die schon vor zehn Jahren ein paar dieser Seiten las und mir sagte, sie seien Gold wert – ich werde immer von uns in der Siedlung träumen … und an meine Schwester

Veronika, die in einem Obstkorb nach Hause kam, als ich zehn war und mein Leben verändert hat … Niemand wird das je so verstehen wie wir, und wir drei werden immer zusammen die Toporowskiego hinuntergehen, *forever young …*

Danke an meine süßen, hübschen Söhne Kalin und Kassian – Mama hat »das Buch« endlich fertig.

Und schließlich danke an meinen Mann Patrick, der sein Ehegelübde auf Polnisch abgelegt hat, der nie Nein zu mir sagt, auch wenn er es sollte, der immer zuhört, der mich trotz allem liebt, der mich auf die Veranda schleichen lässt, weil ich mir nur noch ein paar Notizen machen will … *Du hast mich gerettet*, und ich finde keine Worte für meine Liebe und Dankbarkeit. Hier sind trotzdem ein paar tausend.